EDIÇÕES BESTBOLSO

Os delírios de consumo de Becky Bloom

Sophie Kinsella é escritora e ex-jornalista de economia, com especialização na área financeira. Ela também é autora de *Becky Bloom: delírios de consumo na 5ª Avenida*, *As listas de casamento de Becky Bloom*, *O segredo de Emma Corrigan*, *A irmã de Becky Bloom*, *Samantha Sweet: executiva do lar*, *O chá de bebê de Becky Bloom* e *Lembra de mim?*. Com sua obra traduzida para mais de trinta idiomas, Sophie Kinsella teve o livro *Os delírios de consumo de Becky Bloom* adaptado para o cinema por P.J. Hogan em 2008.

SOPHIE KINSELLA

OS DELÍRIOS DE CONSUMO DE BECKY BLOOM

Tradução de
ELIANE FRAGA

4ª edição

EDIÇÕES
BestBolso
RIO DE JANEIRO – 2013

CIP-BRASIL. CATALOGAÇÃO NA FONTE
SINDICATO NACIONAL DOS EDITORES DE LIVROS, RJ

Kinsella, Sophie 1969-
K64d Os delírios de consumo de Becky Bloom / Sophie Kinsella;
4ª ed. tradução de Eliane Fraga – 4ª edição – Rio de Janeiro: BestBolso, 2013.

Tradução de: The Secret Dreamworld of a Shopaholic
ISBN 978-85-7799-121-1

1. Romance inglês. I. Fraga, Eliane. 1947-. II. Título.

08-3619 CDD: 823
CDU: 821.111-3

Os delírios de consumo de Becky Bloom, de autoria de Sophie Kinsella.
Título número 127 das Edições BestBolso.
Quarta edição impressa em setembro de 2013.
Texto revisado conforme o Acordo Ortográfico da Língua Portuguesa.

Título original inglês:
THE SECRET DREAMWORLD OF A SHOPAHOLIC

www.edicoesbestbolso.com.br

Design de capa: Carolina Vaz. Capa adaptada da edição publicada pela Editora Record (Rio de Janeiro, 2009) com a imagem do cartaz do filme *Os delírios de consumo de Becky Bloom* (Touchstone Pictures/Jerry Bruckheimer Films).

Impresso no Brasil

ISBN 978-85-7799-121-1

Dedico este livro à minha amiga e agente
Araminta Whitley

Agradecimentos

Quero agradecer a Patrick Plonkington-Smythe, Linda Evans e o grupo da Transworld, Celia Hayley, Mark Lucas e todos da LAW, Nicki Kennedy e Jessica Buckman, Valerie Hoskins e Rebecca Watson, e Brian Siberell da CAA.

Um agradecimento especial a Samantha Wickham, Sarah Manser, Paul Watts, Chantal Rutherford-Brown, à minha família maravilhosa e, principalmente, a Gemma, que me ensinou a comprar.

ENDWICH BANK
1 Stallion Square
Londres W1 3HW

Srta. Rebecca Bloom
Apto. 4
63 Jarvis Road
Bristol BS1 0DN

6 de julho de 1997

Prezada Srta. Bloom:

Parabéns! Tendo recentemente se formado pela Universidade de Bristol, sem dúvida sente-se orgulhosa de seu desempenho.

Nós, do Endwich, também nos orgulhamos de ser um banco flexível e personalizado que oferece diversos tipos de contas para agradar a todos. Orgulhamo-nos particularmente de nossa abordagem visionária, quando se trata de clientes do seu nível.

Portanto, Srta. Bloom, na condição de recém-formada, estamos lhe oferecendo uma conta garantida com um limite de até 2 mil libras durante os primeiros dois anos de sua carreira. Caso decida abrir uma conta no Endwich, esse benefício estará disponível de imediato.* Esperamos de fato que resolva aproveitar essa oferta tão especial e aguardamos o recebimento de seu formulário preenchido.

Mais uma vez, parabéns!

Atenciosamente,

Nigel Fairs
Gerente Sênior de Marketing

*(sujeito a condições individuais específicas)

ENDWICH – PORQUE NOS IMPORTAMOS

ENDWICH BANK
Agência Fulham
3 Fulham Road
Londres SW6 9JH

Srta. Rebecca Bloom
Apto. 2
4 Burney Road
Londres SW6 8FD

10 de setembro de 1999

Prezada Srta. Bloom:

Reiterando minhas cartas de 3 de maio, 29 de julho e 14 de agosto, informo que seu crédito termina no dia 19 de setembro de 1999. A senhorita deve estar ciente de ter excedido substancialmente o limite acordado de 2 mil libras.

Seu saldo atual acusa um débito de 3.794,56 libras.

Por favor, entre em contato com minha assistente, Erica Parnell, para agendar uma reunião para tratarmos desse assunto.

Atenciosamente,
Derek Smeath
Gerente

ENDWICH – PORQUE NOS IMPORTAMOS

ENDWICH BANK
Agência Fulham
3 Fulham Road
Londres SW6 9JH

Srta. Rebecca Bloom
Apto. 2
4 Burney Road
Londres SW6 8FD

22 de setembro de 1999

Prezada Srta. Bloom:

Lamento muito que tenha quebrado a perna.

Quando se recuperar, por gentileza telefone para minha assistente, Erica Parnell, para marcar uma reunião a respeito das questões relativas ao seu saldo devedor.

Atenciosamente,

Derek Smeath
Gerente

ENDWICH – PORQUE NOS IMPORTAMOS

ENDWICH BANK
Agência Fulham
3 Fulham Road
Londres SW6 9JH

Srta. Rebecca Bloom
Apto. 2
4 Burney Road
Londres SW6 8FD

17 de novembro de 1999

Prezada Srta. Bloom:

Lamento muito saber de sua febre ganglionar.

Quando se recuperar, por gentileza telefone para minha assistente, Erica Parnell, para marcar uma reunião a respeito de sua situação.

Atenciosamente,
Derek Smeath
Gerente

ENDWICH – PORQUE NOS IMPORTAMOS

1

Tudo bem. Não entre em *pânico*. É só uma fatura do VISA. Só um pedaço de papel; alguns números. Quero dizer, que poder têm uns poucos números para nos amedrontar?

Pela janela do escritório, vejo um ônibus descendo a Oxford Street, enquanto tento criar coragem para abrir o envelope branco sobre minha escrivaninha desarrumada. "É só um pedaço de papel", repito para mim mesma pela milésima vez. E não sou burra, sou? Sei exatamente qual é o valor dessa fatura do VISA.

Mais ou menos.

Deve ser cerca de... 200 libras. Talvez 300. Sim, talvez 300 libras. Trezentas e cinquenta no máximo.

Indiferente, fecho os olhos e começo a calcular. Teve aquele tailleur da Jigsaw. E aquele jantar com Suze no Quaglino's. E aquele lindo tapete vermelho e amarelo. O tapete foi 200 libras, imagine. Mas definitivamente valeu cada centavo – todos o admiraram. Ou pelo menos a Suze.

E o tailleur da Jigsaw estava em liquidação – por 30 por cento a menos. Portanto, na verdade, foi uma *economia*.

Abro meus olhos e estico a mão para pegar a fatura. Quando meus dedos alcançam o papel, lembro-me das novas lentes de contato. Noventa e cinco libras. Um bocado. Mas, afinal, tive de comprar, não tive? O que eu deveria fazer, andar por aí sem enxergar nada?

E precisei comprar umas loções novas, uma nécessaire bonitinha e um delineador hipoalergênico. Isso eleva o total para... 400 libras?

De sua mesa de trabalho na sala ao lado, Clare Edwards olha para mim. Está separando todas as suas cartas em belas pilhas como faz todas as manhãs. Embala cada uma num elástico e as classifica com dizeres do tipo "Responder imediatamente" e "Responder sem urgência". Odeio Clare Edwards.

– Tudo bem, Becky? – diz ela.

– Tudo – digo com um tom despreocupado. – Só estou lendo uma carta.

Com um ar feliz, enfio a mão no envelope, mas meus dedos não tiram a conta. Ficam grudados nela enquanto minha mente é tomada – como acontece todos os meses – por um sonho secreto.

Quer saber o meu sonho secreto? Ele se baseia numa história que li uma vez no jornal a respeito de uma confusão ocorrida num banco. Gostei tanto que recortei e fixei na porta do meu armário. Duas faturas de cartão de crédito foram enviadas para pessoas erradas e – imagine só – ambas pagaram a conta errada sem perceber. Elas pagaram as faturas uma da outra *sem sequer examiná-las.*

Desde que li aquela história, tenho um sonho secreto: que o mesmo acontecerá comigo. Alguma velhinha caduca na Cornualha vai receber minha fatura colossal e pagá-la antes mesmo de olhar para ela. E eu receberei sua conta de três latas de comida de gato, a 59 centavos cada uma. Que, naturalmente, pagarei sem questionar. Justiça é justiça, afinal.

Um sorriso toma conta do meu rosto quando olho pela janela. Estou convencida de que este mês isso vai acontecer – meu sonho secreto está para se tornar realidade. Mas quando finalmente tiro a conta do envelope – irritada com o olhar curioso de Clare –, meu sorriso esmaece, depois some. Um calor bloqueia minha garganta. Acho que pode ser pânico.

A folha está toda tomada de letras e números. Uma série de nomes familiares passam pelos meus olhos como o diretório de um shopping. Quero entender, mas os nomes se movem muito rápido. Thorntons, consigo enxergar por um instante. Chocolates Thorntons? O que diabos eu estava fazendo na Chocolates Thorntons? Eu deveria estar de dieta. Esta fatura *não pode* estar certa. Isto não pode ser meu. Não posso ter gasto todo esse dinheiro.

Não se desespere, grito por dentro. O segredo é não entrar em pânico. É só ler cada nome devagar, um por um. Inspiro profundamente e me forço ler com calma, começando do alto da lista.

WH Smith (tudo bem. Todo mundo precisa de artigos de papelaria)
Boots (idem)
Specsavers (essencial)
Oddbins (garrafa de vinho – essencial)
Our Price (*Our Price?* Ah, sim. O novo CD dos Charlatans. Bem, eu precisava tê-lo, não é?)
Bella Pasta (jantar com Caitlin)
Oddbins (garrafa de vinho – essencial)
Esso (gasolina não conta)
Quaglino's (caro – mas foi imperdível)
Pret à Manger (naquele dia eu estava sem dinheiro vivo)
Oddbins (garrafa de vinho – essencial)
Rugs to Riches (o quê? Ah sim, o tapete. Tapete danadinho)
La Senza (lingerie sensual para sair com James)
Agent Provocateur (lingerie mais sensual ainda para sair com James. Ah, eu precisava disso)
Body Shop (aquele negócio de escovar a pele que eu *preciso* usar)

Next (saia branca bem sem graça – mas estava em liquidação)
Millets...

Paro ali. Millets? Eu nunca entro na Millets. Que diabos estaria eu fazendo na Millets? Intrigada, fixo o olhar na fatura, franzo a sobrancelha e procuro pensar – e então, de repente, a verdade aparece. É óbvio. Alguém mais está usando meu cartão.

Ah, meu Deus. Eu, Rebecca Bloom, fui vítima de um crime.

Agora tudo faz sentido. Algum criminoso roubou meu cartão de crédito e forjou minha assinatura. Quem sabe onde mais ele foi usado? Não é para menos que minha fatura está tão cheia de números! Alguém resolveu farrear por Londres à custa do meu cartão – e achou que escaparia.

Mas como conseguiram? Procuro a carteira de dinheiro na bolsa, abro-a – e ali está meu cartão VISA me fitando. Pego e olho para ele. Alguém certamente o roubou da minha carteira, usou – *e depois devolveu.* Deve ser alguém que conheço. Ah, meu Deus. Quem?

Examino o escritório com um olhar desconfiado. Quem quer que tenha sido não prima pela inteligência. Usar meu cartão na Millets! É quase uma piada. Como se algum dia eu fosse comprar algo ali.

– Nunca sequer entrei na Millets! – digo alto.

– Entrou sim – diz Clare.

– O quê? – viro para ela, nada contente por ter sido interrompida. – Não, não entrei.

– Você comprou o presente de despedida de Michael na Millets, não foi?

Olho para ela e sinto meu sorriso desaparecer. Ah, estraga-prazeres. Claro. O casaco azul para Michael. O casaco de neve azul brega da Millets.

Três semanas atrás, quando Michael, agente de nossa editora, foi embora, ofereci-me para comprar-lhe o presente. Levei um envelope marrom cheio de moedas e notas para a loja e escolhi um casaco de neve (acredite-me, ele é esse tipo de homem). E, no último minuto, agora me lembro, decidi pagar com o cartão e guardar o dinheiro trocado para as despesas do dia a dia.

Recordo-me muito bem de ter escolhido as quatro notas de 5 libras, guardado-as cuidadosamente na carteira e de ter colocado as moedas grandes no compartimento de moedas, despejando o restante no fundo da bolsa. "Ah, que bom", lembro-me de ter pensado. "Não vou precisar ir ao caixa eletrônico." Pensei que aquelas 60 libras durariam semanas.

Então, o que aconteceu? Não posso simplesmente ter *gasto* 60 libras sem perceber, posso?

– Por que está perguntando afinal? – diz Clare inclinando-se para mim. Seus olhos de raios X brilham atrás dos óculos. Ela sabe que estou olhando para minha conta do VISA.

– Nenhuma razão – digo eu e, de uma forma brusca, começo a virar a folha da fatura.

Mas algo me interrompe. Em vez de fazer o de sempre – fixar os olhos no valor do Pagamento Mínimo e ignorar completamente o total –, me vejo fixando o número no pé da página.

Novecentas e quarenta e nove libras, sessenta e três centavos. Em branco e preto bem nítido.

Em silêncio, contemplo o número durante trinta segundos, e logo depois empurro a conta de volta para dentro do envelope. Naquele momento sinto como se aquele pedaço de papel não tivesse nada a ver comigo. Talvez se, por algum descuido, o deixar cair no chão atrás do meu computador, ele desapareça. O pessoal da limpeza o varrerá e eu poderei dizer que nunca o recebi. Não podem me cobrar por uma conta que eu não recebi, podem?

Já estou redigindo uma carta mentalmente. "Prezado gerente do cartão VISA. Sua carta me confundiu. A que fatura está se referindo precisamente? Nunca recebi nenhuma fatura de sua parte. Não gostei do tom de sua carta e devo avisá-lo de que estou escrevendo para Anne Robinson da *Watchdog.*"

Ou sempre existe a opção de me mudar para o exterior.

– Becky? – Levanto a cabeça abruptamente e vejo Clare olhando para mim.

– Você já terminou o texto sobre o Lloyds?

– Quase – minto. Como ela está me observando, sinto-me forçada a trazê-lo para a tela do meu computador só para mostrar seriedade. Mas a chata ainda está me observando.

"Quem economiza pode beneficiar-se do acesso instantâneo" – digito no computador, copiando diretamente de um *release* à minha frente. – "A conta também oferece taxas de juros diferenciadas para quem investe mais de 5 mil libras."

Digito um ponto final, tomo um gole de café e viro para a segunda página do *release.*

É isto que faço, por falar nisso. Sou jornalista de uma revista financeira. Sou paga para dizer às outras pessoas como administrar seu dinheiro.

NÃO É A CARREIRA que eu sempre quis, é claro. Ninguém que escreve sobre finanças pessoais jamais pensou em fazê-lo. Todos dizem que "caíram" nas finanças pessoais. Estão mentindo. O que eles querem dizer é que não conseguiram um emprego para escrever sobre nada que fosse mais interessante. Querem dizer que se candidataram a empregos em publicações como *The Times, Express, Marie-Claire, Vogue, GQ* e *Loaded,* mas só receberam um fora.

Começaram então a candidatar-se para a *Metalwork Monthly* (uma publicação mensal do setor de metalurgia), a *Cheesemakers Gazette* (revista dos fabricantes de queijo) e a *What Investment Plan?* (publicação sobre investimentos), foram admitidos como assistentes editoriais insignificantes ganhando muito pouco e ficaram agradecidos. E continuaram escrevendo sobre metalurgia, queijo ou poupança desde então – porque é tudo o que sabem fazer. Eu comecei em uma revista com o título cativante de *Personal Investment Periodical* (publicação sobre investimentos pessoais). Aprendi como copiar um *release*, acenar com a cabeça em entrevistas coletivas e fazer perguntas de forma a parecer que sabia do que estava falando. Depois de um ano e meio – acredite se quiser – fui convidada para trabalhar na *Successful Saving* (uma publicação sobre investimentos bem-sucedidos).

Obviamente, ainda não sei nada sobre finanças. As pessoas no ponto de ônibus sabem mais sobre esse assunto do que eu. As crianças nas escolas sabem mais do que eu. Já trabalho nisso há três anos e ainda estou esperando que alguém me contrate para outro lugar.

NAQUELA TARDE Philip, o editor, chama meu nome e eu pulo de medo.

– Rebecca? – diz ele. – Uma palavrinha. – E me chama à sua mesa. Sua voz parece mais baixa, num tom quase conspirador, e ele sorri para mim como se estivesse pronto para dar-me uma boa notícia.

Ah, meu Deus, penso. Promoção. Deve ser. Ele sabe que não é justo eu ganhar menos que Clare, então vai promover-me para o nível dela. Ou talvez acima. E quer me dizer isso discretamente para que Clare não fique enciumada.

Um sorriso amplo enfeita meu rosto, levanto e ando cerca de 3 metros ou próximo disso até sua mesa, procurando ficar calma, mas já planejando o que poderei comprar com meu aumento salarial. Vou comprar aquele casaco trançado da Whistles. E umas botas pretas de salto da Pied à Terre. Talvez saia de férias. E pagarei aquela abominável conta do VISA de uma vez por todas. Sinto-me contente e aliviada. Eu *sabia* que tudo daria certo...

– Rebecca? – Ele joga um convite para mim. – Não poderei ir a essa entrevista coletiva – diz ele. – Mas talvez seja bem interessante. Você pode ir? É na Brandon Communications.

Percebo minha expressão alegre escorrer do meu rosto como geleia. Ele não está me promovendo. Não estou recebendo um aumento de salário. Sinto-me traída. *Por que* sorriu para mim daquele jeito? Devia saber que estava aumentando minhas esperanças. Seu sacana.

– Algo errado? – pergunta Philip.

– Não – murmuro. Mas não consigo sorrir. Vejo meu novo casaco trançado e minhas botas de salto alto sumirem da minha mente como num passe de mágica. Nenhuma promoção. Só uma entrevista coletiva sobre... Volto os olhos para o convite de relance. Sobre uma nova cota de fundos. Como alguém *consegue* chamar aquilo de interessante?

– Poderá escrever sobre isso para a revista – diz Philip.

– Está bem – encolho os ombros num sinal de aceitação e me afasto.

2

Só tem um item essencial que preciso comprar no caminho para a entrevista coletiva – é o *Financial Times*. O *FT* é de longe o melhor acessório que uma mulher pode ter. Suas maiores vantagens são:

1. Tem uma cor bonita.
2. Custa só 85 centavos.
3. Se entrar numa sala com ele debaixo do braço, as pessoas levam você a sério. Com um *FT* debaixo do braço, você pode falar sobre os assuntos mais frívolos do mundo e, em vez de acharem-na fútil, pensam que é uma intelectual de peso e que também tem interesses mais diversificados.

Na minha entrevista para a *Successful Saving*, entrei segurando exemplares do *Financial Times* e do *Investor's Chronicle* e não me perguntaram nada sobre finanças. Do que me lembro, passamos o tempo todo conversando sobre cidades para passar férias e falando mal de outros editores.

Paro então numa banca de jornal, compro um exemplar do *FT* e coloco-o debaixo do braço, admirando minha imagem refletida na vitrine da Denny and George.

Minha aparência não está ruim, penso. Estou usando minha saia preta da French Connection, uma camiseta branca da Knickerbox e um pequeno cardigã de angorá que comprei na M&S mas que parece mais ser da Agnès B.

E meus sapatos novos de bico quadrado da Hobbs. E, melhor ainda, apesar de ninguém ver, sei que, por baixo, estou usando meu lindo conjunto de calcinha e sutiã com botões de rosas amarelas. É a melhor parte de toda a minha roupa. De fato, quase gostaria de ser atropelada para o mundo todo poder ver.

É um hábito meu listar todas as roupas que estou usando, como se isso fosse ser publicado em uma página de modas. Faço isso há anos – desde a época em que lia *Just Seventeen*. A cada edição da revista eles paravam uma garota na rua, tiravam uma foto e listavam todas as peças de roupa que estava usando: "Camiseta: da Chelsea Girl; jeans: da Top Shop; sapatos: emprestados de uma amiga." Eu lia essas listas avidamente – e, até hoje, se comprar algo numa loja que não esteja tão na moda, corto a etiqueta fora. Porque assim, se algum dia eu for abordada na rua, poderei fingir que não sei de onde é.

Enfim. Aqui estou eu, me olhando, achando minha aparência bem razoável, meio querendo que alguém da *Just Seventeen* apareça com uma câmera – quando de repente meus olhos focalizam atentos e meu coração para. Na janela da Denny and George há um anúncio discreto, verde-escuro com letras creme no qual se lê: LIQUIDAÇÃO.

Olho para ele, meu coração bate forte. Não pode ser verdade. A Denny and George não pode estar em liquidação. Eles nunca têm saldo. Suas echarpes e pashminas são tão cobiçadas que é provável que conseguissem vendê-las pelo dobro do preço. Todo mundo que conheço no mundo inteiro anseia por ter uma echarpe da Denny and George. (Exceto meus pais, obviamente. Minha mãe acha que se alguma peça não pode ser comprada na Bentalls de Kingston, não deve ser necessária.)

Tomo fôlego, dou dois passos à frente e abro a porta da
 pequena loja. Quando entro, a simpática garota loura que

trabalha lá olha para mim. Não sei seu nome, mas sempre gostei dela. Diferente de algumas vendedoras antipáticas, ela não se importa se você fica séculos olhando roupas que, na verdade, não tem condições de comprar. Geralmente o que acontece é que gasto meia hora desejando as echarpes Denny and George, depois saio para a Accessorize e compro algo para me alegrar. Tenho uma gaveta cheia de substitutos da Denny and George.

– Olá – digo, tentando ficar calma. – Vocês... vocês estão em liquidação.

– Sim. – A garota loura sorri. – Um pouco incomum para nós.

Meu olhar varre a loja. Vejo fileiras de echarpes cuidadosamente dobradas sob letreiros verde-escuros com os dizeres "50 por cento de desconto". Veludo estampado, seda enfeitada com continhas, *cashmere* bordado, todos com a assinatura discreta "Denny and George". Elas estão em toda parte. Não sei por onde começar. Acho que estou tendo um ataque de pânico.

– Creio que você sempre gostou desta – diz a simpática moça loura, pegando uma echarpe de um azul-acinzentado suave na pilha à sua frente.

Ah, Deus, sim. Lembro-me desta. É de um veludo de seda sobreposto com uma estampa de um azul mais claro e com miçangas cintilantes salpicadas. Contemplo-a, posso sentir os pequenos fios invisíveis silenciosamente atraindo-me em sua direção. Preciso tocá-la. Preciso usá-la. É a echarpe mais linda que já vi. A garota lê a etiqueta: "Reduzido de 340 para 120 libras." Aproxima-se e coloca a echarpe em volta do meu pescoço, enquanto me admiro no espelho.

Não há dúvida. Eu *preciso* ter esta echarpe. Ela faz meus olhos parecerem maiores, meu corte de cabelo parecer mais caro, me transforma em uma pessoa diferente. Poderei usá-la com tudo. As pessoas vão se referir a mim como a Garota da Echarpe Denny and George.

– Se eu fosse você levaria agora. – A menina sorri para mim. – Só sobrou uma deste tipo.

Involuntariamente agarro-a com as mãos.

– Vou levá-la – digo ofegante. – Vou levá-la.

Enquanto ela embala a echarpe num papel de seda, pego a bolsa, abro-a e procuro meu cartão VISA num ato inteiramente automático – mas meus dedos encontram apenas o couro nu. Paro surpresa e começo a remexer todos os cantos da bolsa, pensando se guardei o cartão em outro lugar com algum recibo ou se está escondido debaixo de um outro cartão... E então, decepcionada, me lembro. Ficou na minha mesa de trabalho.

Como pude ser tão idiota de deixar meu cartão VISA sobre a mesa? Em que eu estava *pensando*?

A simpática garota loura guarda a echarpe embalada numa caixa verde-escura Denny and George. Meu coração bate forte. O que vou fazer?

– Como vai pagar? – pergunta numa voz agradável.

Meu rosto fica vermelho.

– Acabei de perceber que deixei meu cartão de crédito no escritório – gaguejo.

– Ah – diz a moça, e suas mãos param.

– Pode guardá-la para mim? – A garota olha desconfiada.

– Por quanto tempo?

– Até amanhã? – digo desesperada. Ai, meu Deus. Ela está fazendo uma careta. Será que não entende?

– Creio que não – diz ela. – Não podemos reservar a mercadoria do saldo.

– Então, só até mais tarde hoje – digo rapidamente. – A que horas vocês fecham?

– Às seis.

Seis! Uma combinação de alívio e adrenalina atravessa meu corpo. Desafio Rebecca. Vou à coletiva, saio logo que seja possível e, então, pego um táxi de volta para o escritório. Pego meu cartão VISA, digo ao Philip que esqueci meu caderno de anotações no local da entrevista, volto aqui e compro a echarpe.

– Pode guardá-la até lá? – imploro. – Por favor? *Por favor?* – A garota cede.

– Está bem. Vou deixá-la atrás do balcão.

– Obrigada – suspiro. Saio correndo da loja e desço a rua em direção à Brandon Communications. Deus, por favor, faça com que a entrevista seja curta, rezo. Não deixe as perguntas durarem muito tempo. Deus, *por favor*, permita que eu tenha aquela echarpe.

QUANDO CHEGO à Brandon Communications, começo a relaxar. Tenho três horas inteiras, afinal. E minha echarpe está segura atrás do balcão. Ninguém vai roubá-la de mim.

Há um aviso no *foyer* dizendo que a entrevista coletiva da Foreland Exotic Opportunities está acontecendo na Suíte Artemis, e um homem de uniforme está orientando a todos. Isso significa que deve se tratar de um acontecimento importante. Claro que não deve ser uma superprodução com televisão-câmeras-CNN-imprensa internacional. Mas é uma entrevista coletiva bastante concorrida. Um evento relativamente importante no nosso mundinho entediante.

Quando entro na sala, já há um burburinho de pessoas se acotovelando e garçonetes circulando com canapés. Jornalistas engolem o champanhe como se nunca o tivessem visto; garotas que atuam como relações públicas com ar arrogante bebem água. Um garçom me oferece uma taça de champanhe e eu pego duas. Uma para agora, outra para deixar embaixo da minha cadeira para as partes chatas da entrevista.

No canto mais longínquo da sala vejo Elly Granger da *Investor's Weekly News*. Ela foi levada para um canto por dois homens sérios de terno e, com uma expressão vazia, acena com a cabeça concordando com o que dizem. Elly é fantástica. Está na *Investor's Weekly News* há seis meses e já se candidatou a 43 outros empregos. O que realmente deseja é ser editora de beleza em alguma revista, e eu acho que ela seria muito boa nisso. Toda vez que a vejo, ela está com um novo batom – e ela sempre veste roupas interessantíssimas. Hoje, por exemplo, ela está vestindo uma *chiffony* laranja sobre um par de calças brancas de algodão, *espadrilles*,* e um grande colar de madeira, do tipo que não poderei usar nem em um milhão de anos. O que eu realmente quero é ser a Fiona Phillips na GMTV. Às vezes, quando já estamos altas depois de bebermos muito, fazemos pactos de que, se não estivermos em algum lugar mais interessante dentro de três meses, nós duas deixaremos nossos empregos. Mas depois a ideia de ficar sem dinheiro – mesmo que só por um mês – é quase mais aterradora que a ideia de escrever sobre fundos de pensão pelo resto da vida.

– Rebecca. Que bom que você veio.

Viro-me e quase engasgo com o champanhe. É Luke Brandon, o todo-poderoso da Brandon Communications, olhando direto para mim, como se soubesse exatamente o que estou pensando.

Só o encontrei algumas vezes, e sempre me sinto pouco à vontade perto dele. Para começar, ele tem uma reputação de dar medo. Todos sempre falam de seu talento, até meu chefe Philip. Criou a Brandon Communications do nada, e agora

---

 *Sapato largo coberto de tecido. (*N. da T.*)

ela é a maior empresa de relações-públicas financeiras de Londres. Alguns meses atrás foi citado em alguns jornais como um dos mais inteligentes empresários de sua geração. Dizem que seu QI é um fenômeno de tão alto e que tem memória fotográfica. (Sempre detestei pessoas que têm essa habilidade.)

Mas não é só isso. Ele parece ter um olhar de reprovação quando fala comigo. Como se soubesse que sou uma completa fraude. Me ocorre que, de fato, ele pode saber. É provável que o famoso Luke Brandon, além de ser um gênio, também consiga ler pensamentos. Ele sabe que, quando olho fixamente para algum gráfico maçante, acenando que sim com um ar inteligente, na verdade estou pensando num bonito top preto que vi na Joseph e analisando se tenho condições de comprar as calças também.

– Conhece Alicia, não? – diz Luke, e faz um gesto para a loura imaculada ao seu lado.

Por acaso, não conheço Alicia. Mas nem preciso conhecer. As garotas da Brandon C, como são chamadas, são todas iguais. Se vestem bem, falam bem, são casadas com banqueiros e não têm nenhum senso de humor.

– Rebecca – diz Alicia friamente, segurando minha mão. – Você está na *Successful Saving*, não é?

– Isso mesmo – digo eu, igualmente fria.

– Foi muito gentil de sua parte ter vindo hoje – diz Alicia. – Sei que vocês jornalistas são muito ocupados.

– Nenhum problema – retruquei. – Gostamos de participar do maior número possível de entrevistas coletivas. Para estar em dia com os eventos da área. – Fico contente com minha resposta. Estou quase acreditando em mim mesma.

Alicia acena afirmativamente com a cabeça, séria, como se tudo o que disse fosse de incrível importância para ela.

– Então me diga, Rebecca. O que achou das notícias de hoje? – Aponta para o *FT* debaixo do meu braço. – Uma surpresa e tanto, não foi?

Ah, meu Deus. Do que ela está falando?

– Com certeza é muito interessante – menciono, sorrindo para ganhar tempo. Olho em torno da sala procurando uma dica, mas não há nada. O que aconteceu? As taxas de juros subiram ou algo assim?

– Devo dizer que considero isso uma má notícia para o setor – diz Alicia séria. – Mas com certeza você deve ter seu próprio ponto de vista.

Ela está me olhando, esperando uma resposta. Posso sentir meu rosto brilhando de tão vermelho. Como sair dessa? De agora em diante, prometo a mim mesma, vou ler os jornais todos os dias. Nunca serei pega assim outra vez.

– Concordo com você – acabo dizendo. – Acho que são notícias muito ruins. – Minha voz soa estrangulada. Tomo rápido um grande gole de champanhe e rezo para que aconteça um terremoto.

– Você estava esperando isso? Sei que vocês jornalistas sempre estão à frente das notícias.

– Eu... eu certamente vi que estava para acontecer – digo e acredito ter soado convincente.

– E agora esse rumor sobre a Scottish Prime e a Flagstaff Life indo na mesma direção! – Ela olha para mim atenta. – Você acha que isso está mesmo para acontecer?

– É... é difícil dizer – replico e tomo um grande gole do champanhe. Que rumor? Ah, Deus, por que ela não me deixa em paz?

E então caio no erro de olhar para Luke Brandon. Ele está me observando com uma expressão estranha no rosto. Droga. Ele *sabe* que não tenho a menor ideia, não sabe?

– Alicia – diz ele abruptamente. – Aquela é Maggie Stevens entrando. Você poderia...

– Claro – diz ela, treinada como um cavalo de corrida, e começa a caminhar suavemente em direção à porta.

– E, Alicia – acrescenta Luke, e ela rapidamente se volta para ele –, quero saber exatamente quem sacaneou com esses números.

– Está bem – ela engole em seco e se afasta correndo.

Meu Deus, ele dá medo. E agora estamos sozinhos. Acho que eu podia fugir rápido.

– Bem – digo habilmente. – Preciso ir e...

Mas Luke Brandon se inclina para mim.

– A SBG anunciou que eles assumiram o controle do Rutland Bank esta manhã – disse ele calmamente.

E evidentemente, agora que ele mencionou isso, me lembro de ter ouvido alguma palavra sobre o assunto nas notícias matinais do rádio.

– Sei que fizeram isso – replico orgulhosa. – Li no *FT*. – E antes que ele faça mais algum comentário, me afasto para falar com Elly.

QUANDO A ENTREVISTA está prestes a começar, Elly e eu escapulimos para o fundo da sala e sentamos juntas. Abro meu caderno de anotações, escrevo "Brandon Communications" no topo da página e começo a desenhar flores em tranças descendo pela margem. Ao meu lado, Elly disca para o tele-horóscopo pelo celular.

Tomo um gole de champanhe, me inclino para trás e me preparo para relaxar. Não faz sentido prestar atenção durante uma entrevista coletiva. A informação está sempre no *release* e podemos descobrir logo depois do evento tudo o que foi falado. Na verdade, estava me perguntando se alguém perceberia se eu pegasse um vidro de esmalte e fizesse minhas unhas quando, de repente, a terrível Alicia dirige-se a mim.

– Rebecca?

– Sim? – digo com ar de preguiça.

– Telefone para você. É seu editor.

– Philip? – pergunto com uma expressão de desinteresse. Como se eu tivesse uma coleção de editores para escolher.

– Sim. – Ela olha para mim como se eu fosse débil mental e aponta para um telefone numa mesa ao fundo. Elly me lança um olhar interrogativo e indico com os ombros que não sei do que se trata. Philip nunca me telefonou durante uma entrevista coletiva antes.

Sinto-me de certa forma feliz e importante enquanto me encaminho para o fundo da sala. Talvez haja uma emergência no escritório. Talvez ele tenha um furo de reportagem incrível e queira que eu voe para Nova York atrás de informações.

– Alô, Philip? – digo, e logo me arrependo de não ter dito algo forte e impressionante como um simples "Sim".

– Rebecca, ouça, sinto muito atrapalhar – diz Philip –, mas estou com uma enxaqueca se aproximando. Vou direto para casa.

– Ah – digo intrigada.

– E pensei que talvez você pudesse fazer um favorzinho na rua para mim.

Um favorzinho? Quem ele pensa que eu sou? Se quer alguém para comprar-lhe paracetamol, deveria contratar uma secretária.

– Não tenho certeza – respondo com uma voz desencorajadora. – Estou um pouco enrolada aqui.

– Quando tiver terminado aí. A Comissão Especial da Previdência Social estará liberando seu relatório às 17 horas. Você pode pegá-lo? Poderia ir direto da sua coletiva para Westminster.

O quê? Olho para o fone horrorizada. Não, eu não posso pegar um maldito relatório. Preciso pegar meu cartão VISA! Preciso garantir minha echarpe.

– Clare não pode ir? – sugiro. – Eu ia voltar para o escritório e terminar minha pesquisa sobre... – Sobre o que devo escrever este mês? – Sobre hipotecas.

– Clare tem uma reunião no centro da cidade. E Westminster é no seu caminho de casa, na direção de Fulham, não é?

Philip *sempre* tem de fazer uma piada sobre o fato de eu morar em Fulham. Só porque ele mora em Harpenden.

– Você pode simplesmente sair do metrô – diz ele –, pegar o material e voltar para o metrô.

Ah, Deus. Não consigo imaginar nenhuma forma de sair dessa. Fecho os olhos e penso rápido. Uma hora aqui. Correr de volta para o escritório, pegar meu cartão VISA, voltar para a Denny and George, comprar a echarpe, correr para Westminster, pegar o relatório. Devo conseguir fazer isso tudo se correr bastante.

– Está bem – digo. – Deixe comigo.

VOLTO PARA O MEU LUGAR, ao mesmo tempo que as luzes esmaecem e as palavras OPORTUNIDADES NO EXTREMO ORIENTE aparecem na tela à nossa frente. Há uma série variada de fotos de Hong Kong, Tailândia e outros lugares exóticos, que normalmente me fariam sonhar em ir lá numas férias. Mas hoje não consigo relaxar ou mesmo rir da nova garota da *Portfolio Week* que está tentando anotar tudo como uma louca, e que provavelmente fará cinco perguntas porque acha que deve. Estou preocupada demais com minha echarpe. E se eu não conseguir voltar a tempo? E se alguém fizer uma oferta mais alta? O pensamento me faz entrar em pânico. É possível surrupiar uma echarpe da Denny and George?

Depois, quando as fotos da Tailândia desaparecem e os gráficos maçantes começam, tenho uma luz de inspiração. Claro! Vou pagar a echarpe em dinheiro. Ninguém pode discutir com dinheiro. Posso tirar 100 libras com meu cartão do banco; então, só preciso conseguir mais 20 libras, e a echarpe será minha.

Rasgo um pedaço de papel do meu caderno, escrevo nele "Você pode me emprestar 20 libras?" e passo para Elly, que ainda está envolvida com o telefone celular. O que será que ela está ouvindo? Não pode ser o horóscopo até agora, certo? Ela olha para baixo, balança negativamente a cabeça e escreve: "Não posso. A infeliz da máquina engoliu meu cartão. Estou vivendo de Vale-Refeição no momento."

Droga. Hesito, depois escrevo: "E o cartão de crédito? Juro que devolvo o dinheiro. E o que você está ouvindo?"

Passo o bilhete para ela e de repente as luzes se acendem. A apresentação terminou e não ouvi uma palavra. As pessoas se agitam em suas cadeiras e uma das relações-públicas começa a entregar folhetos brilhosos. Elly termina seu telefonema e sorri para mim.

– Adoro escutar o horóscopo – diz ela, discando outro número. – São mensagens realmente precisas.

– Um monte de besteiras, isso sim. – Balanço minha cabeça em sinal de reprovação. – Não posso crer que você acredita nessas bobagens todas. E se considera uma jornalista de finanças?

– Não – diz Elly. – Você se considera? – E nós duas começamos a gargalhar até que um jornalista mala se vira e nos dirige um olhar mal-humorado.

– Senhoras e senhores. – Uma voz aguda nos interrompe e eu olho. É Alicia, em pé de frente para os que estão presentes. Tem belas pernas, percebo ressentida. – Como podem ver, o Plano de Poupança das Oportunidades Exóticas da Foreland oferece uma modalidade inteiramente nova de investimento. – Ela observa a sala, encontra meu olhar e sorri friamente.

– Oportunidades Exóticas – sussurro num tom jocoso para Elly e aponto para o folheto. – Preços exóticos, melhor dizendo. Você já viu quanto eles estão cobrando?

(Sempre leio primeiro a parte dos preços. Como sempre olho primeiro as etiquetas dos preços.)

Elly revira os olhos em concordância, ainda com o ouvido colado ao telefone.

– Na Foreland Investments você sempre sai ganhando – diz Alicia com ar de superioridade. – A Foreland oferece mais a você.

– Ela cobra mais, você perde mais – digo alto sem pensar, e escuta-se uma risada na sala. Deus, que embaraçoso. E agora Luke Brandon me observa também. Rapidamente abaixo os olhos e finjo estar tomando notas.

Se bem que, para ser sincera, não sei por que ainda finjo tomar notas. Como se nós puséssemos qualquer texto na revista que não fosse a propaganda que vem no *release*. A Foreland Investments coloca um anúncio espalhado numa chamativa página dupla todo mês, *e* ela levou Philip numa fantástica viagem de pesquisa (ha, ha) para a Tailândia no ano passado – então nós não temos permissão de dizer nada a não ser quanto são maravilhosos.

Enquanto Alicia continua falando, me inclino em direção à Elly.

– Então ouça – murmuro. – Posso pegar seu cartão de crédito emprestado?

– Já estourei meu limite – sussurra Elly numa expressão de desculpa. – Por que você acha que estou vivendo de vales?

– Mas preciso de dinheiro! – murmuro. – Estou desesperada! Preciso de 20 libras!

Falo mais alto que o pretendido e Alicia para de falar.

– Talvez devesse ter investido na Foreland, Rebecca – diz Alicia, e novas risadinhas tomam conta da sala. Alguns rostos voltam-se para mim e devolvo um olhar sem graça. São jornalistas, pelo amor de Deus. Deveriam estar do meu lado. Onde está a solidariedade entre colegas de profissão?

Não que eu tenha me filiado ao sindicato dos jornalistas. Mas mesmo assim.

– Para que você precisa de 20 libras? – pergunta Luke Brandon, da frente da sala.

– Eu... minha tia – digo, meio sem graça. – Ela está no hospital e eu queria comprar um presente para ela.

A sala fica em silêncio. Depois, para minha incredulidade, Luke Brandon leva a mão ao bolso, tira dele uma nota de 20 libras e a entrega a um rapaz na fileira da frente. Ele hesita e passa a nota para a fileira atrás dele. E assim, continuando, a nota de 20 libras é passada de mão em mão, como um fã que é carregado num show de rock pela multidão. Quando a nota chega a mim, uma rodada de aplausos toma conta da sala e eu enrubesço.

– Obrigada – respondo, envergonhada. – Irei devolver-lhe o dinheiro, é claro.

– Meu desejo de melhoras para sua tia – diz Luke Brandon.

– Obrigada – respondo novamente. Olho de relance para Alicia e sinto uma pontada de triunfo. Ela parece inteiramente desapontada.

PERTO DO FIM da sessão de perguntas e respostas, as pessoas começam a escapar para seus escritórios. Geralmente é nesse momento que compro um cappuccino e dou uma olhada nas lojas. Mas hoje não. Hoje decido que vou ficar até a última pergunta sobre sistemas tributários.

 Depois vou até a frente agradecer a Luke Brandon em

pessoa por seu gesto solidário. E em seguida, saio e compro minha echarpe. Oba!

Mas, para minha surpresa, depois das primeiras perguntas, Luke Brandon levanta-se, sussurra algo para Alicia e dirige-se à porta.

– Obrigada – murmuro quando ele passa por minha cadeira, mas nem sequer estou certa de que tenha me ouvido.

Mesmo assim, e daí? Tenho as 20 libras e é isso que importa.

NO CAMINHO DE VOLTA para Westminster, o metrô para num túnel sem nenhuma razão aparente. Passam-se cinco, depois dez minutos. Não consigo acreditar na minha falta de sorte. Normalmente, claro, fico querendo que o metrô enguice para ter uma desculpa para ficar longe do escritório por mais tempo. Mas hoje me comporto como um estressado homem de negócios com uma úlcera. Bato os dedos, suspiro e olho pela janela para a escuridão do túnel.

Em parte eu sei que tenho tempo suficiente para chegar à Denny and George antes de fechar. Por outro lado, mesmo que eu não consiga, é improvável que a garota loura venda minha echarpe para outra pessoa. Mas a possibilidade existe. Portanto, até eu ter aquela echarpe nas mãos, não conseguirei relaxar.

Quando o trem finalmente volta a funcionar, afundo em meu assento com um suspiro dramático e olho para o homem pálido e silencioso à minha esquerda.

– Graças a Deus! – digo. – Eu estava ficando desesperada.

– É frustrante – concorda ele, calmo.

– Eles simplesmente não pensam nas pessoas, não é? – continuo. – Quero dizer, alguns de nós temos negócios importantíssimos a fazer. Estou com uma pressa terrível!

– Eu também estou com um pouco de pressa – diz o homem.

– Se este trem não tivesse começado a andar, não sei o que eu teria feito. – Balanço minha cabeça. – A gente se sente tão... impotente!

– Sei exatamente o que quer dizer – diz o homem, com intensidade. – Eles não percebem que alguns de nós... – aponta na minha direção – não estamos viajando à toa. *Faz diferença* se chegamos ou não.

– Com certeza! – digo. – Para onde está indo?

– Minha mulher está em trabalho de parto – diz ele. – É o nosso quarto filho.

– Ah – respondo estupefata. – Bem... Meu Deus. Parabéns. Espero que chegue...

– Ela levou uma hora e meia da última vez – diz o homem, esfregando a testa úmida. – E já estou neste trem há quarenta minutos. Bem, pelo menos estamos andando agora.

Ele encolhe um pouco os ombros e sorri para mim.

– E você? Qual é o seu negócio urgente?

Meu Deus.

– Eu... ahn... vou...

Paro covardemente e dou uma tossida, sentindo o rosto enrubescer. Não posso dizer a esse homem que meu negócio urgente consiste em comprar uma echarpe na Denny and George.

Quero dizer, uma echarpe. Não é nem um tailleur ou um casaco, ou algo que valha a pena assim.

– Não é tão importante assim – ouço-me dizer entre dentes.

– Não acredito – responde ele gentilmente.

Ah, agora sinto-me horrível. Olho para cima – e graças a Deus é a minha estação.

– Boa sorte – digo, e me levanto correndo. – Realmente espero que chegue lá a tempo.

ENQUANTO ANDO pela calçada sinto-me um pouco envergonhada. Talvez eu devesse ter dado minhas 120 libras àquele homem para o seu bebê, em vez de comprar uma echarpe sem nenhuma finalidade específica. Quero dizer, quando você pensa a respeito, o que é mais importante? Roupas – ou o milagre de uma nova vida?

Pondero sobre a questão e me sinto profunda e filosófica. De fato estou tão absorta que quase passo da rua. Mas volto a mim a tempo de virar a esquina – e sentir um golpe. Uma garota vem na minha direção carregando uma sacola da Denny and George. De repente, tudo é varrido da minha mente.

Ai, meu Deus.

E se ela tiver comprado a minha echarpe?

E se pediu especialmente aquela, e a vendedora a tiver vendido achando que eu não voltaria?

Meu coração começa a bater em pânico e apresso o passo em direção à loja. Quando chego na porta, abro e quase não consigo respirar de medo. E se ela não estiver mais lá? O que farei?

Mas a garota loura sorri quando entro.

– Oi! – diz ela. – Ela está esperando por você.

– Ah, obrigada – digo aliviada e me apoio no balcão por causa da minha fraqueza.

Honestamente sinto como se tivesse corrido de um assaltante para chegar lá. Na verdade, acho que deviam incluir as compras como uma atividade cardiovascular. Meu coração nunca bate tão rápido quanto ao ver um aviso de "desconto de 50 por cento".

Conto o dinheiro em notas de 10 e 20 e aguardo, quase tremendo de arrepios, enquanto ela se abaixa por trás do balcão e reaparece com a caixa verde. Desliza-a para dentro de uma sacola grossa e brilhante com alças de corda verde-escura e depois me entrega. Quase fecho meus olhos, a sensação é maravilhosa.

Aquele momento. Aquele momento em que os dedos se enroscam nas alças de uma sacola brilhante, sem nenhum vinco – e tudo o que é novo e lindo dentro dela passa a ser seu. Como posso descrevê-lo? É como passar fome durante dias, depois encher a boca de torrada com manteiga quentinha. É como acordar e perceber que é fim de semana. É como os melhores momentos do sexo. A minha mente bloqueia qualquer outro pensamento. É um prazer puro, egoísta.

Ando vagarosamente para fora da loja, ainda com uma sensação inebriante de prazer. Tenho uma echarpe Denny and George. Tenho uma echarpe Denny and George! Tenho...

– Rebecca. – Uma voz masculina interrompe meus pensamentos. Olho e meu estômago treme de horror. É Luke Brandon.

Luke Brandon está em pé na rua, bem na minha frente, e está olhando para minha sacola. Vou ficando cada vez mais nervosa. O que ele está fazendo aqui na calçada afinal? Pessoas como ele não têm motoristas? Não deveria estar se dirigindo rapidamente a alguma recepção importante ou algo assim?

– Conseguiu comprar? – pergunta ele, franzindo um pouco as sobrancelhas.

– O quê?

– O presente de sua tia.

– Ah, sim – respondo engolindo em seco. – Sim, eu... eu o comprei.

– É isso? – ele aponta para a sacola, e sinto meu rosto queimar.

– Sim – digo afinal. – Achei que uma... echarpe seria bom.

– Muito generoso de sua parte. Denny and George. – Ele levanta as sobrancelhas. – Sua tia deve ser uma senhora elegante.

– Ela é – respondo e limpo a garganta. – É incrivelmente criativa e original.

– Estou certo disso – diz Luke e para. – Qual é o nome dela?

Ah, Deus. Eu devia ter fugido logo que o vi, enquanto tive chance. Agora estou paralisada. Não consigo pensar em um nome feminino sequer.

– Erm... Ermintrude – ouço minha voz respondendo.

– Tia Ermintrude – diz Luke pensativo. – Bem, dê-lhe minhas lembranças.

Ele acena com a cabeça, afasta-se, e eu o observo, perguntando a mim mesma se fui descoberta ou não.

3

Atravesso a porta de nosso apartamento, Suze olha para mim e diz logo:

– Denny and George! Becky, não pode ser verdade.

– Sim. – Sorrio de orelha a orelha. – Comprei uma echarpe para mim.

– Me mostra! – diz Suze, levantando-se do sofá. – Me mostra-me-mostra-me-mostra! – Ela se aproxima e começa a puxar as cordas da sacola. – Quero ver sua echarpe nova! Me mostra!

É por isso que adoro dividir apartamento com Suze. Julia, minha antiga companheira de apartamento, teria franzido a sobrancelha e dito: "Denny e quem?" ou "É muito dinheiro para uma echarpe." Mas Suze compreende perfeitamente. Se duvidar, ainda é pior do que eu.

Mas ela pode. Apesar de ter 25 anos de idade como eu, seus pais ainda lhe dão dinheiro. Chamam de "mesada". Ao que parece, vem de alguma herança de família – mas até onde consigo perceber, é dinheiro vivo. Seus pais também compraram-lhe um apartamento em Fulham de presente pelo seu 21º aniversário e, desde então, ela mora lá, metade do tempo trabalhando e a outra metade dormindo.

Ela atuou como RP por (muito) pouco tempo; foi quando a conheci, numa viagem a trabalho para Guernsey. Aliás, ela estava a serviço da Brandon Communications. Não querendo ser rude (ela mesma admitiu), Suzy foi a pior RP que já conheci. Esqueceu completamente qual o banco que, supostamente, estava promovendo e começou a falar entusiasmada de um dos concorrentes. O gerente do banco a encarava cada vez mais atravessado, enquanto todos os jornalistas riam até não poder mais. Suze ficou numa situação difícil por causa disso. Na realidade, foi quando decidiu que não nascera para seguir a carreira de RP. (A outra maneira de contar isso é dizer que Luke Brandon se encheu dela logo que voltaram para Londres. Outra razão para eu não gostar dele.)

Naquela noite nos divertimos muito entornando vinho até altas horas da madrugada e, desde então, sempre mantivemos contato. Depois disso, quando Julia de repente fugiu com um professor, seu orientador no curso de doutorado (aquela era uma mulher cheia de surpresas), Suze sugeriu que eu fosse morar com ela. Tenho certeza de que me cobra muito pouco pelo aluguel, mas nunca insisti em pagar o valor de mercado porque não teria grana para isso. Do jeito que estão os preços, com meu salário, estou mais perto de morar em Elephant ou Castle do que em Fulham. Como as pessoas normais conseguem morar nesses lugares tão caros? Nunca consegui entender.

– Bex, abre! – Suze implora. – Me deixa ver! – Ansiosa, ela segura a parte de dentro da sacola com seus dedos longos, e eu puxo rápido antes que rasgue. Esta sacola vai para atrás da porta, junto com minhas outras sacolas de lojas de prestígio, para ser usada de uma maneira informal quando eu tiver de impressionar. (Graças a Deus que eles não fizeram sacolas especiais de "Saldo". *Odeio* lojas que fazem isso. Qual é o sentido de ter uma sacola de uma loja boa com a palavra "Saldo" impressa por toda parte? Seria melhor escrever logo o nome de uma loja barata.)

Muito lentamente, tiro a caixa verde-escura da sacola, retiro a tampa e desdobro o papel de seda. Depois, quase numa atitude reverencial, pego a echarpe. É linda. Aqui, é ainda mais bonita do que na loja. Jogo-a em torno de meu pescoço e dou um sorriso meio *blasé* para Suze.

– Ah, Bex – murmura ela. – É linda!

Por um momento nós duas ficamos em silêncio. Estamos comungando com um ser superior: o Deus da Compra.

Depois Suze estraga tudo.

– Pode usá-la para sair com James este fim de semana – diz ela.

– Não, não posso – digo, quase irritada, retirando a echarpe do pescoço. – Não vou sair com ele.

– Por quê?

– Não vou mais sair com ele. – Encolho os ombros tentando aparentar desinteresse.

– Verdade? – Os olhos de Suze arregalam-se. – Por que não? Você não me contou!

– Eu sei. – Fujo de seu olhar. – É um pouco... estranho.

– Você rompeu com ele? Ainda nem transaram! – A voz de Suze eleva-se de nervoso. Ela está desesperada para saber. Mas estaria eu desesperada para contar? Por um instante pensei na possibilidade de ser discreta. Depois penso: ora, e daí?

– Eu sei – digo eu. – Esse era o problema.

– O que quer dizer com isso? – Suze se curva na minha direção. – Bex, do que está falando?

Respiro fundo e me viro para encará-la.

– Ele não queria.

– Não achava você bonita?

– Não. Ele... – Fecho os olhos, quase sem acreditar no que estou para dizer. – Ele é contra o sexo antes do casamento.

– Está brincando. – Abro os olhos e vejo Suze me olhando com uma expressão de horror, como se tivesse acabado de ouvir a pior profanação conhecida pela espécie humana. – Você está brincando, Becky. – Na verdade ela está me contestando.

– Não estou. – Consigo dar um sorriso fraco. – Era um pouco embaraçoso, realmente. Eu de certa forma... o atacava, e ele tinha de me rechaçar.

A terrível lembrança perturbadora que eu conseguira apagar da minha cabeça começa a tomar corpo outra vez. Conhecera James numa festa algumas semanas atrás, e aquele terceiro encontro foi o decisivo. Saímos para jantar fora, ele insistiu em pagar, voltamos para seu apartamento e terminamos nos beijando no sofá.

Bem, o que eu *deveria* pensar? Lá estávamos os dois – ele e eu – e, se não estou errada, enquanto sua mente dizia não, seu corpo dizia sim, sim, sim. Por isso, sendo uma garota moderna, levei a mão ao zíper de sua calça e comecei a abri-lo. Quando ele me empurrou, achei que estava fazendo alguma brincadeira e me entusiasmei mais ainda.

Analisando a situação, talvez eu tenha levado mais tempo do que deveria para entender que ele não estava brincando. Ele de fato precisou beliscar meu rosto para me afastar dele – apesar de pedir muitas desculpas depois.

Suze me olha incrédula. Depois cai num ataque de riso.

– Ele teve de empurrar você? Bex, sua devoradora de homens!

– Não diga isso! – protestei. – Ele foi realmente muito gentil. Perguntou se eu estaria preparada para esperar por ele.

– E você respondeu que de modo algum!

– Mais ou menos. – Respondi, desviando o olhar.

Na realidade, levada pela emoção do momento, lembro-me de tê-lo de certa forma desafiado.

– Resista a mim agora, James – recordo-me de ter dito numa voz rouca, fitando-o com o que acreditei serem olhos límpidos e sensuais –, mas estará batendo à minha porta em menos de uma semana.

Bem, já se passou mais de uma semana e não ouvi nem um pio. O que, pensando bem, é muito pouco lisonjeiro.

– Mas é revoltante! – disse Suze. – E a compatibilidade sexual?

– Não sei. – Dou de ombros. – Acho que ele está querendo jogar com a sorte.

Suze dá uma risadinha inesperada.

– Você chegou a ver o...

– Não! Ele nem me deixava chegar perto!

– Mas conseguiu sentir? Era pequeno? – Os olhos de Suze brilham maliciosamente. – Aposto que é ínfimo. Ele está esperando convencer alguma pobre garota a se casar com ele e ficar presa a um brinquedinho para o resto da vida. Escapou por pouco, Bex! – Suze leva a mão ao maço de cigarros e acende um

– Fique longe! – digo, irritada. – Não quero minha echarpe cheirando a cigarro!

– Então o que você *vai fazer* no fim de semana? – pergunta ela, dando uma tragada – Vai ficar bem? Quer ir comigo para o campo?

É assim que Suze sempre se refere à casa de sua família em Hampshire: o campo. Como se seus pais fossem donos de um imenso latifúndio.

– Não, está tudo bem – respondo, pegando morosamente a revista da TV. – Vou visitar meus pais.

– Ah, bem – diz Suze. – Dê um abraço em sua mãe por mim.

– Claro – digo eu. – E você, mande lembranças a Pepper.

Pepper é o cavalo de Suze. Ela o monta mais ou menos três vezes por ano, no máximo. Mas quando seus pais sugerem vendê-lo, fica histérica. Parece que sustentá-lo custa 15 mil libras por ano. Quinze mil libras. E o que o cavalo faz para merecer essa quantia? Apenas fica num estábulo e come maçãs. Eu não acharia ruim ser um cavalo.

– Ah, acabo de me lembrar – diz Suze. – A conta do imposto predial chegou. Deu trezentos para cada uma.

– Trezentas libras? – Olho para ela assombrada. – Quer dizer, para pagar agora?

– É. Na verdade está atrasada. Só me faça um cheque ou pague de algum outro jeito.

– Tudo bem – digo, meio aérea. Trezentas libras chegando.

Pego minha bolsa e faço logo um cheque. Suze é tão generosa com o aluguel que sempre pago minha parte das contas, às vezes acrescento um pouco mais. Mesmo assim, sinto um calafrio quando entrego. Trezentas libras se foram, num piscar de olhos. E ainda tenho de pensar naquela terrível conta do VISA. O mês não é dos melhores.

– Ah, e alguém ligou – acrescenta Suze, dirigindo o olhar para uma folha de papel. – Erica Parsnip. É isso mesmo?

– Erica *Parsnip*? – Às vezes Suze pode ser incrivelmente distraída.

– Parnell. Erica Parnell, do Endwich Bank. Pediu para você lhe telefonar.

Olho fixamente para Suze, petrificada de pavor.

– Ela telefonou para cá? Ligou para este número?

– Ligou. Hoje à tarde.

– Ah, merda. – Ouço meu coração bater. – O que você disse? Que estou com febre ganglionar?

– O quê? – É a vez de Suze se virar e me fitar espantada. – Claro que não disse que você está com febre ganglionar!

– Ela perguntou sobre minha perna? Algo sobre minha saúde?

– Não! Só perguntou onde você estava, e respondi que estava no trabalho.

– Suze! – digo, num lamento de pavor.

– Bem, o que eu *deveria* ter dito?

– Deveria ter dito que eu estava na cama com febre ganglionar e a perna quebrada!

– Bem, obrigada pelo aviso! – Suze me encara com os olhos apertados e cruza as pernas na posição de lótus. Ela tem as pernas mais longas, finas e flexíveis que já vi. Quando veste uma *legging* preta, parece uma aranha. – Qual é o problema afinal? – pergunta. – Sua conta está sem fundos?

Se está sem fundos?

– Só um pouquinho. – Dou de ombros. – Vai se resolver.

Depois de alguns instantes de silêncio, volto meu olhar para Suze e vejo-a rasgar meu cheque.

– Suze! Não faça essa bobagem!

– Pague-me quando sair do vermelho – diz ela com voz firme.

– Obrigada, Suze – respondo e dou-lhe um abraço apertado. – Não é à toa que é a melhor amiga que já tive.

Mas uma sensação desagradável no estômago me acompanha durante toda aquela noite e ainda está presente quando acordo na manhã seguinte. Uma sensação que não consigo mudar, nem mesmo quando penso na minha echarpe Denny and George. Fico deitada na cama olhando para o teto e, pela primeira vez em meses, calculo quanto devo a todo mundo: ao banco, ao VISA, aos cartões da Harvey Nichols, da Debenhams, da Fenwicks... E agora a Suze também.

É mais ou menos... vamos pensar... mais ou menos 6 mil libras.

Um calafrio percorre meu corpo quando penso no número. Onde irei arranjar 6 mil libras? Eu poderia economizar 6 libras por semana durante mil semanas. Ou 12 libras por semana durante quinhentas semanas. Ou... ou

60 libras por semana durante cem semanas. Acho esta hipótese mais razoável. Mas como vou conseguir economizar 60 libras por semana?

Ou então eu poderia estudar conhecimentos gerais e ir a um desses programas de perguntas e ser premiada. Ou inventar algo realmente inteligente. Ou poderia... ganhar na loteria. Quando penso nisso, um calor agradável toma conta do meu corpo. Fecho os olhos e volto a aconchegar-me na cama. A loteria é de longe a melhor solução.

Claro que eu não pretenderia ganhar o prêmio principal – isso é *inteiramente* improvável. Mas um dos prêmios menores. Parece haver um monte deles por aí. Digamos – 100 mil libras. Isso bastaria. Eu poderia pagar todas as minhas dívidas, comprar um carro, comprar um apartamento...

Na verdade – é melhor que sejam 200 mil libras. Ou 250 mil.

Ou, melhor ainda, um desses prêmios partilhados. "Cada um dos cinco ganhadores receberá 1,3 milhão de libras." (Adoro a maneira como eles dizem isso. "Um vírgula três." Como se essas 300 mil libras extras fossem uma quantia insignificante. Como se a gente não fosse perceber se existem ou não.)

Um milhão e 300 mil libras me serviriam bem. E não é ganância querer dividir seu grande prêmio com os outros, não é mesmo? "Por favor, Deus", penso, "permita-me ganhar na loteria e prometo dividir direitinho".

Assim, no caminho para a casa de meus pais, paro num posto de gasolina para comprar dois bilhetes de loteria. Levo meia hora escolhendo os números. Sei que 44 sempre sai bem, e 42 também. Mas e o resto? Escrevo algumas séries de números num pedaço de papel e dou uma olhada de lado, procurando imaginá-los na televisão.

1 6 9 16 23 44

Não! Horrível! O que estou pensando? O 1 nunca vem na frente, para começar. E 6 e 9 parecem errados também.

3 14 21 25 36 44

Assim está um pouco melhor. Preencho os números no bilhete.

5 11 18 27 28 42

Estou razoavelmente impressionada com essa sequência. Tem *cara* de vencedora. Já posso imaginar Moira Stewart lendo-a no jornal da TV. "Um vencedor, aparentemente morador do sudoeste de Londres, ganhou um prêmio estimado em 10 milhões de libras."

Por um momento sinto que vou desmaiar. O que farei com 10 milhões de libras? Por onde vou começar?

Bem, para início de conversa, vou dar uma grande festa. Em algum lugar elegante mas legal, com muito champanhe, muita dança e um serviço de táxis para ninguém precisar dirigir. E presentes para os convidados levarem para casa, como um banho de espuma muito bom ou algo assim. (Será que Calvin Klein faz espuma de banho? Anoto mentalmente para verificar na próxima vez que for à Boots.)

Depois comprarei casas para toda a minha família e meus amigos, claro. Apoio-me no balcão da loteria e fecho os olhos para me concentrar. Suponha que eu compre vinte casas por 250 mil libras cada uma. Ainda me sobram... 5 milhões. Mais umas 50 mil libras da festa. E depois levarei todos para viajar num feriado, para Barbados ou algum lugar desses. Isso irá custar mais ou menos... 100 mil libras, se todos voarmos de classe econômica.

Então são 4 milhões, 850 mil. Ah! Eu preciso de 6 mil para pagar todas as minhas dívidas com cartões de crédito e contas no vermelho. Mais 300 libras para Suze. Digamos que sejam 7 mil. Isso me deixa com... 4 milhões, 843 mil.

Farei muita caridade, claro. Na verdade é provável que eu crie uma fundação. Sustentarei todas essas casas de caridade feias que são ignoradas, como as de doenças de pele e os asilos. E mandarei um grande cheque para minha velha professora de inglês, a Sra. James, para que possa equipar a biblioteca da escola. Talvez eles até mudem o nome da biblioteca em minha homenagem. A Biblioteca Bloom.

Ah, e 300 libras para aquele casaco estonteante da Whistles que eu *preciso* comprar antes que todos eles sejam comprados. Então quanto resta depois disso? Quatro milhões, 843 mil, menos...

– Dá licença. – Uma voz me interrompe e olho meio confusa. A mulher atrás de mim está tentando chegar ao caixa da loteria.

– Desculpe-me – digo eu, e educadamente deixo-a passar. Porém, a interrupção deixa-me um pouco perdida nos cálculos. Eram 4 ou 5 milhões?

Depois, quando vejo a mulher olhando para um pedaço de papel coberto de números rabiscados, um pensamento horrível toma conta de mim. E se der uma das sequências de números que rejeitei? E se esta noite der 1 6 9 16 23 44 e eu não tiver marcado essa? Eu me odiarei, não é? Por toda a minha vida, eu nunca me perdoarei. Como o cara que cometeu suicídio porque se esqueceu de colocar seu bilhete no correio.

Rapidamente preencho bilhetes com todas as combinações de números escritos no meu pedaço de papel. São nove bilhetes ao todo. Nove libras – um bocado de dinheiro realmente. Quase me sinto mal por gastá-lo. Mas então, são nove chances de ganhar, não é?

E agora a sensação que tenho quanto à série 1 6 9 16 23 44 é boa. Por que esse conjunto específico de números entrou na minha mente sem mais nem menos e ficou ali? Talvez alguém, em algum lugar, esteja tentando me dizer algo.

BROMPTON'S STORE
Contas de Clientes
1 Brompton Street
Londres SW4 7TH

Srta. Rebecca Bloom
Apto. 2
4 Burney Rd
Londres SW6 8FD

2 de março de 2000

Prezada Srta. Bloom:

Nossos registros indicam que não recebemos o pagamento de sua última fatura do Cartão Brompton Gilt. Se a tiver pago nos últimos dias, por favor ignore esta carta.

Seu saldo atual é de 235,76 libras. O pagamento mínimo é de 43 libras. Poderá pagar em dinheiro, cheque ou no débito automático do banco em anexo. Estamos aguardando o recebimento de seu pagamento.

Atenciosamente,

John Hunter
Gerente de Contas de Clientes

BROMPTON'S STORE
1 Brompton Street
Londres SW4 7TH

Srta. Rebecca Bloom
Apto. 2
4 Burney Rd
Londres SW6 8FD

2 de março de 2000

Prezada Srta. Bloom:

Não existe um momento melhor para se gastar!

Por tempo limitado, estamos oferecendo PONTOS EXTRAS em todas as compras acima de 50 libras feitas com o Cartão Brompton Gilt* – portanto, aproveite agora esta oportunidade para somar mais pontos ao seu total e receber os brindes de nosso programa Pontuação Premiada.

Entre os fantásticos brindes que estamos oferecendo estão incluídos:

Uma bolsa de couro italiana	1.000	pontos
Uma caixa de champanhe rosé	2.000	pontos
Dois voos para Paris**	5.000	pontos
(Seu total atual é:	35	pontos)

E lembre-se, durante este período de oferta especial, você ganhará dois pontos por cada 5 libras gastas. Esperamos recebê-la em nossa loja dentro em breve para aproveitar esta oferta única.

Atenciosamente,

Adrian Smith
Gerente de Serviços ao Cliente

*Não inclui compras em restaurantes, farmácias, bancas de jornal e cabeleireiros
**Com algumas restrições – ver folheto anexo

4

Quando chego à casa de meus pais, eles estão no meio de uma discussão. Papai está em cima de uma escada no jardim, remexendo na calha do lado da casa, e mamãe está sentada à mesa de ferro batido do jardim, folheando uma revista de modas antiga. Nenhum deles me vê quando cruzo o portão.

– Só estou dizendo que eles deviam dar um bom exemplo! – diz mamãe.

– E você acha que se expor ao perigo é um bom exemplo, não é? Acha que isso resolveria o problema.

– Perigo! – diz mamãe ironicamente. – Não seja tão melodramático, Graham. É essa realmente sua opinião sobre a sociedade inglesa?

– Oi, mãe – digo. – Oi, pai.

– Becky concorda comigo. Não concorda, querida? – pergunta mamãe e aponta para uma página da revista. – Lindo cardigã – acrescenta em voz baixa. – Olha que bordado!

– Claro que ela não concorda com você! – retruca papai. – É a ideia mais ridícula que já ouvi.

– Não é não! – diz mamãe, indignada. – Becky, você não acha que seria uma boa ideia a Família Real viajar de transporte público, querida?

– Bem... – digo, cautelosa. – Na verdade não tinha...

– Você acha que a rainha deveria ir aos compromissos oficiais no ônibus 93? – ridiculariza papai.

– E por que não? Talvez assim o ônibus 93 se tornasse mais eficiente!

– E então... – digo, sentando ao lado de minha mãe. – Como vão?

– Você percebe que este país está à beira de um grave problema de trânsito? – diz ela, como se não tivesse me ouvido. – Se mais pessoas não começarem a usar o transporte público, nossas ruas vão parar.

Papai balança a cabeça.

– E você acha que, se a rainha andar no ônibus 93, isso vai resolver o problema. Esqueça as questões de segurança, não importa se ela tiver de reduzir drasticamente seus compromissos...

– Eu não me referia à rainha necessariamente – revida mamãe e para por um segundo. – Mas a alguns daqueles outros. A princesa Michael de Kent, por exemplo. Ela podia viajar de metrô de vez em quando, não é? Essas pessoas precisam conhecer a vida real.

A última vez que minha mãe viajou de metrô foi mais ou menos em 1983.

– Querem que eu faça um café? – pergunto, alegre.

– Se quer saber minha opinião, esse negócio de trânsito não tem nenhum sentido – diz meu pai. Ele pula da escada e remove a sujeira das mãos. – É tudo propaganda.

– Propaganda? – exclama minha mãe indignada.

– Certo – digo depressa. – Bem, vou esquentar água para o café.

Entro na casa, ponho a chaleira no fogo e sento à mesa numa gostosa nesga de sol. Já esqueci o que meus pais estavam discutindo. Eles vão repetir a mesma discussão e concordar que tudo é culpa do Tony Blair. De qualquer modo, tenho assuntos mais importantes para pensar. Estou tentando descobrir quanto exatamente devo dar ao meu chefe

Philip quando ganhar na loteria. Não posso deixá-lo de lado, claro – mas dinheiro vivo não é um pouco vulgar? Não seria melhor um presente? Umas lindas abotoaduras, talvez. Ou uma dessas cestas de piquenique que vêm com pratos e talheres dentro. (Clare Edwards não vai ganhar nada, obviamente.)

Sentada a sós na cozinha, sinto como se tivesse um pequeno segredo brilhando dentro de mim. Vou ganhar na loteria. Hoje à noite minha vida vai mudar. Deus, mal consigo esperar. Dez milhões de libras. Pense só, amanhã poderei comprar o que quiser. Qualquer coisa!

O jornal está aberto na minha frente na seção de classificados e, aleatoriamente, começo a examinar as casas caras. Onde irei morar? Chelsea? Notting Hill? Mayfair? *Belgravia*, leio. *Fantástica mansão de sete quartos com casa de empregados separada e belo jardim decorado.* Bem, parece boa. Eu enfrentaria sete quartos em Belgravia. Meus olhos voltam-se para o preço e estancam com o choque. Seis vírgula cinco milhões de libras. É quanto estão pedindo. Seis milhões e meio.

Sinto-me estupefata e levemente irritada. Estão falando sério? Não tenho nada como 6,5 milhões de libras. Só tenho uns… 4 milhões sobrando. Ou eram cinco? Seja o que for, não é suficiente. Olho atentamente para a página, sentindo-me roubada. Os ganhadores de loteria deveriam poder comprar o que quisessem – mas já estou me sentindo pobre e com dinheiro insuficiente.

Chateada, deixo o jornal de lado e pego um encarte de propaganda de colchas para cama a 100 libras cada uma. É mais meu caso. Quando ganhar na loteria só terei colchas brancas e fofas, decido. E terei uma cama branca de ferro batido, venezianas de madeira pintada e uma camisola branca bem macia…

– E então, como vai o mundo das finanças? – A voz de minha mãe me interrompe e eu me viro. Ela se dirige animada para a cozinha, ainda segurando sua revista.

– Já fez o café? Deixa, querida!

– Eu já ia... – digo enquanto levanto da cadeira. Mas, como era de esperar, mamãe vai na minha frente. Ela pega um pote de cerâmica que eu nunca tinha visto antes e coloca o pó de café numa cafeteira dourada nova.

Mamãe é terrível. Está sempre comprando alguma coisa nova para a cozinha – e dá os utensílios velhos para instituições de caridade. Chaleiras novas, torradeiras novas... Já tivemos três lixeiras este ano – uma verde-escura, depois uma cromada e agora esta de plástico amarelo brilhante. Acho um desperdício de dinheiro.

– É uma bonita saia! – diz ela, olhando para mim como se fosse a primeira vez. – De onde é?

– DKNY – murmuro.

– Muito bonita – diz ela. – Foi cara?

– Não muito – digo, de uma vez só. – Umas 50 libras.

Não é verdade. Custou quase 150. Mas não tem sentido dizer à minha mãe quanto o que compro custa na realidade porque ela teria um ataque cardíaco. Ou melhor, primeiro contaria a meu pai – e depois eles dois teriam um ataque cardíaco, e eu me tornaria órfã.

Por isso, o que faço é utilizar dois valores simultâneos: os preços reais e os preços da mamãe. É mais ou menos como estar numa loja onde tudo está com 20 por cento de desconto, e ficar olhando os artigos e reduzindo mentalmente o preço de tudo. Depois de certo tempo adquire-se uma prática impressionante.

A única diferença é que uso um sistema de escala progressiva, um pouco similar ao imposto de renda. Começa em 20 por cento (se custa 20 libras, digo que custa 16 libras) e vai até... bem, até 90 por cento, se for preciso. Uma vez comprei um par de botas que custou 200 libras e disse à mamãe que eu havia pago 20 libras numa liquidação. E ela acreditou.

– E então, está procurando um apartamento? – diz ela, olhando sobre meus ombros para as páginas dos classificados.

– Não – respondo mal-humorada e passo os olhos por uma página do meu encarte. Meus pais estão sempre querendo convencer-me a comprar um apartamento. Será que sabem quanto custa um apartamento? E não me refiro a apartamentos em Croydon.

– Parece que Thomas comprou uma ótima casa em Reigate – diz ela, inclinando a cabeça em direção aos nossos vizinhos. – Ele vai de trem para o trabalho. – Diz isso com um ar de satisfação como se estivesse contando que ele ganhou o prêmio Nobel da Paz.

– Bem, não tenho condição de comprar um apartamento – digo. – *Ou* uma casa.

Pelo menos ainda não, penso. Não até as 20 horas. Hihihi.

– Problemas de dinheiro? – diz papai, entrando na cozinha. – Sabe que há duas soluções para problemas de dinheiro?

Ah, Deus. De novo não. Os aforismos de papai.

– C.G. – diz meu pai, os olhos piscando – ou G.M.D.

Faz uma pausa para causar suspense e eu viro a página do meu encarte fingindo não ouvi-lo.

– Corte Gastos – diz meu pai – ou Ganhe Mais Dinheiro Um ou outro. Qual será, Becky?

– Ah, ambos, espero – respondo indiferente e viro para outra página do meu encarte. Para ser sincera, quase sinto pena do papai. Será um grande choque para ele se sua filha se tornar milionária da noite para o dia.

Após o almoço, mamãe e eu vamos a uma feira de artesanato numa escola primária. Só estou fazendo companhia a ela, e certamente não pretendo comprar nada – mas, quando chegamos lá, vejo um estande cheio de cartões incríveis, feitos à mão, por apenas 1,50 libra! Compro dez. Afinal, sempre precisamos de cartões, certo? Vejo também um belo vaso de plantas de cerâmica azul decorado com pequenos elefantes – e há anos digo que devíamos ter mais plantas no apartamento. Aliás, só eu faço esse tipo de compra. Só 15 libras. As feiras de artesanato são tão baratas, não? Você passeia por elas achando que só vai ter porcaria – mas sempre acaba encontrando *algo* para comprar.

Mamãe também está muito feliz, pois achou um par de castiçais para sua coleção. Ela tem coleções de castiçais, de cestas de pão, de jarros de cerâmica, de bichinhos de vidro, de amostras de bordados e de dedais. (Pessoalmente não acho que os dedais sejam propriamente uma coleção, pois ela comprou um armário de costura completo que tinha visto anunciado na revista *Mail on Sunday*. Mas nunca diz isso a ninguém. Eu nem deveria ter mencionado.)

Encerradas as compras, decidimos tomar um chá. Na saída, passamos por uma daquelas barracas horríveis que ninguém chega perto; as pessoas educadas olham apenas de relance e logo se afastam. O vendedor, coitado, parece realmente infeliz, então paro para dar uma olhada. E não é para menos que ninguém pare ali. Ele está vendendo umas tigelas de madeira de formato esquisito, com facas combinando. Afinal, para que servem facas de madeira?

– Que legal! – digo num tom alegre e pego uma das tigelas.

– É madeira esculpida à mão. Demorei uma semana para fazer.

Bem, foi uma semana perdida, se você quer saber. É disforme, feia e a madeira é de um tom horrível de marrom.

Mas quando vou colocá-la de volta, o homem parece tão infeliz que sinto pena e viro ao contrário para ver o preço, achando que se custar umas 5 libras eu compro. Mas custa 80 libras! Mostro o preço a minha mãe e ela faz uma careta.

– Essa peça apareceu na *Elle Décoration* no mês passado – diz o homem num tom de lamento e mostra uma página cortada da revista. E, ao som de suas palavras, eu gelo. *Elle Décoration*? Ele está brincando?

Ele não está brincando. Ali na página, em cores, há uma fotografia de um quarto completamente vazio, exceto por uma sacola de camurça cheia de sementes, uma mesa baixa e uma tigela de madeira. Olho para o foto sem acreditar.

– Era exatamente esta? – pergunto, tentando não parecer muito nervosa. Exatamente esta tigela?

Quando ele acena que sim, minha mão segura a tigela com força. Não posso acreditar. Estou segurando uma peça da *Elle Décoration*. Não é o máximo? De repente me sinto uma pessoa incrivelmente na moda – e lamento não estar usando uma calça de linho branco e o cabelo puxado para trás como Yasmin Le Bon, para combinar.

Isso só prova que tenho bom gosto. Não escolhi esta tigela – desculpe, esta *peça* – sozinha? Não percebi imediatamente sua qualidade? Já consigo ver nossa sala de visitas inteiramente decorada em função dela, toda clara e minimalista. Oitenta libras. Não é nada para uma peça clás sica de estilo como esta.

– Vou levá-la – digo, determinada, e pego meu talão de cheques dentro da bolsa. Procuro me convencer de que comprar algo barato é, na verdade, uma falsa economia. É muito melhor gastar um pouco mais e fazer uma boa compra que dure a vida toda. E esta tigela é realmente clássica. Suze vai ficar *tão* impressionada.

QUANDO VOLTAMOS para casa, minha mãe entra, mas eu fico na calçada transferindo minhas compras do carro dela para o meu, com muito cuidado.

– Becky! Que surpresa!

Ah, Deus. É Martin Webster, da casa ao lado, se debruçando sobre a grade com um ancinho na mão e um enorme sorriso amigo no rosto. Ah, *Deus*. Martin tem esse jeito de sempre fazer-me sentir culpada, não sei por quê.

Para falar a verdade, eu sei a razão. É porque ele esperava que eu crescesse e casasse com seu filho Tom. A história de meu relacionamento com Tom é a seguinte: ele me chamou para sair uma vez quando tínhamos 16 anos e eu disse não; eu ia sair com Adam Moore. Tudo terminou aí, e dou graças a Deus por isso. Para ser bem sincera, eu preferiria casar com o próprio Martin a casar com o Tom.

(Isso não significa que eu realmente queira casar com Martin. Ou que goste de homens mais velhos ou algo parecido. Foi só para defender um ponto de vista. De qualquer forma, Martin está muito bem casado.)

– Oi! – respondo com um entusiasmo exagerado. – Como vai?

– Ah, estamos todos bem – responde Martin. – Você ouviu dizer que Tom comprou uma casa?

– Sim – respondo. – Em Reigate. Fantástico!

– Tem dois quartos, um banheiro, uma sala de estar e uma cozinha ampla e arejada – descreve. – Peças de carvalho encerado na cozinha.

– Nossa! – exclamo. – Que fabuloso.

– Tom está maravilhado – diz Martin. – Janice! – ele grita. – Venha ver quem está aqui!

Um instante depois Janice aparece na porta da frente, usando um avental estampado com flores.

– Becky! – diz ela. – Você se tornou uma estranha! Há quanto tempo não aparece?

Ah, Deus, agora me sinto culpada por não visitar meus pais com mais frequência.

– Bem – sorrio indiferente. – Você sabe. Estou muito ocupada com meu trabalho e tudo mais.

– Ah, sim – diz Janice acenando com a cabeça. – Seu *trabalho*.

Em algum momento Janice e Martin puseram na cabeça que eu sou uma grande especialista em finanças. Já procurei dizer-lhes que isso não é verdade – mas quanto mais eu nego, melhor eles acham que sou. Não tem jeito. Como consequência, eles agora pensam que sou uma grande especialista e modesta.

Mas quem se importa? É bem divertido fingir ser um gênio das finanças.

– Sim, estamos bem ocupados ultimamente – digo simpática. – Por causa da fusão da SBG com o Rutland.

– Claro – responde Janice num sussurro.

– Sabe, isso me lembra – diz Martin. – Becky, espere aí. Volto em dois segundos. – Ele desaparece antes que eu possa dizer alguma palavra, e sou deixada ali com Janice, um pouco sem graça.

– Então – digo sem jeito. – Ouvi dizer que a cozinha de Tom tem armários em carvalho!

É literalmente o único comentário que consigo pensar em fazer. Sorrio para Janice e aguardo uma resposta. Mas, em vez disso, ela sorri para mim maravilhada. Seu rosto está brilhando – e logo percebo que cometi um erro enorme. Não devia ter mencionado os armários de carvalho. Agora Janice vai achar que também quero ter armários iguais, não vai? Vai pensar que de repente fiquei interessada no Tom, agora que ele tem uma casa própria.

– São de carvalho e azulejos mediterrâneos – diz, orgulhosa. – Foi uma escolha entre o estilo mediterrâneo ou o rústico, e Tom escolheu o mediterrâneo.

Por um instante penso em dizer que eu teria escolhido o estilo rústico. Mas parece maldade.

– Que bom – digo. – E dois quartos!

Por que não consigo sair do assunto da droga da casa?

– Ele queria dois quartos – diz Janice. – Afinal, nunca se sabe, não é? – Ela sorri recatada e, ridiculamente, sinto que começo a ruborizar. Ah, Deus. Por que estou ficando vermelha? Que estupidez. Agora ela pensa que Tom me agrada. Está nos imaginando juntos na casa nova, preparando o jantar na cozinha em carvalho.

Eu devia dizer algo. Devia explicar "Janice, não gosto de Tom. Ele é alto demais e tem mau hálito". Mas como posso dizer algo assim? Em vez disso, me vejo falando:

– Bem, mande lembranças para ele.

– Certamente – diz ela e para. – Ele tem seu telefone em Londres?

Aarrgh!

– Acho que sim – minto num sorriso alegre. – E ele sempre pode me encontrar aqui, se quiser. – Agora tudo o que digo passa a ter *duplo sentido*. Posso imaginar como esta conversa será relatada para Tom. "Ela estava perguntando *tudo* sobre sua casa nova. E pediu que você lhe telefonasse!"

A vida seria muito mais fácil se pudéssemos rebobinar e apagar as conversas, como num videocassete. Ou se pudéssemos instruir as pessoas para não registrarem o que acabamos de dizer, como num tribunal. *Por favor, tire do registro todas as referências a casas novas e cozinhas em carvalho.*

Por sorte, naquele momento, Martin reaparece segurando um pedaço de papel.

– Achei que você pudesse dar uma olhada nisto – diz ele. – Há 15 anos temos este fundo de rentabilidade na Flagstaff Life. Agora estamos pensando em transferi-lo para fundos mútuos de crescimento. O que você acha?

Não sei. Do que está falando afinal? Algum tipo de plano de poupança? Passo os olhos pelo papel com jeito de profunda conhecedora do assunto e aceno a cabeça muitas vezes.

– Bem – digo num ar vago. – Sim, parece ser uma boa ideia.

– A empresa nos escreveu sugerindo que buscássemos um retorno mais lucrativo depois da aposentadoria – diz Martin. – Além disso, é uma quantia garantida.

– E eles nos mandarão um relógio de parede – concorda Janice. – Feito na Suíça.

– Hum – digo, analisando com cuidado o timbre da minha voz.

Flagstaff Life, penso. Tenho certeza de que ouvi algum comentário sobre essa empresa recentemente. Quem são eles afinal? Ah, sim! São os que deram uma festa regada a champanhe em Soho Soho. E Elly tomou um grande porre e disse a David Salisbury, repórter do *The Times*, que o amava. Foi uma festa ótima, agora me lembro. Uma das melhores.

– Você acha que é uma boa empresa? – pergunta Martin.

– Claro – respondo. – Tem um bom nome na praça.

– Bem, então... – diz Martin, parecendo satisfeito. – Acho que vamos seguir o conselho deles. Partir para algo que renda mais.

– Eu pensaria que, quanto mais lucro se tem, melhor – digo, numa voz que soa extremamente profissional. – Mas é apenas um ponto de vista.

– Ah, bem – diz Martin, e dá uma olhada para Janice. – Se Becky acha que é uma boa ideia...

– Bem, eu particularmente não seguiria meus conselhos! – digo, apressada.

– Veja o que ela diz! – diz Martin com um leve riso. – A especialista em finanças em pessoa.

– Sabe, Tom às vezes compra sua revista – interrompe Janice. – Não que tenha muito dinheiro agora, com a hipoteca e tudo mais... Mas comenta que seus artigos são muito bons! Segundo ele...

– Que ótimo! – interrompo. – Bem, olha, realmente preciso ir agora. Adorei ver vocês. E deem um alô ao Tom por mim!

Entro em casa com tanta pressa que bato meu joelho no batente da porta. Depois me sinto um pouco mal, gostaria de ter me despedido melhor. Mas sinceramente! Se ouvir mais uma palavra sobre esse Tom e sua cozinha, vou enlouquecer.

Quando sento para assistir ao resultado da loteria, porém, já me esqueci deles. Jantamos bem – frango à provençal do Marks and Spencer, e uma boa garrafa de Pinot Grigio que eu trouxe. Sei que o frango é do Marks and Spencer porque eu mesma já o comprei algumas vezes. Reconheci os tomates secos, as azeitonas e tudo mais. Mamãe, claro, ainda finge que fez tudo seguindo uma receita.

Não sei por que ela se preocupa. Ninguém se importaria – principalmente quando somos só nós, papai e eu. E depois, é óbvio que não foi feito na nossa cozinha onde nunca entrou qualquer ingrediente para preparar um prato como esse. O que sobra na cozinha são muitas caixas vazias de papelão e muitas refeições prontas – e nada entre os dois. Ainda assim, minha mãe nunca admite que comprou uma refeição pronta, nem mesmo quando é uma torta em embalagem de alumínio. Meu pai come essas tortas, cheias de champignons de plástico e molho aguado, e depois diz com a cara mais lavada:

– Delicioso, meu amor.

E minha mãe sorri toda orgulhosa de si mesma.

Esta noite não estamos comendo torta de embalagem de alumínio, mas frango à provençal. (Para ser justa, acho que quase parece feito em casa – exceto que ninguém jamais cortaria um pimentão vermelho em pedaços tão pequenos. As pessoas têm afazeres mais importantes.) Comemos e bebemos uma boa quantidade do Pinot Grigio, e há uma torta de maçã no forno – e já sugeri, casualmente, assistirmos a televisão. Porque sei, olhando no relógio, que o programa da loteria já começou. Numa questão de minutos tudo irá acontecer. Ah, Deus, não consigo esperar.

Por sorte, meus pais não são o tipo de gente que gosta de conversar sobre política ou sobre livros. Já colocamos em dia as notícias da família, eu já contei como vai indo meu trabalho, e eles já me contaram sobre sua viagem à Córsega – portanto, agora, estamos chegando ao fim da conversa. Precisamos ligar a TV nem que seja como som ambiente.

Nos reunimos na sala de estar, meu pai acende a lareira e em seguida liga a televisão. E lá está! A Loteria Nacional, em glorioso tecnicolor. As luzes estão brilhando, Dale Winton faz algumas piadinhas, e, de vez em quando, a plateia dá um grito de excitação. Meu estômago está cada vez mais apertado, e meu coração bate tum-tum-tum. Em alguns minutos essas bolas vão cair. Em alguns minutos serei uma milionária.

Recosto-me calmamente no sofá e penso no que farei quando ganhar. Quer dizer, no instante em que souber que ganhei. Grito? Fico quieta? Talvez não devesse contar a ninguém durante as primeiras 24 horas. Talvez não devesse contar a ninguém *de modo algum.*

Esse novo pensamento me transforma. Eu poderia ser uma ganhadora secreta! Ter todo o dinheiro e nenhuma pressão. Se as pessoas me perguntassem como posso comprar tantas roupas de costureiros famosos, eu simplesmente lhes diria que estou fazendo muitos trabalhos como *freelance*. Sim! E eu poderia transformar as vidas de todos os meus amigos, anonimamente, como um anjo bom. Ninguém jamais saberia. Isso seria perfeito!

Estou calculando o tamanho da casa que poderei comprar sem que todo mundo desconfie, quando uma voz na TV me deixa alerta.

– Pergunta para a candidata Número 3.

O quê?

– Meu animal favorito é o flamingo porque é rosa, felpudo e tem pernas longas. – A garota sentada no banco, provocante, descruza as pernas – longas e lisas –, e a plateia enlouquece. Olho para ela confusa. O que está acontecendo? Por que estamos vendo *Blind Date*?

– Esse programa era engraçado – diz minha mãe. – Mas piorou muito.

– Você chama essa porcaria de engraçado? – retruca meu pai sem acreditar.

– Ouça, pai, na verdade, não poderíamos voltar para...

– Eu não disse que é engraçado *agora*. Eu disse...

– Pai! – digo eu procurando não parecer aflita. – Será que poderíamos voltar para a BBC1 por um instante?

Blind Date desaparece e suspiro aliviada. No momento seguinte, um homem bonito de terno toma conta da tela.

– O que a polícia deixou de analisar – diz ele numa voz nasal – é que as testemunhas não eram suficientemente...

– Pai!

– Onde está a revista da programação? – pergunta ele, impaciente. – Tem de haver algum programa melhor do que esse.

– Tem a loteria!

– Por que você quer assistir à loteria? Comprou um bilhete?

Por um instante fico em silêncio. Se quiser ser uma ganhadora secreta, não posso contar a ninguém que comprei um bilhete. Nem mesmo a meus pais.

– Não! – digo, forçando um sorriso. – Só quero ver Martine McCutcheon.

Para meu grande alívio o canal da loteria foi sintonizado de novo e alguém está cantando uma música. Relaxo no sofá e olho meu relógio.

Sei que, na verdade, ver ou não o programa não afetará minhas chances de ganhar – mas não quero perder o grande momento, certo? Talvez você me ache um pouco maluca, mas sinto que, se eu assistir, posso me comunicar com as bolinhas através da tela. Vou fixar meu olhar intensamente nelas quando forem misturadas e, silenciosa, induzirei meus números vencedores. *Série 1 6 9 16 23 44.*

Só que os números nunca vêm em ordem.

Série 44 1 23 6 9 16. É possível. Ou *Série 23 6 1...*

De repente há uma rodada de aplausos e a música termina. Ah, meu Deus. Está quase acontecendo. Minha vida está prestes a mudar.

– A loteria ficou muito comercializada, não é? – diz minha mãe quando Dale Winton leva Martine para o botão vermelho. – É uma pena realmente.

– O que quer dizer com *ficou* comercializada? – retruca meu pai.

– As pessoas costumavam jogar na loteria porque queriam ajudar as instituições de caridade.

– Não é verdade! Não seja ridícula! Ninguém liga para as instituições de caridade. Todo mundo só pensa em si. – Papai gesticula em direção a Dale Winton com o controle remoto e a tela fica preta.

– Papai! – lamento num grito.

– Então você acha que ninguém se preocupa com a caridade? – diz minha mãe, quebrando o silêncio.

– Não foi isso que eu disse.

– Pai! Liga isso de novo! – grito ainda mais alto. – Liga isso de novo! – Estou a ponto de começar uma luta com ele pelo controle remoto quando ele liga novamente a televisão.

Olho para a tela sem acreditar. A primeira bola já caiu. É 44. Meu número 44.

– ... apareceu pela última vez três semanas atrás. E aqui vem a segunda bola... É o número 1.

Não consigo me mexer. Está acontecendo, diante dos meus próprios olhos. Estou realmente ganhando na loteria. Estou ganhando na danada da loteria!

Agora que está acontecendo, sinto uma calma surpreendente. É como se eu soubesse, minha vida inteira, que um dia isso iria acontecer. Sentada ali no sofá, em silêncio, sinto-me como se estivesse num documentário sem graça sobre mim mesma, narrado por um ator famoso: "Becky Bloom sempre soube secretamente que um dia ganharia na loteria. Mas no dia que aconteceu, nem mesmo ela poderia ter previsto..."

– E agora... o número 3.

O quê? Minha mente se fecha e eu olho perplexa para a tela. Não pode ser. Eles querem dizer 23.

– E o número 2, a bola de bônus da semana passada.

Sinto um frio tomar conta de mim. Que diabos está acontecendo? Que números são *esses*?

– E mais um número baixo! Número 4. Um número popular, apareceu 12 vezes este ano. E finalmente... O número 5! Nossa! Este é a primeira vez! Agora, alinhando-os em ordem...

Não. Isso não pode estar acontecendo. Tem de ser um engano. Os números ganhadores da loteria não podem ser jamais 1, 2, 3, 4, 5, 44. Essa não é uma combinação de loteria, é um... é um jogo sujo.

E eu estava ganhando. Eu estava *ganhando*.

– Olha pra isso! – diz minha mãe. – Absolutamente incrível! 1, 2, 3, 4, 5, 44.

– E por que deveria ser incrível? – replica papai. – É tão provável quanto qualquer outra combinação.

– Não pode ser!

– Jane, você sabe *alguma coisa* sobre as leis da probabilidade?

Calmamente me levanto e saio da sala enquanto a música da loteria ressoa vindo da televisão. Vou em direção à cozinha, sento à mesa e enterro a cabeça nas mãos. Sinto-me um tanto trêmula, para falar a verdade. Eu estava *tão* convencida de que iria vencer. Já estava morando numa casa grande e indo para Barbados nas férias com todos os meus amigos, entrando na Agnès B e comprando tudo o que quisesse. E parecia tão real.

Agora, em vez disso, estou sentada na cozinha dos meus pais, sem condições financeiras para uma viagem de férias, e acabei de gastar 80 libras numa tigela de madeira de que eu nem gosto.

Arrasada, acendo o fogo da chaleira, pego a revista *Woman's Journal* que está na bancada e passo os olhos – mas nem isso me alegra. Tudo parece me lembrar dinheiro. Talvez meu pai esteja certo, penso com tristeza. Talvez cortar gastos seja a resposta. Suponhamos... suponhamos que eu economizasse o suficiente para juntar 60 libras por semana. Eu teria 6 mil libras em cem semanas.

E de repente minha mente fica alerta. Seis mil libras. Não é mal, é? E se pensarmos bem, não pode ser tão difícil economizar 60 libras por semana. É só o equivalente a duas refeições num restaurante. Quero dizer, eu nem ia perceber.

Deus, sim. É isso que vou fazer. Sessenta libras por semana, toda semana. Talvez eu até abra uma conta especial. Será fantástico! Terei total controle das minhas finanças – e, quando tiver pago todas as minhas dívidas, simplesmente vou continuar economizando. Vai se tornar um hábito meu: ser frugal. Depois, ao fim de cada ano, vou mergulhar num investimento clássico como um tailleur Armani. Ou talvez Christian Dior. Alguma roupa realmente de classe.

Começarei na segunda-feira, penso animada, despejando uma colher de chocolate em pó numa xícara. Farei o seguinte, simplesmente não gastarei *nada*. Todo o meu dinheiro excedente vai se acumular e eu ficarei rica. Isso vai ser fantástico.

BROMPTON'S STORE
Contas de Clientes
1 Brompton Street
Londres SW4 7TH

Srta. Rebecca Bloom
Apto. 2
4 Burney Rd
Londres SW6 8FD

6 de março de 2000

Prezada Srta. Bloom:

Agradeço seu cheque de 43 libras recebido hoje.

Infelizmente, faltou assinatura. Sem dúvida nenhuma foi apenas um esquecimento de sua parte. Portanto, estou lhe enviando o cheque e peço-lhe que o assine e nos devolva.

Como deve ser do seu conhecimento, este pagamento já está com oito dias de atraso.

Aguardo receber seu cheque assinado.

Atenciosamente,

John Hunter
Gerente de Contas de Clientes

5

Frugalidade. Simplicidade. Esses são meus novos lemas. Uma nova vida, sem confusão e desordem, meio zen, em que eu não gaste nada. Não gastar *nada*. Quero dizer, quando se pensa nisso, quanto dinheiro desperdiçamos por dia? Não é para menos que estou com algumas dívidas. E, realmente, não é culpa minha. Eu só estava sucumbindo à draga ocidental do materialismo – e é preciso ter a força de um elefante para resistir. Pelo menos é o que diz o livro que comprei.

Veja bem: ontem, quando minha mãe e eu fomos à Waterstone's para comprar seu material de leitura para a semana, dirigi-me à seção de autoajuda e comprei o livro mais maravilhoso que já li. Sinceramente, ele vai mudar a minha vida. Agora o livro já está em minha bolsa. Chama-se *Controlando seu dinheiro*, de David E. Barton, e é fantástico. Ele diz que nós todos podemos esbanjar dinheiro sem perceber, e que a maioria das pessoas poderia facilmente reduzir os gastos pela metade em apenas uma semana.

Em uma semana!

Você só precisa fazer algumas mudanças simples, como preparar seus próprios sanduíches, em vez de comer em restaurantes, e ir de bicicleta para o trabalho, em vez de pegar o metrô. Quando se começa a pensar nisso, percebe-se que é possível economizar em tudo. E, como David E. Barton diz, há muitos programas que podemos fazer de graça, como ir a parques e museus, ou um simples passeio no campo, prazeres dos quais nos esquecemos porque estamos tão ocupados gastando dinheiro.

É tudo tão simples e fácil. E o melhor de tudo é que você precisa, de cara, sair para fazer compras! O livro diz que se deve começar a relacionar cada item comprado num único dia normal de gasto e colocá-lo num gráfico. Ele salienta que é preciso ser honesto e não cortar de repente ou alterar seu padrão de vida – o que é uma sorte, porque o aniversário de Suze é na quinta-feira e eu preciso comprar-lhe um presente.

Assim, na manhã de segunda-feira, paro na Lucio's a caminho do trabalho e compro um cappuccino tamanho extragrande e um muffin de chocolate, como faço sempre. Devo admitir que fico um pouco sentida quando vou pagar porque este é meu último cappuccino e meu último muffin. Minha nova fase de frugalidade começa amanhã – e os cappuccinos não são permitidos. David E. Barton diz que, se você tem o hábito de tomar café, deve fazê-lo em casa e levá-lo para o trabalho numa garrafa térmica, e se você gosta de beliscar, deve comprar bolos baratos no supermercado. "Os comerciantes de café estão depenando você com o que não passa de um pouco de água quente e açúcar", revela ele, e acho que está certo. Mas sentirei falta do meu cappuccino matinal. Mesmo assim. Prometi a mim mesma que seguirei as regras do livro – e é o que farei.

Ao sair da cafeteria segurando meu último cappuccino, me dou conta de que na realidade não tenho uma garrafa térmica para o café. Mas tudo bem, comprarei uma. Há umas lindas de cromo brilhante na Habitat. Garrafas térmicas são mesmo muito usadas hoje em dia. Acho que a Alessi podia até fazer uma. Não seria legal? Beber café numa garrafa térmica da grife Alessi. Muito mais elegante do que um cappuccino para viagem.

Sinto-me bastante feliz andando pela rua. Quando chego à Smith's, entro e folheio algumas revistas para me manter em dia – e também compro um lindo caderninho prateado e uma caneta para anotar tudo o que gasto. Vou ser realmente rigorosa com isso, pois, segundo David E. Barton, o ato em si de anotar as compras deve ter um efeito restritivo. Assim, quando chego ao trabalho, começo minha lista.

Cappuccino	1,50
Muffin	1,00
Caderno	3,99
Caneta	1,20
Revistas	6,40

O que dá um total até agora de... 14,09 libras.

Nossa. Acho que é um bocado, levando em conta que só são 9h40 da manhã.

Mas o caderno e a caneta não contam, não é? São uma ferramenta essencial do treinamento. Quero dizer, como poderei anotar todas as despesas sem um caderno e uma caneta? Pensando assim, subtraio ambos e agora meu total é de... 8,90 libras. O que é muito melhor.

De qualquer modo, estou no trabalho agora. Provavelmente não gastarei mais nada o dia todo.

MAS, MEU DEUS. De certo modo, ficar sem gastar nada é absolutamente impossível. Primeiro, Guy, do setor de contabilidade, vem com um outro presente de despedida para darmos. Depois, preciso sair e comer alguma coisa. Controlo-me ao máximo ao pedir meu sanduíche – escolho ovo com agrião, que é o mais barato na Boots, e eu nem gosto de ovo e agrião.

David E. Barton diz que, quando fazemos um esforço real, especialmente nos estágios iniciais, devemos nos recompensar – então eu pego uns óleos de banho de coco, no balcão de produtos naturais, como um pequeno presente. Depois, percebo que o creme hidratante que uso está em promoção oferecendo Pontos de Vantagem.

Adoro Pontos de Vantagem. Eles não são uma invenção maravilhosa? Se você gasta o suficiente, pode conseguir prêmios muito bons, como uma bela diária num hotel. No último Natal eu fui muito esperta – acumulei pontos suficientes para comprar um presente para minha avó. O que aconteceu de fato foi que já havia conseguido 1.653 pontos – e precisava de 1.800 para comprar para ela um kit de rolos aquecidos para os cabelos. Então comprei para mim um vidro grande de perfume Samsara e acumulei mais 150 pontos no meu cartão – com isso, consegui o kit de rolos aquecidos absolutamente grátis! O único problema é que não gostei muito do perfume – mas isso eu só percebi quando cheguei em casa. Mesmo assim não importa.

A maneira inteligente de usar Pontos de Vantagem – como em todas as ofertas especiais – é descobrir a oportunidade e usá-la, pois pode não surgir no seu caminho outra vez. Assim, decido comprar três potes de creme hidratante. Pontos de Vantagem em dobro! Acaba saindo de graça, não é?

Agora, preciso comprar o presente de aniversário de Suze. Já comprei um conjunto de óleos aromáticos – mas outro dia vi um lindo cardigã rosa de angorá, na Benetton, e sei que ela adoraria. Sempre é possível devolver os óleos aromáticos, ou dar de presente a alguém no Natal.

Entro na Benetton e pego o cardigã rosa. Estou quase pagando... quando percebo que eles têm em cinza também. O cardigã angorá mais perfeito, macio, cinza-pombo, com pequeninos botões de pérola.

Ah, *Deus*. Você vê, o negócio é que estou procurando um bom cardigã cinza há anos. Juro que estou. Pode perguntar à Suze, à minha mãe, a qualquer um. E, também, não estou *ainda* no meu novo regime frugal, não é? Só estou me monitorando.

Segundo David E. Barton, é preciso agir o mais naturalmente possível. Portanto, *devo* seguir meus impulsos naturais e comprá-lo. Seria falso não fazê-lo. Arruinaria todo o processo.

E só custa 45 libras. E eu posso comprar com o VISA.

Analise por outro ângulo – o que são 45 libras afinal de contas? Não são nada, não é?

E eu compro. O pequeno cardigã mais perfeito do mundo. As pessoas me chamarão de a Garota do Cardigã Cinza. Poderei *viver* nele. Realmente, é um investimento.

APÓS O ALMOÇO, preciso ir até a Image Store escolher uma foto para a capa do próximo número da revista. É minha tarefa favorita, sem dúvida – e não entendo por que Philip sempre passa para outra pessoa. Basicamente significa que vou sentar e beber café a tarde toda enquanto examino fileiras e fileiras de transparências.

Porque, claro, não temos orçamento para criar nossas próprias capas. Deus, não. Quando comecei no jornalismo, achei que poderia participar de filmagens, conhecer modelos e ter momentos de muito *glamour*. Mas não temos nem um fotógrafo. Todas as nossas revistas usam bancos de fotografias como a Image Store, e as mesmas imagens tendem a aparecer de novo, várias vezes. Há uma fotografia de um tigre rugindo que já esteve na capa de pelo menos três revistas de finanças pessoais no último ano. Mesmo assim, os leitores não se importam, não é? Na verdade eles não compram a revista para ver a modelo Kate Moss.

A minha sorte é que o editor de Elly também não gosta de escolher capas – e eles também usam a Image Store. Assim, sempre procuramos dar um jeito de irmos juntas e aproveitarmos para conversar. Melhor ainda, a Image Store fica em Notting Hill Gate, portanto posso perfeitamente levar séculos para chegar lá e voltar, sem nenhum problema. Geralmente não me preocupo em voltar para o escritório. É a maneira perfeita de passar uma tarde. (Isto é, uma tarde paga. Claro, pensaria diferente se fosse um sábado.)

Chego lá antes de Elly e digo à garota da recepção: "Becky Bloom da *Successful Saving*", mas gostaria mesmo de poder dizer "Becky Bloom do *Wall Street Journal*". Depois, sento numa cadeira macia de couro preto, folheio um catálogo de fotografias brilhantes de famílias felizes, até que um dos rapazes bem-vestidos que trabalham lá se aproxima e me encaminha para uma mesa iluminada, reservada para mim.

– Meu nome é Paul – diz ele – e vou auxiliar você hoje. Sabe o que está procurando?

– Bem... – digo, e num gesto importante, consulto meu caderno. Tivemos uma reunião para fechar a capa ontem e acabei escolhendo a matéria *Organização de portfólio: conseguindo o equilíbrio ideal.* Antes que você durma com tanta chatice, quero apenas informar que no mês passado a matéria de capa foi *Contas de investimento: colocando-as em teste.*

Por que será que não podemos, pelo menos *uma vez*, colocar os cremes de bronzeamento em teste? Ora.

– Estou procurando fotografias de escaladas – explico, lendo minha lista. – Ou cordas bambas, ou monociclos...

– Imagens de equilíbrio – diz Paul apreendendo. – Nenhum problema. Gostaria de um café?

– Sim, por favor. – Sorrio e relaxo na minha cadeira. Entende o que quero dizer? É tão agradável este lugar. E estou sendo paga para sentar nesta cadeira, sem fazer nada.

Alguns momentos depois, Elly aparece com Paul e olho surpresa para ela. Está bem bonita, num tailleur cor de berinjela e salto alto.

– Então são nadadores, barcos e imagens europeias – diz-lhe Paul.

– Isso mesmo – confirma Elly, enquanto afunda na cadeira ao lado da minha.

– Deixe-me adivinhar – digo.– Algo sobre moedas flutuantes.

– Muito bem – diz Elly. – Na verdade é *Europa – afunda ou nada?* – Ela usa um tom de voz incrivelmente dramático, e Paul e eu começamos a rir. Quando ele se afasta, observo-a de cima a baixo.

– E então, por que está tão bonita?

– Sempre estou bonita – esquiva-se ela. – Você sabe disso. – Paul já está trazendo no carrinho pilhas de transparências na nossa direção e Elly olha por cima delas. – São as suas ou as minhas?

Elly está evitando o assunto. O que está acontecendo?

– Você tem uma entrevista? – pergunto num rápido lampejo de genialidade. Ela me olha, enrubesce e tira uma folha de transparências do carrinho.

– Números de circo – diz ela. – Ilusionistas. Era isto que você queria?

– Elly! Você tem uma entrevista? Me diz!

Por um instante faz-se silêncio. Elly olha para a folha e depois para mim.

– Sim. – Morde o lábio. – Mas...

– Que bom! – exclamo, e umas meninas com aparência educada no canto da sala dirigem-nos o olhar. – Para quem? – digo mais calma. – Não é para a *Cosmo*, é?

Somos interrompidas por Paul, que se aproxima com um café e coloca-o na frente de Elly.

 – Nadadores chegando – diz ele, depois sorri e se afasta.

– Para quem? – repito. Elly se inscreve para tantos empregos que me perco.

– É a Wetherby's – responde ela, e seu rosto ruborizou-se.

– Wetherby's Investments? – Ela faz que sim com um leve aceno da cabeça, e eu franzo a testa perplexa. Por que está se inscrevendo para a Wetherby's Investments? – Eles têm alguma revista interna ou algo assim?

– Não estou me candidatando a uma vaga de jornalista – diz ela numa voz baixa. – Estou me candidatando a gerente de fundos.

– *O quê?* – digo, pasma.

Sei que os amigos devem apoiar as decisões profissionais uns dos outros e tudo mais. Mas, com todo respeito, *gerente de fundos*?

– É provável que eu nem consiga o emprego – diz, desviando o olhar. – Não é nada tão bom assim.

– Mas...

Estou sem fala. Como pode Elly sequer estar pensando em tornar-se gerente de fundos? Os gerentes de fundos não são pessoas reais. Eles são os personagens de quem nós rimos nas viagens a trabalho.

– É só uma ideia – diz ela, defensiva. – Talvez eu só esteja querendo mostrar à Carol que consigo fazer algo diferente do que faço. Entende?

– Então é como... uma barganha também? – arrisco.

– Sim – responde Elly, encolhendo levemente os ombros, em sinal de indiferença. – Um instrumento de barganha.

MAS NÃO SOA muito convincente e, pelo resto da tarde, Elly não está nem um pouco a fim de conversar como de costume. O que aconteceu? Depois que saio da Image Store, a caminho de casa, ainda estou quebrando a cabeça com isso. Vou até a High Street Kensington, atravesso a rua e hesito em frente à Marks and Spencer.

O metrô está à minha direita. As lojas, à minha esquerda.

Devo *ignorar* as lojas. Preciso praticar a frugalidade, ir direto para casa e fazer meu gráfico de gastos. Se precisar de diversão, posso assistir a um pouco de televisão de graça e, talvez, fazer uma sopa nutritiva e econômica.

Mas não há nada de bom passando hoje, pelo menos até a hora de *EastEnders*. E não estou com vontade de tomar sopa. Sinto-me como se precisasse de algum estímulo para me animar. Além disso – minha cabeça trabalha rápido –, vou desistir de tudo isso amanhã, não é? Preciso me empanturrar antes que o jejum comece.

Com uma onda de alegria, corro em direção ao Barkers Centre. Não vou enlouquecer, prometo a mim mesma. Só um pequeno presente para continuar e não desistir. Já comprei meu cardigã – portanto, roupas não... e comprei um par de sapatos altos no outro dia – portanto, isso também não... apesar de ainda haver uns bons sapatos do tipo Prada-y na Hobbs... Hum. Não estou bem certa.

Chego à seção de cosméticos da Barkers e de repente já sei. Maquiagem! É o que preciso. Uma máscara nova e talvez um batom novo. Feliz, começo a andar pela sala clara e inebriante, evitando os *sprays* de perfume e testando os batons na parte de trás de minha mão. Quero um batom bem claro, decido, meio bege-rosado; e um delineador de lábios para combinar...

No balcão da Clarins, minha atenção é tomada por um grande aviso promocional.

> Compre dois produtos para a pele e receba GRÁTIS uma sacola de beleza contendo amostras de adstringente, tonificante, creme hidratante, batom e rímel Autumn Blaze, além de uma amostra da exclusiva Eau Dynamisante. Estoques limitados. Não perca tempo.

Mas isso é fantástico! Você sabe quanto custa normalmente um batom da Clarins? E aqui estão eles, dando isso de graça! Numa grande excitação, começo a procurar todos os produtos para a pele tentando decidir quais comprar. Que tal um creme para o pescoço? Nunca usei isso antes. E um pouco de hidratante revitalizador. E depois conseguirei um batom de graça! É um alto negócio.

– Olá – digo à mulher de uniforme branco. – Quero o creme para pescoço e o hidratante revitalizador. E a sacola de beleza – acrescento, petrificada de medo de que seja tarde demais... Os estoques limitados podem ter acabado.

Mas não acabaram! Graças a Deus. Enquanto meu cartão VISA está processando, a mulher me entrega uma bela sacola de beleza vermelha (devo admitir, um pouco menor do que eu esperava), que abro contente. E lá está mesmo meu batom de graça!

É de um tom vermelho-amarronzado. Um pouco estranho, devo dizer. Mas se eu misturá-lo com alguns dos meus outros batons e acrescentar um pouco de brilho, vai ficar bem bonito.

QUANDO CHEGO EM CASA, estou exausta. Abro a porta do apartamento e Suze vem correndo como um cachorrinho.

– O que você comprou? – pergunta gritando.

– Não olhe! – respondo, gritando também. – Não tem permissão de olhar! É seu presente.

– Meu presente! – Suze fica tão ansiosa com aniversários. Bem, para ser sincera, eu também.

Corro para o meu quarto e escondo a sacola da Benetton no armário de roupas. Depois desembalo todo o restante das minhas compras e pego meu pequeno caderninho prata para listá-las. David E. Barton diz que isso deve ser feito *imediatamente*, antes que os gastos sejam esquecidos.

– Quer uma bebida? – escuto a voz de Suze através da porta.

– Sim, por favor! – grito de volta, escrevendo no meu caderno, e no instante seguinte ela chega com um copo de vinho.

– *EastEnders* já vai começar – diz ela.

– Obrigada – digo, sem dar muita importância, e continuo escrevendo. Estou seguindo exatamente as regras do livro – guardando todos os meus recibos e anotando tudo – e me sinto realmente satisfeita comigo mesma. Isso mostra que, como David E. Barton diz, com um pouco de esforço e atenção, qualquer um pode ter controle sobre suas finanças.

PENSANDO BEM, comprei um bocado de hidratante hoje, não foi? Para ser sincera, quando estava no balcão da Clarins comprando meu creme revitalizador, me esqueci de todos os potes que havia comprado na Boots. Mesmo assim, não importa. Creme hidratante nunca é demais. É imprescindível, como pão e leite, e David E. Barton diz que nunca se deve economizar no fundamental. Fora isso, não acho que fiz tão mal assim. Claro que não somei tudo ainda, mas...

Tudo bem. Então aqui está minha lista final e completa:

Cappuccino	1,50
Muffin	1,00
~~Caderno~~	~~3,99~~
~~Caneta~~	~~1,20~~
Revistas	6,40
Sanduíche de ovo e agrião	0,99
Óleo de banho de coco	2,55
Cremes umectantes da Boots	20,97
Dois cardigãs	90,00
Evening Standard	0,35

Creme para pescoço Clarins	14,50
Creme hidratante Clarins	32,50
Sacola de beleza	Grátis!
Creme de banana	2,00
Bolo de cenoura	1,20

E chego a um total de... 173,96 libras.

Olho para esse número em estado de choque.

Não, sinto muito, isso não pode estar correto. *Não pode* estar correto. Não posso ter gasto mais de 170 libras em um dia.

Quero dizer, não é nem o fim de semana. Estive no trabalho. Não teria tido *tempo* para gastar tanto assim. Deve haver algum erro em algum lugar. Talvez eu não tenha somado tudo corretamente. Ou talvez eu tenha repetido o mesmo item duas vezes.

Meus olhos se atêm com mais cuidado à lista e de repente paro triunfante: "Dois cardigãs." Eu sabia! Só comprei um...

Ah, sim. Comprei mesmo dois, não foi? Droga. Ah, Deus, isso é deprimente. Vou assistir a *EastEnders*.

ENDWICH BANK
Agência Branch

3 Fulham Rd
Londres SW6 9JH

Srta. Rebecca Bloom
Apto. 2
4 Burney Rd
Londres SW6 8FD

6 de março de 2000

Prezada Srta. Rebecca Bloom:

Agradeço sua mensagem na secretária eletrônica de domingo, 5 de março.

Lamento muito pela morte de seu cachorro.

Ainda assim, devo insistir que a senhora entre em contato comigo ou com minha assistente, Erica Parnell, dentro dos próximos dias, para analisarmos sua situação.

Atenciosamente,

Derek Smeath
Gerente

ENDWICH – PORQUE NOS IMPORTAMOS

6

Tudo bem, penso no dia seguinte, determinada. O negócio é não ficar nervosa com a quantia que gastei ontem sem querer. São águas passadas. O importante é que hoje começa minha nova vida frugal. De agora em diante, não vou gastar absolutamente nada. David E. Barton diz que devemos ter como meta cortar nossos gastos pela metade na primeira semana, mas acho que consigo fazer melhor do que isso. Bem, não quero ser rude, mas esses livros de autoajuda em geral são dirigidos a pessoas totalmente desprovidas de autocontrole, não é? E eu parei de fumar com a maior facilidade (exceto socialmente, mas isso não conta).

Sinto-me bastante animada enquanto preparo um sanduíche de queijo e embalo em papel-alumínio. Já economizei umas 2 libras só nisso! Como não tenho garrafa térmica (preciso comprar uma no fim de semana), não posso levar café, mas tem uma garrafa de suco na geladeira e resolvo que é o que vou querer. Além disso, é mais saudável.

De fato, fico imaginando por que as pessoas compram sanduíches prontos. Olha como é barato e fácil de fazer. O mesmo se aplica às refeições mais elaboradas. David E. Barton diz que, em vez de pagar caro por refeições prontas, devemos aprender como fazer nossos próprios molhos e pratos por uma fração do custo. Portanto, é isso que vou fazer neste fim de semana, depois de ir a um museu ou, quem sabe, simplesmente passear às margens do rio apreciando o cenário.

Enquanto ando em direção ao metrô sinto-me pura e renovada. Quase séria. Veja todas essas pessoas na rua correndo, só pensando em dinheiro. Dinheiro, dinheiro, dinheiro. É uma obsessão. Mas, uma vez que você renuncia ao dinheiro, ele deixa de ter qualquer relevância. Já sinto que estou com uma cabeça completamente diferente. Menos materialista, mais filosófica. Mais *espiritual*. Como David E. Barton diz, nós deixamos de apreciar a cada dia tudo o que já temos. Luz, ar, liberdade, a companhia de amigos... Quero dizer, é isso que importa, certo? Não as roupas, os sapatos, os caprichos.

Chega a ser quase assustadora a transformação que já ocorreu dentro de mim. Por exemplo, passo pela banca de jornais na estação do metrô e, casualmente, desvio meu olhar para as revistas, mas não sinto o menor desejo de comprar alguma. Revistas são irrelevantes na minha nova vida (além disso, já li quase todas).

Assim, entro no trem me sentindo serena e impenetrável como um monge budista. Quando saio, passo direto pela sapataria com descontos, sem sequer olhar, e também pelo Lucio's. Nada de cappuccinos hoje. Nem muffins. Nada de gastar – só quero ir direto para o escritório.

Este é o período mais tranquilo do mês na *Successful Saving*. Acabamos de encaminhar o último número da revista para a gráfica, o que basicamente significa que podemos relaxar por uns dias sem fazer nada, antes de nos prepararmos para o próximo número. Claro, devemos começar a pesquisar para o artigo do mês que vem. Na realidade, hoje eu teria de dar vários telefonemas para corretores de valores e perguntar por suas sugestões de investimento para os próximos seis meses.

Mas, de algum modo, a manhã toda passou e não fiz
 nada, só mudei o protetor de tela do computador para três

peixes amarelos e um polvo e criei um formulário de reembolso de despesas. Para falar a verdade, não consigo realmente me concentrar no trabalho. Acho que estou extasiada demais com a pureza do meu novo eu. Fico tentando imaginar quanto terei economizado até o fim do mês e o que poderei comprar na Jigsaw.

Na hora do almoço, pego meu sanduíche embalado no papel-alumínio e, pela primeira vez nesse dia, me sinto um pouco deprimida. O pão ficou todo úmido, a água dos picles escorreu para o papel-alumínio, e a aparência não está nada apetitosa. O que quero nesse momento é um pão de nozes e um brownie de chocolate do Pret à Manger.

Não pense nisso, digo a mim mesma. Pense em quanto dinheiro está economizando. Assim, de algum modo me forço a comer meu sacrifício úmido e a beber um pouco do suco. Quando acabo, jogo fora o papel-alumínio, atarraxo de novo a tampa da garrafa e a coloco em nossa geladeirinha do escritório. Com isso passaram-se mais ou menos... cinco minutos do meu horário de almoço.

E agora, o que devo fazer em seguida? Onde devo ir?

Afundo em minha cadeira me sentindo miserável. Deus, esta frugalidade é difícil de aguentar. Folheio uns arquivos desanimada... depois levanto a cabeça e vejo pela janela todos os consumidores da Oxford Street segurando suas sacolas. Estou querendo tanto ir lá, na verdade estou inclinada para a frente na minha cadeira, como uma planta voltada para a luz. Preciso das luzes fortes e do ar quente, das prateleiras de mercadorias, até do tilintar das caixas registradoras. Mas não posso ir. Esta manhã disse a mim mesma que passaria o dia inteiro sem me aproximar das lojas. *Prometi* a mim mesma – e não posso quebrar minha própria promessa. Pelo menos, não tão cedo...

E então me ocorre um pensamento brilhante. Preciso comprar uma receita com curry para preparar uma refeição especial em casa, não é? David E. Barton diz que livro de receita é dinheiro jogado fora. Segundo ele, devíamos usar as receitas impressas nas laterais dos pacotes de alimentos ou pegar emprestados livros de receitas na biblioteca. Mas tenho uma ideia ainda melhor. Vou entrar na Smith's e *copiar* uma receita de curry para fazer no sábado à noite. Desse modo posso entrar numa loja – mas não preciso gastar nenhum dinheiro. Já estou me levantando e pegando meu casaco. Lojas, aqui vou eu!

QUANDO ENTRO NA SMITH'S, sinto meu corpo inteiro expandir-se num alívio. Sente-se uma vibração ao entrar numa loja, qualquer loja, que nada se compara. Um pouco pela expectativa, um pouco pela atmosfera receptiva e o burburinho, um pouco pelo simples fascínio do novo em tudo. Revistas novas brilhando, lápis novos brilhando, transferidores novos brilhando. Não que eu tenha precisado de um transferidor desde meus 11 anos de idade, mas eles não são lindos, limpinhos e sem nenhum risco dentro das embalagens? Há uns fichários novos com capa de leopardo que nunca tinha visto antes, e por um momento me sinto quase tentada a comprar. Mas, em vez disso, me forço a passar direto em direção ao fundo da loja onde os livros estão empilhados.

Deparo-me com uma variedade enorme de livros de receitas de comida indiana; pego um deles aleatoriamente, passo os olhos nas páginas e me pergunto que receita eu deveria escolher. Não tinha me dado conta de quanto é complicada essa culinária indiana. Talvez eu devesse tomar nota de umas duas receitas só para me garantir.

Olho à minha volta com cuidado e tiro da bolsa meu caderninho e uma caneta. Estou um pouco cautelosa porque sei que os funcionários da Smith's não gostam que se copie nada de seus livros. Sei disso porque, uma vez, pediram a Suze para sair da Smith's, em Victoria. Ela estava copiando uma página do *A-Z* porque tinha esquecido seu exemplar em casa, quando uma das funcionárias disse que ela precisaria comprar o livro ou sair da loja. (O que não faz nenhum sentido, pois eles deixam a gente ler as revistas de graça, não é mesmo?)

Bem, continuando, quando me certifico de que ninguém está olhando, começo a copiar a receita de "Camarão à biriani". Estou na metade da lista de temperos quando uma garota usando o uniforme da WH Smith aparece no outro canto e rapidamente fecho o livro e me afasto um pouco, fingindo que estou folheando. Quando acho que estou segura, volto a abrir, mas antes de poder escrever algo, uma senhora idosa, vestida num casaco azul, diz alto:

– Esse aí é bom, querida?

– O quê? – digo eu.

– O livro! – Ela aponta para o livro de receitas com seu guarda-chuva. – Preciso de um presente para minha nora e ela é da Índia. Pensei em comprar um bom livro de receitas indianas. Você diria que esse é bom?

– Realmente não sei – respondo. – Ainda não o li.

– Ah – exclama a senhora e começa a se afastar. Eu devia manter minha boca fechada e não me meter na vida dos outros, mas não consigo resistir, tenho de dar um pigarro e dizer:

– Ela já não tem muitas receitas indianas?

– Quem? – diz a mulher, virando-se.

– Sua nora! – Já estou me arrependendo disso. – Se é indiana, já não sabe cozinhar comida indiana?

– Ah – diz a velha senhora. Parece totalmente confusa. – Bem, o que eu deveria comprar então?

Ah, Deus.

– Não sei – digo. – Talvez um livro sobre... sobre algum outro assunto?

– É uma boa ideia! – diz ela num tom alegre e vem na minha direção. – Ajude-me a escolher algo, querida.

Por que eu?

– Sinto muito – digo. – Estou com um pouco de pressa hoje.

Rapidamente me afasto sentindo-me um pouco mal. Chego à seção de CDs e vídeos, que está sempre meio vazia, e me escondo atrás da prateleira dos vídeos dos Teletubbies. Olho em volta, verifico se não há ninguém por perto e abro o livro outra vez. Tudo bem, viro na página 214, camarão à biriani... Começo a copiar a receita de novo e, assim que chego ao fim da lista de temperos, ouço uma voz séria no meu ouvido:

– Com licença?

Fico tão espantada que minha caneta cai sobre o livro e, para meu horror, faz um risco azul sobre uma fotografia linda de arroz basmati. Rapidamente desloco minha mão quase cobrindo a marca e me viro com um ar inocente. Um homem de camisa branca portando um crachá com seu nome me olha com ar de desaprovação.

– Isto não é uma biblioteca pública, a senhora sabe – diz ele. – Acha que temos um serviço de informação gratuita?

– Só estou folheando – digo logo, tentando fechar o livro. Mas o dedo do homem sai do nada e aterrissa na página antes que eu consiga fechá-la. Lentamente ele abre o livro de novo e nós dois olhamos para o risco de caneta azul.

– Folhear é permitido – diz o homem sério. – Destruir o estoque da loja, não.

– Foi um acidente! – digo. – O senhor me assustou!

– Hum – diz o homem, e me dirige um olhar duro. – Pretendia realmente comprar este livro? Ou qualquer outro?

Há uma pausa – depois, com a expressão um pouco envergonhada, digo:

– Não.

– Entendo – diz o homem, apertando os lábios. – Bem, temo que este assunto necessite ser levado à gerente. Claro, não poderemos vender este livro mais, portanto a perda será nossa. Se a senhora puder vir comigo e explicar exatamente o que estava fazendo quando o incidente aconteceu...

Ele está falando sério? Não vai só me dizer gentilmente que não faz mal e perguntar se quero um cartão da loja? Meu coração começa a bater forte de pânico. O que vou fazer? Obviamente não posso comprar o livro estando sob meu regime frugal. Mas tampouco quero ir ver a gerente.

– Lynn? – o homem chama uma assistente no balcão de canetas. – Poderia procurar Glenys para mim, por favor?

Ele realmente *está falando* sério. Parece contente consigo mesmo, como se tivesse pego um ladrão. Será que eles podem me processar por fazer rabiscos de caneta em livros? Talvez isso seja considerado vandalismo. Ah, Deus. Serei fichada criminalmente. Nunca vou poder viajar para os Estados Unidos.

– Olha, eu comprarei o livro, está bem? – digo, quase sem ar. – Comprarei o raio do livro. – Arranco-o da mão do homem e corro para o balcão de saída antes que ele diga mais alguma palavra, meu coração ainda batendo forte.

De pé no balcão ao lado está a senhora idosa de casaco azul, e procuro evitar seu olhar. Mas ela me vê e exclama triunfante:

– Segui seu conselho! Comprei um livro que eu acho que ela realmente vai gostar!

– Ah, ótimo – repliquei, entregando meu livro de receitas à funcionária.

– Chama-se *O Guia Alternativo para a Índia* – diz a senhora idosa me mostrando o grosso livro de bolso azul. – Já ouviu falar nele?

– Ah – digo. – Bem, sim, mas...

– São 24,99 libras, por favor – diz a moça do caixa.

O quê? Dirijo-lhe o olhar espantada. Vinte e cinco libras por um livro de receitas? Por que eu não peguei algum livro de bolso barato? Droga. *Droga.* Muito relutante, pego meu cartão de crédito e o entrego. Comprar porque queremos, tudo bem; ser forçada a comprar contra sua vontade é bem diferente. Quero dizer, eu poderia ter comprado alguma lingerie bonita com aquelas 25 libras.

Por outro lado, penso enquanto saio da loja, isso significa um bocado de pontos adicionais no meu Cartão Club. O equivalente a... 50 centavos! E agora serei capaz de fazer vários molhos de curry deliciosos e exóticos e economizar todo aquele dinheiro perdido de comida para viagem. Realmente, preciso encarar este livro como um investimento.

NÃO QUERO ME gabar, mas, fora aquela compra, vou incrivelmente bem nos dois dias seguintes. As únicas compras que faço são uma garrafa térmica cromada, muito bonita, para levar café para o escritório (e uns grãos de café e um triturador elétrico – porque não faz sentido levar café instantâneo ordinário, faz?). E umas flores e champanhe para o aniversário de Suze.

Mas tenho permissão para comprar isso, pois, segundo David E. Barton, é preciso presentear os amigos. Ele diz que o simples ato de dividir pão com os amigos é uma das características mais antigas e mais essenciais da vida humana. "Não deixe de dar presentes aos seus amigos", diz ele. "Não precisam ser extravagantes. Use sua criatividade e procure fazê-los você mesmo."

Então o que fiz foi comprar para Suze meia garrafa de champanhe em vez de uma inteira e, em vez de comprar os croissants caros da delicatéssen, vou fazê-los eu mesma com aquela massa especial que se compra em tubos.

À noite vamos ao Terrazza para jantar com os primos de Suze, Fenella e Tarquin, e, para ser sincera, deve ser uma noite bem cara. Mas tudo bem, pois trata-se de dividir o pão com os amigos. (Só que o pão do Terrazza é de tomates secos e custa 4,50 libras a cesta.)

FENELLA E TARQUIN chegam às 18 horas para o aniversário de Suze, e logo que ela os vê começa a gritar de alegria. Fico no meu quarto e termino de me maquiar, adiando o momento de ter de sair e cumprimentá-los. Não gosto tanto assim de Fenella e Tarquin. Na realidade, acho-os um pouco esquisitos. Para começar, têm uma aparência estranha. Ambos são muito magros – mas de uma magreza pálida e ossuda – e têm os dentes levemente protuberantes. Fenella faz um pouco de esforço com roupas e maquiagem, e sua aparência não é *tão* ruim. Mas Tarquin, francamente, parece um arminho. Ou uma fuinha. De qualquer forma, alguma pequena criatura ossuda. Eles agem de modo estranho também. Andam por aí de bicicleta, usam uns blusões combinando, tricotados pela avó, e têm um vocabulário próprio familiar tolo que ninguém mais consegue entender. Por exemplo, chamam sanduíche de "uíche". E um drinque de "titchi" (exceto água, que é "ho"). Acredite, fica realmente irritante após algum tempo.

Mas Suze os adora. Passou com eles todos os verões de sua infância, na Escócia, e não consegue enxergar que são um pouco estranhos. O pior de tudo é que *ela* começa a falar de uíches e titchies quando estão juntos. Me deixa louca.

Ainda assim, não há nada que eu possa fazer – eles estão aqui agora. Acabo de colocar o rímel e me levanto olhando para minha imagem no espelho. Fico satisfeita com o que vejo. Estou usando um top preto bem simples e calças compridas pretas e, enrolada ao pescoço, minha linda, *linda* echarpe Denny and George. Deus, aquela foi uma grande compra. Simplesmente fantástica.

Protelo um pouco e depois, resignada, abro a porta do meu quarto.

– Oi, Bex! – diz Suze, olhando para mim com olhos brilhantes. Está sentada de pernas cruzadas no chão do corredor, rasgando a embalagem de um presente, enquanto Fenella e Tarquin estão ao seu lado, em pé, apreciando. Não estão com blusões combinando hoje, graças a Deus, mas Fenella está vestindo uma saia muito estranha feita de *tweed* felpudo, e o terno de peito duplo de Tarquin parece ter sido feito durante a Primeira Guerra Mundial.

– Oi! – cumprimento e beijo cada um educadamente.

– Nossa! – grita Suze, e tira da caixa um quadro numa moldura dourada antiga. – Não acredito! *Não acredito*! – Ela olha de Tarquin para Fenella com um olhar radiante, e eu olho para a tela com interesse por cima de seus ombros. Mas, para ser sincera, não consigo dizer que estou impressionada. Para começar, a pintura é toda desbotada – toda borrada de verdes e marrons – e só mostra um cavalo parado quieto num campo. Não poderia estar pulando uma cerca, empinando ou algo assim? Ou talvez trotando pelo Hyde Park, montado por uma garota num desses lindos vestidos de época estilo *Orgulho e preconceito*?

– Feliz Mau Dia! – Tarquin e Fenella falam em uníssono. (Isso é outra coisa. Eles chamam os aniversários de maus dias desde que... Ah, Deus. Isso é realmente muito chato para explicar.)

– É absolutamente lindo! – digo, entusiasmada. – Absolutamente maravilhoso!

– Não é mesmo? – diz Tarquin, sério. – Olha só essas cores.

– Hum, lindas – exclamo, acenando com a cabeça.

– E o trabalho escovado. É primoroso. Ficamos emocionados quando nos deparamos com ele.

– De fato é um belo quadro – digo. – Faz você querer... galopar pelas dunas!

Que disparate *é esse* que estou dizendo? Por que não posso ser sincera e dizer simplesmente que não gosto do quadro?

– Você monta? – pergunta Tarquin, me olhando um pouco surpreso.

Montei uma vez. No cavalo de meu primo. Caí e jurei que seria a última vez. Mas não vou admitir isso para o Sr. Cavalo do Ano.

– Cavalgava há alguns anos – digo e sorrio com modéstia. – Não muito bem.

– Tenho certeza de que não era tão ruim assim – diz Tarquin me olhando. – Você já caçou?

Ah, pelo amor de Deus. Eu *pareço* a Srta. Vida Campestre?

– Ei – diz Suze encostando o quadro na parede com carinho. – Vamos tomar um "titchi" antes de sair?

– Claro! – concordo, logo me afastando de Tarquin. – Boa ideia.

– Ah, sim – diz Fenella. – Vocês têm champanhe?

– É provável – responde Suze e dirige-se para a cozinha. Nesse momento o telefone toca e eu atendo.

– Alô?

– Alô, poderia falar com Rebecca Bloom? – diz uma voz feminina desconhecida.

– Sim – digo, alheia. Ouço Suze abrir e fechar portas do armário da cozinha e fico pensando se temos mesmo algum champanhe além do que sobrou da meia garrafa que bebemos no café da manhã... – Sou eu mesma.

– Srta. Bloom, aqui é Erica Parnell, do Endwich Bank – diz a voz, e eu gelo.

Merda. É o banco. Ah, Deus, eles me enviaram aquela carta, não foi, e eu não fiz nada a respeito.

O que vou dizer? Rápido, o que vou dizer?

– Srta. Bloom? – diz Erica Parnell.

Está bem – o que vou dizer é que estou inteiramente a par de que excedi meu limite e estou planejando adotar uma ação remediadora dentro dos próximos dias. Sim, isso soa bem. "Ação remediadora" soa muito bem. Está bom, vai.

Digo a mim mesma com firmeza para não entrar em pânico – essas pessoas são humanas – e respiro profundamente. Depois, num movimento inteiramente involuntário, coloco o fone no gancho.

Por alguns segundos olho para o fone mudo, sem conseguir acreditar no que acabei de fazer. *Por que* fiz isso? Erica Parnell sabia que era eu, não sabia? A qualquer minuto telefonará de volta. Deve estar apertando o botão de rediscagem agora, e ficará furiosa...

Rapidamente retiro o fone do gancho e escondo-o sob uma almofada. Agora ela não pode me alcançar. Estou segura.

– Quem era? – pergunta Suze, entrando no quarto.

– Ninguém – digo, sentindo-me tremer um pouco. – Foi engano... Ouça, não vamos tomar os drinques aqui. Vamos sair!

– Ah – diz Suze. – Está bem!

– Muito mais divertido – digo rápido, tentando desviá-la do telefone. – Podemos ir a algum bar muito gostoso tomar uns drinques e, depois, vamos ao Terrazza.

No futuro, o que vou fazer, penso, é selecionar todas as minhas chamadas. Ou atender o telefone com uma pronúncia estrangeira. Ou, melhor ainda, mudar o número. Tirar meu nome do catálogo.

– O que está acontecendo? – pergunta Fenella aparecendo na porta.

– Nada! – ouço minha voz dizer. – Vamos sair para um "titchi" e depois seguiremos para o "jants".

Ah, não acredito. Estou me tornando um deles.

QUANDO CHEGAMOS AO Terrazza, me sinto muito mais calma. Claro, Erica Parnell deve ter pensado que a ligação foi cortada por um defeito na linha ou algo assim. Nunca vai achar que desliguei o telefone na cara dela. Quero dizer, somos duas adultas civilizadas, não somos? Adultos simplesmente não *fazem* algo assim.

E se eu algum dia encontrá-la – embora espere que nunca aconteça –, vou me manter muito tranquila e dizer: "Foi estranho o que aconteceu naquela vez em que você me telefonou, não foi?" Ou melhor ainda, *a* acusarei de ter desligado o telefone na *minha* cara (brincando, é claro).

O Terrazza está cheio, ouve-se um burburinho, há fumaça de cigarro e muita gente conversando; quando sentamos com nossos enormes cardápios prateados, sinto-me relaxar mais ainda. Adoro comer fora. E suponho que mereço um bom divertimento depois de ter sido tão frugal nos últimos dias. Não foi fácil aguentar um regime tão rígido, mas de algum modo consegui. E estou me mantendo nele tão bem! No sábado vou monitorar meu padrão de gastos novamente, e tenho certeza de que chegarei a uma redução de pelo menos 70 por cento.

– O que vamos beber? – pergunta Suze. – Tarquin, você escolhe.

– Ah, olhe! – grita Fenella. – É o Eddie Lazenby! Preciso cumprimentá-lo. – Levanta-se e anda na direção de um rapaz meio calvo de blazer, a umas dez mesas de distância. Não faço a menor ideia de como ela conseguiu vê-lo nesta multidão.

– Suze! – grita outra voz, e nós todas olhamos. Uma garota loura num tailleur curto rosa-claro dirige-se à nossa mesa com os braços estendidos para um abraço. – E Tarkie!

– Oi, Tory – diz Tarquin levantando-se. – Como vai Mungo?

– Ele está lá! – diz Tory. – Você precisa vir dar um alô!

Como é que Fenella e Tarquin passam a maior parte do tempo em Perthshire, mas no minuto que põem os pés em Londres, são cercados de amigos que não veem há muito tempo?

– Eddie mandou um abraço – anuncia Fenella retornando à mesa. – Tory! Como vai você? Como vai Mungo?

– Ah, ele está bem – diz Tory. – Mas vocês já sabem? Caspar está de volta à cidade!

– Não! – exclamam todos, e eu estou quase tentada a juntar-me a eles. Ninguém se preocupou em me apresentar a Tory, mas é assim que acontece com esse tipo de gente. Você se une ao grupo por osmose. Num minuto é um completo estranho, no outro está rindo com eles quando alguém pergunta: "Vocês já *ouviram* o que aconteceu a Venetia e Sebastian?"

– Olha, *precisamos* fazer o pedido – diz Suze. – Vamos lá falar com ele num instante, Tory.

– Está bem, tchau – diz Tory, e se afasta.

– Suze! – exclama outra voz, e uma garota num vestido preto bem curto aproxima-se correndo. – E Fenny!

– Milla! – as duas exclamam. – Como vai? Como vai o Benjy?

Ah, Deus, isso não acaba! Aqui estou eu, olhando para o menu – fingindo estar realmente interessada nas entradas, mas, na realidade, estou me sentindo como uma total nulidade com quem ninguém quer falar – enquanto os malditos

Fenella e Tarquin são os socialites do ano. Não é justo. *Eu também* quero pular de mesa em mesa. *Eu também* quero esbarrar em velhos amigos que conheço desde a infância. (Ainda que, para ser sincera, a única pessoa que conheci por tanto tempo foi Tom, meu vizinho, e ele agora deve estar na sua cozinha de carvalho em Reigate.)

Em todo caso, abaixo meu menu e dou uma olhada esperançosa pelo restaurante. Por favor, Deus, só uma vez, faça com que haja alguém que eu conheça. Não precisa ser alguém de quem eu goste, ou mesmo que eu conheça tão bem assim, só alguém a quem eu possa me juntar, papear um pouquinho e depois exclamar "Precisamos almoçar!". *Qualquer* pessoa serve. Qualquer um mesmo...

Nesse momento, com uma emoção inacreditável, vejo um rosto familiar a algumas mesas de distância! É Luke Brandon, sentado com um senhor e uma senhora mais velhos, muito bem-vestidos.

Bem, ele não é exatamente um velho amigo, mas eu o conheço, não é? E não é como se eu tivesse muita escolha. E eu quero *tanto* pular de mesa em mesa como os outros.

– Vejam, lá está Luke! – exclamo (baixo, para ele não me ouvir). – Eu simplesmente *preciso* ir lá falar com ele!

Assim que os outros me olham surpresos, jogo os cabelos para trás, fico de pé num pulo e corro dali, tomada por uma alegria repentina. Eu também posso fazer isso! Estou pulando de mesa em mesa no Terrazza. Sou uma garota enturmada!

Quando me aproximo da mesa dele é que diminuo o passo e fico imaginando o que vou dizer.

Bem... serei apenas educada. Vou cumprimentar e – ah, genial! Posso agradecê-lo novamente por seu gentil empréstimo de 20 libras.

Merda, eu paguei mesmo a ele, não paguei?

Sim. Sim, mandei-lhe um lindo cartão reciclado com papoulas e um cheque. Isso mesmo. Agora não entre em pânico, é só ser calma e charmosa.

– Oi! – exclamo tão logo me aproximo da mesa, mas por causa do burburinho à nossa volta ele não me ouve. Não é à toa que todos os amigos de Fenella falam tão alto... É preciso gritar para ser ouvido.

– Oi! – Tento outra vez, ainda sem resposta. Luke parece inteiramente absorvido pela conversa com o senhor mais velho, enquanto a senhora os escuta atentamente. Nenhum deles sequer desvia o olhar.

Isto está ficando um pouco embaraçoso. Estou em pé, sozinha, sendo totalmente ignorada pela pessoa com quem quero falar. Ninguém mais parece ter esse problema. Por que ele não se levanta correndo e exclama "Você *soube* da Foreland Investments?" Não é justo. O que devo fazer? Devo simplesmente me afastar? Devo fingir que estava me encaminhando para o banheiro feminino?

Um garçom passa por mim segurando uma bandeja com certa dificuldade, e sou empurrada para a frente, impotente, na direção da mesa de Luke – nesse momento, ele me olha. Olha fixo para mim sem nenhuma emoção, como se nem soubesse quem sou. E sinto meu estômago dar uma mexidinha de pânico. Mas agora preciso ir até o fim.

– Olá, Luke! – digo num tom alegre. – Só queria... cumprimentá-lo!

– Bem, olá – diz ele após uma pausa. – Mamãe, papai, esta é Rebecca Bloom. Rebecca, meus pais.

Meu Deus. O que fiz? Fui parar numa reunião íntima familiar. Saia, rápido.

– Oi. – Dou um sorriso pálido. – Bem, não quero incomodar...

– E então, como conheceu Luke? – pergunta a Sra. Brandon.

– Rebecca é uma importante jornalista de economia – diz Luke, tomando um gole de vinho. (É isso mesmo que ele pensa? Nossa Mãe, preciso deixar isso escapar numa conversa com Clare Edwards. Aliás, com Philip também.)

Sorrio confiante para o Sr. Brandon, me sentindo como uma estrela. Sou uma importante jornalista de economia fazendo amizade com um importante empresário num badalado restaurante londrino. Nada mau, não?

– Jornalista de economia, hein? – murmura o Sr. Brandon, e abaixa seus óculos de leitura para me ver melhor. – E então o que *você* achou da declaração do ministro das Finanças?

Nunca mais vou procurar amigos de mesa em mesa. Nunca mais.

– Bem – começo confiante, pensando se eu não poderia de repente fingir estar vendo um velho amigo do outro lado da sala.

– Pai, estou certo de que Rebecca não quer falar de trabalho – diz Luke, franzindo um pouco a testa.

– Com certeza! – diz a Sra. Brandon, sorrindo para mim. – É uma linda echarpe, Rebecca. É Denny and George?

– Sim! – digo alegre, aliviada por escapar da declaração do ministro. (Que declaração?) – Fiquei tão contente, comprei-a na semana passada numa liquidação!

De soslaio, consigo ver que Luke Brandon está me olhando com uma expressão estranha. Por quê? Por que me olha tão...

Ai, merda. Como posso ser tão *burra*?

– Na liquidação... para minha tia – continuo, tentando pensar o mais rápido possível – comprei para minha tia de presente. Mas ela... morreu.

Faz-se um silêncio constrangedor e desvio meu olhar para o chão. Não consigo acreditar no que acabei de dizer.

– Minha nossa – diz o Sr. Brandon com um ar grave.

– Tia Ermintrude morreu? – diz Luke numa voz estranha.

– Sim – replico, me forçando a olhar para ele. – Foi muito triste.

– Que horror! – diz a Sra. Brandon lamentando.

– Ela estava no hospital, não é? – diz Luke, enchendo seu copo de água. – Qual era o problema dela?

Por um instante fico em silêncio.

– Foi... a perna – ouço-me dizer.

– A perna? – A Sra. Brandon olha para mim ansiosa. – O que houve de errado com a perna dela?

– Ela... inchou e gangrenou – digo após uma pausa. – Tiveram de amputá-la e depois ela morreu.

– Cristo – diz o Sr. Brandon, balançando a cabeça. – Esses malditos médicos. – E me dirige um olhar feroz repentino. – Ela morreu sozinha?

– Hum... Não estou certa – digo começando a recuar. Não consigo aguentar mais isto. Por que eu não disse apenas que ela me *deu* o raio da echarpe? – De qualquer modo, foi muito bom vê-lo, Luke. Preciso ir, meus amigos vão sentir minha falta!

Faço uma espécie de aceno desinteressado sem encarar Luke nos olhos, viro-me rapidamente e começo a caminhar em direção à mesa de Suze, meu coração batendo rápido e meu rosto ardendo de rubor. Deus, que fiasco.

MAS CONSIGO recompor-me antes de chegar a comida. A comida! Pedi mariscos grelhados e, quando dou a primeira dentada, quase desmaio. Após tantos dias torturantes de comida barata e funcional, isso é um manjar dos deuses. Quase sinto vontade de chorar, como um prisioneiro retornando ao mundo real, ou crianças após a guerra quando o racionamento acaba. Depois dos mariscos, peço um *steak béarnaise* com batatas fritas e, quando todos os outros dizem "não obrigado" ao garçom que oferece o cardápio de sobremesas, eu peço musse de chocolate. Pois quem sabe quando estarei novamente num restaurante como este? Pode ser que eu passe muitos meses à base de sanduíches de queijo e café feito em casa numa garrafa térmica, sem nada para aliviar a monotonia.

É um caminho duro o que escolhi. Mas no fim valerá a pena.

Enquanto aguardo minha musse de chocolate, Suze e Fenella decidem ir falar com Benjy, do outro lado do salão. Levantam-se, as duas acendendo seus cigarros ao mesmo tempo, enquanto Tarquin fica na mesa para me fazer companhia. Não parece gostar tanto de pular de mesa em mesa como elas. Na verdade, ele esteve bem quieto a noite toda. Também percebi que bebeu mais do que qualquer um de nós. Aposto que, a qualquer momento, sua cabeça vai pousar na mesa. O que para mim seria até bom.

Durante um tempo faz-se silêncio entre nós. Para ser sincera, Tarquin é tão estranho, não sinto nenhuma obrigação de falar com ele. Depois, de repente, ele diz:

– Você gosta de Wagner?

– Ah, sim – respondo imediatamente. Não estou bem certa se já ouvi Wagner, mas não quero parecer inculta, nem mesmo para Tarquin. E já fui à ópera, apesar de achar que foi Mozart.

– O Liebestod de *Tristão* – diz ele e sacode a cabeça. – O Liebestod.

– Humm – digo, e faço um aceno de cabeça concordando, num gesto com que espero demonstrar inteligência. Sirvo-me de um pouco de vinho, encho o copo dele também e olho em volta para ver onde Suze foi. É típico dela desaparecer e deixar-me com seu primo bêbado.

– Dah-dah-*dah*-dah, daaah dah dah...

Ai, meu Deus, ele está cantando. Não muito alto, admito, mas intensamente. E está olhando nos meus olhos como que esperando que eu o acompanhe.

– Dah-dah-*dah*-dah...

Agora ele fecha os olhos e fica se balançando. Isto está se tornando embaraçoso.

– Da diddle-idly da-a-da-a daaaah dah...

– Lindo – digo animada. – Nada é melhor do que Wagner, não é?

– *Tristão* – diz ele – *e Isolda.* – Abre os olhos. – Você seria uma bela Isolda.

Eu seria uma *o quê*? Enquanto estou ainda olhando para ele, leva minha mão aos seus lábios e começa a beijá-la. Por alguns segundos estou chocada demais para mover-me.

– Tarquin – digo o mais firme que posso, tentando puxar minha mão. – Tarquin, por favor... – Encaro-o e desesperadamente passo os olhos pelo salão em busca de Suze, quando de repente encontro o olhar de Luke Brandon saindo do restaurante. Ele franze um pouco a testa, levanta a mão num gesto de adeus e desaparece pela porta.

– Sua pele tem cheiro de rosas – murmura Tarquin.

– Ah, cale a boca! – digo zangada e retiro minha mão da sua com tanta força que seus dentes ficam marcados na pele. – Me deixe em paz!

Eu lhe daria um tapa, mas ele provavelmente tomaria isso como um convite.

Naquele momento, Suze e Fenella voltam para a mesa, cheias de novidades sobre Binky e Minky – e Tarquin fica em silêncio. Pelo resto da noite, mesmo quando nos despedimos, quase não me olha. Graças a Deus. Deve ter entendido a mensagem.

7

No entanto, não parece que ele tenha entendido, pois, no sábado, recebo um cartão com uma pintura pré-rafaelita de uma moça olhando timidamente por cima do ombro. Dentro do cartão, Tarquin escreveu:

> Mil desculpas pelo meu comportamento. Espero poder repará-lo. Entradas para o Bayreuth – ou, se não for possível, que tal sairmos para jantar?
>
> Tarquin

Jantar com Tarquin. Da para imaginar? Sentar em frente àquele cabeça de arminho a noite toda. E o que ele está querendo, afinal? Nunca ouvi falar em Bayreuth. Será algum show novo ou algo assim? Ou ele quer dizer Beirute? Por que eu iria querer ir a Beirute, pelo amor de Deus?

De qualquer modo, não importa, esqueça Tarquin. Tenho mais o que pensar sobre o dia de hoje. É meu sexto dia de Cortar Gastos e é um dia crítico, pois é o início do primeiro fim de semana.

Segundo David E. Barton, é geralmente nessa fase que as pessoas costumam quebrar o regime frugal, já que a rotina do escritório não está mais presente para distrair e o dia se alonga vazio, esperando ser preenchido com o familiar conforto das compras.

Mas minha força de vontade é muito grande para quebrá-lo. Meu dia está completamente tomado e não vou chegar nem *perto* de nenhuma loja. Esta manhã vou visitar um museu e à noite, em vez de gastar rios de dinheiro comprando comida pronta, vou fazer em casa um prato de curry para mim e Suze. Até que estou bastante animada com isso.

Meu orçamento para hoje é o seguinte:

Condução para o museu:	gratuita (eu já tenho um vale-transporte)
Museu:	gratuito
Curry:	2,50 libras (David E. Barton diz que é possível fazer um prato com curry maravilhoso, para quatro pessoas, por menos de 5 libras – e nós só somos duas).
Gasto total no dia:	2,50 libras

É mais ou menos isso. E ainda experimento um pouco de cultura em vez de materialismo sem sentido. Escolhi o museu Victoria & Albert porque nunca estive lá. Aliás, nem sei bem o que eles têm. Estátuas da rainha Vitória e do príncipe Albert, ou algo assim?

De qualquer forma, seja o que for, será muito interessante e estimulante, tenho certeza. E o melhor de tudo é que é grátis!

QUANDO SAIO DO METRÔ, em South Kensington, o sol está brilhando forte e ando a passos largos pelo caminho, feliz comigo mesma. Normalmente perco minhas manhãs de sábado assistindo a *Live and Kicking* na televisão enquanto me arrumo para ir às compras. Mas veja só! De repente me sinto muito adulta e metropolitana, como um personagem de um filme de Woody Allen. Só preciso de uma longa echarpe de lã e uns óculos escuros e ficarei parecida com Diane Keaton. (Uma Diane Keaton jovem, é claro, e sem as roupas dos anos 1970.)

Na segunda-feira, quando me perguntarem sobre meu fim de semana, poderei dizer "Na verdade fui ao V&A". Não, direi "Peguei uma exposição". Isso soa muito mais moderno. (Por falar nisso, por que será que as pessoas dizem que "pegaram" uma exposição? Afinal, as pinturas não passam retumbando como touros em Pamplona.) E eles responderão "É mesmo? Eu não sabia que você apreciava arte, Rebecca". E acrescentarei, orgulhosa, "Ah sim. Passo a maior parte do meu tempo livre em museus". E eles me olharão impressionados e dirão...

Imagina, passei direto pela entrada. Que boba. Estava ocupada demais pensando sobre minha conversa com... de repente, percebo que a pessoa com a qual me imaginei conversando é Luke Brandon. Que estranho. Por que será? Porque fui à mesa dele no bar, suponho. Enfim. Concentre-se. Museu.

Rapidamente refaço meu caminho e ando indiferente pelo hall de entrada, procurando parecer que sempre venho aqui. Não como aquele monte de turistas japoneses que se agrupam em torno dos guias. Ah! Penso orgulhosa, não sou turista. Isto aqui é minha herança. *Minha* cultura. Com uma expressão de indiferença, pego um mapa como se não precisasse dele e olho para uma lista de palestras como "Cerâmica das Dinastias Yuan e Antiga Ming". Depois, num jeito casual, começo a andar pela primeira galeria.

– Desculpe-me? – Uma mulher numa escrivaninha me chama. – A senhora já pagou?

Eu já *o quê*? Não é preciso pagar para entrar em museus! Ah, claro – ela só está brincando comigo. Dou um sorriso amável e continuo.

– Desculpe-me! – ela diz numa voz mais estridente, e um homem num uniforme de segurança surge do nada. – A senhora já pagou a entrada?

– É grátis! – digo surpresa.

– Creio que não – diz ela, apontando para um aviso atrás de mim. Viro-me para ler e quase caio de susto.

Entrada: 5 libras.

Por pouco não desmaio de choque. O que aconteceu com o mundo? Estão *cobrando* a entrada para um museu. Isso é revoltante. Todos sabem que museus devem ser gratuitos. Se você começa a cobrar entrada para museus, ninguém mais vai! Nossa herança cultural será perdida para uma geração inteira excluída por uma barreira financeira punitiva. A nação vai emburrecer, vai ficar ainda mais ignorante, e a sociedade civilizada estará à beira de um colapso. É isso que o senhor quer, Tony Blair?

Além do mais, eu não tenho 5 libras. Deliberadamente saí sem dinheiro no bolso excetuando as 2,50 libras para os ingredientes do meu prato de curry. Ah, Deus, isto é uma chateação. Quero dizer, aqui estou eu, pronta para um pouco de cultura. *Quero* entrar e ver... bem, seja lá o que estiverem expondo, e não posso!

Agora todos os turistas japoneses estão me olhando, como se eu fosse alguma espécie de criminosa. "Vão embora!", penso irritada. "Vão apreciar um pouco de arte."

– Nós aceitamos cartões de crédito – diz a mulher. – VISA, Mastercard e American Express.

– Ah! – digo. – Bem... Está bem.

– O bilhete da temporada custa 15 libras – diz ela quando pego minha bolsa –, mas permite acesso ilimitado por um ano.

Acesso ilimitado por um ano! Agora espera um instante. Segundo David E. Barton, o que se deve fazer quando se faz qualquer compra é avaliar o "custo-benefício", o que se obtém dividindo o preço pelo número de vezes que usar. Suponhamos que, de agora em diante, eu venha ao V&A uma vez por mês. (Acho que essa é uma suposição bem realista.) Se eu comprar um bilhete da temporada, cada visita sairá por... 1,25 libra a visita.

Bem, é uma pechincha, não é? De fato, pensando bem, é um investimento muito bom.

– Está bem, levarei o bilhete da temporada – digo e entrego meu cartão VISA. Ah! Cultura, aqui vou eu.

COMEÇO MUITO BEM. Olho meu pequeno mapa, dou uma olhada em cada exposição e, cuidadosamente, leio todos os cartõezinhos.

Cálice de prata, holandês, século XVI
Broche retratando a Divina Trindade. Italiano, meados do século XV
Tigela de cerâmica azul e branca, início do século XVII

AQUELA TIGELA é mesmo bonita, vejo-me pensando com um interesse repentino e fico imaginando quanto deve custar. Parece bastante cara... Procuro uma etiqueta com o preço, e então me lembro de onde estou. Claro. Isto não é uma loja. Não há preços aqui.

Que é um pouco errado, acho. Porque tira um pouco a diversão, não é? Você anda pelo lugar, só olhando para o que está exposto, e tudo fica um pouco maçante após certo tempo. Por outro lado, se pusessem etiquetas com o preço dos objetos, as pessoas ficariam muito mais interessadas. Na verdade, acho que todos os museus deveriam colocar preços em suas peças. A gente olharia para um cálice de prata ou uma estátua de mármore ou a *Mona Lisa* ou qualquer peça e admiraria por sua beleza, sua importância histórica e tudo – depois procuraria a etiqueta do preço e suspiraria "Nossa, olha quanto é isto aqui!". Isso com certeza tornaria tudo mais animado.

Eu poderia escrever para o Victoria & Albert e sugerir isso a eles. Afinal, sou portadora de um bilhete da temporada. Eles deveriam ouvir minha opinião.

Enquanto isso, vamos para o próximo mostruário de vidro.

Taça inglesa esculpida, meados do século XV

Deus, eu poderia morrer por uma xícara de café. Há quanto tempo estou aqui? Deve fazer...

Ah. Só 15 minutos.

QUANDO CHEGO À GALERIA que mostra a história da moda, torno-me bastante rigorosa e atenta. De fato, passo mais tempo nela do que em qualquer outro lugar. Mas os vestidos e sapatos terminam e volto para olhar mais estátuas e pequenas bobagens em mostruários de vidro. Continuo olhando para o relógio, meus pés doem... e por fim acabo afundando num sofá.

Não me entenda mal, gosto de museus. Gosto sim. E estou realmente interessada na arte coreana. Só que o piso é realmente duro e eu estou usando botas um pouco apertadas. Como está quente, tirei minha jaqueta, mas ela fica escorregando dos meus braços. E é estranho, mas continuo achando que consigo ouvir o som de uma caixa registradora. Deve ser minha imaginação.

Estou sentada e pensando se consigo juntar energia para me levantar de novo, quando o grupo de turistas japoneses entra na galeria e me sinto compelida a levantar e fingir que estou olhando algo. Observo com um olhar vago uma tapeçaria, depois saio por um corredor coberto de peças de cerâmica indiana antiga. Estou só pensando que talvez fosse bom nós comprarmos um catálogo especializado e reformar os azulejos do banheiro, quando vejo algo através de uma grade de metal e paro imóvel com o choque.

Estou sonhando? É uma miragem? Vejo uma caixa registradora com uma fila de pessoas e uma vitrine com mercadorias e etiquetas de preços...

Ah, meu Deus, eu estava certa! É uma loja! Tem uma *loja* bem aqui na minha frente!

De repente meus passos têm mais elasticidade, minha energia volta como um milagre. Seguindo o tilintar da caixa registradora, corro para o outro canto, para a entrada da loja, paro na soleira e digo a mim mesma para não elevar minhas esperanças nem ficar desapontada se forem só marcadores de livros e toalhas de chá.

Mas, não são. É incrivelmente fantástico! Por que este lugar não é mais conhecido? Tem várias joias lindas, livros realmente interessantes sobre arte, umas porcelanas incríveis, cartões e...

Ah! Mas eu não deveria estar comprando nada hoje, deveria? Droga.

Isso é horrível. Qual é o sentido de descobrir uma nova loja e não poder comprar nada? Não é justo. Todo mundo está comprando, todo mundo está se divertindo. Durante algum tempo fico indecisa e desconsolada ao lado de um mostruário de canecas, observando uma mulher australiana comprar uma pilha de livros sobre escultura. Ela conversa com o vendedor e, de repente, ouço-a dizer algo sobre o Natal. E então tenho uma ideia que é genialidade pura.

Compras de Natal! Posso fazer todas as minhas compras de Natal aqui! Sei que março é um pouco cedo, mas por que não ser organizada? E depois, quando o Natal chegar, não precisarei chegar perto das terríveis multidões de Natal. Não sei por que não pensei em fazer isso antes. E não é uma questão de quebrar as regras, pois eu teria de comprar presentes de Natal *em algum momento*, não teria? Tudo o que estou fazendo é antecipar um pouco o programa de compras. Faz muito sentido.

Assim, mais ou menos uma hora mais tarde, saio feliz com duas sacolas de compras. Comprei um álbum de fotografias com uma bela imagem estampada na capa, um quebra-cabeça antigo de madeira, um livro de fotografias de moda e uma fantástica chaleira de cerâmica. Deus, *adoro* compras de Natal. Não sei bem o que darei a quem, mas o importante é que todos esses itens são eternos e únicos e realçariam qualquer casa. (Pelo menos é o que dizia o folheto da chaleira de cerâmica.) Portanto, acho que fiz um bom negócio.

Na realidade, esta manhã foi um grande sucesso. Quando saio do museu, estou me sentindo incrivelmente contente e elevada. Isso só mostra o efeito que uma manhã de pura cultura tem sobre a alma. Decido que, de agora em diante, vou passar todas as manhãs de sábado num museu.

QUANDO VOLTO para casa, a correspondência está no tapete de entrada e há um envelope quadrado endereçado a mim com uma letra que não reconheço. Rasgo o envelope enquanto arrasto as sacolas de compras para meu quarto e depois paro, surpresa. É um cartão de Luke Brandon. Como ele conseguiu o endereço de minha casa?

Cara Rebecca:

Foi bom encontrá-la naquela noite e espero que tenha se divertido. Agora percebo que nunca cheguei a agradecer-lhe por ter pago meu empréstimo tão prontamente.

Com os melhores votos e, claro, o mais profundo pesar pela perda de sua tia Ermintrude. (Se isso serve de consolo, não posso imaginar aquela echarpe em qualquer outra pessoa além de você.)

Luke

Por um instante olho para o cartão em silêncio. Estou bastante surpresa. Nossa, penso com cautela. É gentil da parte dele escrever, não é? Um simpático cartão escrito à mão, só para agradecer o *meu* cartão. Afinal, ele não precisava ter feito isso, não está apenas sendo educado, está? Não é preciso gastar um cartão de agradecimento para alguém só porque pagaram suas 20 libras.

Ou será que é? Talvez hoje em dia seja natural fazer isso. Todo mundo parece mandar cartões para tudo. Não tenho mais a menor ideia do que se deve e do que não se deve fazer. (Eu *sabia* que devia ter lido aquele livro de etiqueta que tenho em minha estante.) Será que este cartão não passa de um simples e educado agradecimento? Ou será algo mais? E se for... do que se trata então?

Será que ele está curtindo com a minha cara?

Ai, meu Deus, é isso. Ele sabe que tia Ermintrude não existe. Só está caçoando de mim para me envergonhar.

Mas então... ele teria todo esse trabalho de comprar um cartão, escrever e enviá-lo só para caçoar de mim?

Ah, eu não sei. Quem se importa? De qualquer modo, não gosto dele mesmo.

DEPOIS DE TANTA CULTURA a manhã toda, acho que mereço um pouco de prazer na parte da tarde. Compro uma *Vogue* e um chocolate Minstrels e deito-me um pouco no sofá. Deus, como senti falta de pequenos prazeres como este. Não leio uma revista há... bem, deve fazer uma semana, com exceção do exemplar de Suze de *Harpers & Queen* que li ontem. E não consigo me *lembrar* da última vez que comi chocolate.

Mas não posso perder muito tempo me divertindo porque preciso sair para comprar o material para nosso curry *feito em casa*. Assim, depois de ter lido meu horóscopo, fecho a *Vogue* e pego meu novo livro de receitas indianas. Estou bastante animada, para dizer a verdade. Nunca fiz um curry antes.

Desisti da receita do camarão... porque descobri que os camarões... são muito caros. Assim, em vez disso, vou fazer frango com champignon ao estilo balti. Tudo parece muito barato e fácil e só preciso tomar nota dos ingredientes que terei de comprar.

Quando termino, estou um pouco chocada. A lista é muito mais longa do que eu imaginava. Não havia percebido que são necessários tantos temperos só para fazer um curry. Acabei de olhar na cozinha e não temos uma panela balti, um triturador para ralar temperos, nem um liquidificador para fazer a pasta aromática. Nem uma colher de pau ou sequer uma balança que funcione.

Mesmo assim não faz mal. Irei rapidamente ao Peter Jones e comprarei todo o equipamento de que precisamos

 para a cozinha. Depois comprarei os ingredientes e voltarei para casa para começar a cozinhar. É bom lembrar que só precisaremos comprar todo esse material uma vez, depois estaremos totalmente equipadas para fazer curries deliciosos todas as noites. Só terei de encarar isso como um investimento.

QUANDO SUZE retorna do Camden Market naquela noite, me encontra vestida em meu novo avental de listras, processando os temperos tostados em nosso novo triturador.

– Argh! – exclama diz entrando na cozinha. – Que fedor!

– São os temperos aromáticos – explico um pouco chateada enquanto tomo um gole de vinho. Para ser sincera, isso aqui é mais complicado do que eu imaginava. Estou tentando fazer algo chamado mistura balti masala, que poderemos guardar num pote e usar durante vários meses, mas todos os temperos parecem sumir no triturador e se recusam a voltar. Para onde será que foram?

– Estou morrendo de fome – diz Suze, ao se servir de vinho. – Vai demorar para ficar pronto?

– Não sei – digo entre os dentes trincados enquanto examino o triturador. – Se eu conseguir tirar esses raios de temperos daqui...

– Tudo bem – diz Suze. – Posso fazer uma torrada. Ela coloca duas fatias de pão na torradeira e começa a pegar todas as minhas embalagens e vidros de temperos e examiná-los.

– O que é pimenta-da-jamaica? – pergunta ela, segurando um vidro curiosa.

– Não sei – respondo batendo o triturador na bancada. Cai um pouco de pó fora do vidro e eu olho irritada. O que aconteceu com o pote cheio que eu poderia guardar durante meses? Agora terei de tostar um pouco mais dessas drogas.

– Você não poderia simplesmente usar um curry pronto e esquecer os outros temperos?

– Não! – digo irritada. – Estou fazendo uma mistura balti nova e diferente.

– Ah – diz Suze, encolhendo os ombros. – Você é a expert.

Certo, penso eu, tomando outro gole de vinho. Vamos começar de novo. Sementes de coentro, sementes de erva-doce, sementes de cominho, pimenta em grãos... A essa altura já desisti de medir os temperos e estou simplesmente jogando tudo na frigideira. De qualquer modo, dizem que cozinhar deve ser instinto.

– O que é isso? – diz Suze olhando para o cartão de Luke Brandon na mesa da cozinha. – Luke Brandon? Por que ele mandou um cartão para você?

– Ah, você sabe – digo, encolhendo os ombros num ar casual. – Ele só estava sendo educado.

– Educado? – Suze franze as sobrancelhas enquanto abre o cartão. – De modo algum. Não é preciso mandar um cartão para alguém só porque devolveram suas 20 libras.

– Sério? – Minha voz está levemente mais alta do que o normal, mas isso deve ser por causa dos temperos aromáticos que estou tostando. – Pensei que talvez fosse assim que as pessoas agissem hoje em dia.

– Ah, não – diz Suze com convicção. – Normalmente o dinheiro emprestado é devolvido com uma carta de agradecimento e pronto. Este cartão – sacode-o para mim –, isto é algo mais.

É por isso que adoro dividir o apartamento com Suze. Ela sabe desvendar dicas assim porque anda com as pessoas certas. Sabiam que uma vez ela jantou com a duquesa de Kent? Não que eu esteja me vangloriando ou algo assim.

– Então o que você acha que significa? – digo, tentando não parecer muito ansiosa.

– Suponho que ele esteja sendo amável – responde ela e devolve o cartão à mesa.

Amável. Claro, é isso. Ele está sendo amável. Que é algo bom, claro. Então por que estou um pouco desapontada? Olho para o cartão, que tem um rosto pintado por Picasso na frente. O que isso significa?

– Por falar nisso, esses temperos têm de ficar pretos? – diz Suze, espalhando manteiga de amendoim na sua torrada.

– Ah, Deus! – Arranco a panela do fogão e olho para as sementes de coentro escurecidas. Isso está me enlouquecendo. Tudo bem, vamos jogá-las fora e começar tudo de novo. Sementes de coentro, sementes de erva-doce, sementes de cominho, pimenta em grão, folhas de louro. Esta é a última folha de louro. Desta vez é melhor não dar errado.

DE ALGUM MODO, milagrosamente, desta vez não deu errado. Quarenta minutos depois tenho, de fato, um curry borbulhando na minha panela balti! Isso é fantástico! O aroma é delicioso e a aparência é igualzinha à do livro – e eu nem segui a receita com tanto cuidado assim. Isso só demonstra que tenho uma afinidade natural com a culinária indiana. E quanto mais praticar, mais talentosa vou ficar. Como diz David E. Barton, serei capaz de preparar um curry rápido e delicioso no tempo que leva para pedir uma entrega em domicílio. E veja quanto eu economizei!

Triunfante, seco meu arroz basmati, tiro meus pães naan, comprados semiprontos, do forno e sirvo tudo nos pratos. Depois salpico coentro fresco picado sobre tudo isso e, sinceramente, parece uma refeição saída das páginas da *Marie-Claire*. Levo os pratos para a sala e coloco um deles na frente de Suze.

– Nossa! – exclama ela. – Isto parece fantástico!

– Eu sei – digo orgulhosa sentando à sua frente. – Não é o máximo?

Observo quando ela dá sua primeira garfada – depois faço o mesmo.

– Hum! Delicioso! – diz Suze, mastigando com apetite. – Meio apimentado – acrescenta pouco depois.

– Tem pimenta-do-reino – digo. – E pimenta fresca. Mas é bom, não é?

– É maravilhoso! – diz Suze. – Bex, você é tão inteligente! Eu não conseguiria fazer isto num milhão de anos!

À medida que vai mastigando, porém, seu rosto começa a assumir uma expressão meio estranha. Para ser sincera, estou me sentindo um pouco sem ar também. Este curry *está* muito apimentado. Na verdade está terrivelmente apimentado.

Suze largou o prato na mesa e está tomando um grande gole de vinho. Olha para mim e vejo que seu rosto está vermelho.

– Tudo bem? – digo, forçando um sorriso através da ardência em minha boca.

– Sim, tudo ótimo! – afirma ela e dá uma enorme dentada em um pão naan. Desço o olhar para meu prato e, resoluta, coloco outra garfada de curry na boca. Imediatamente meu nariz começa a escorrer. Percebo que Suze também está fungando, mas, quando nossos olhos se encontram, ela abre um sorriso alegre.

Meu Deus, esta pimenta está forte. Minha boca não está aguentando. Meu rosto está queimando e meus olhos estão começando a lacrimejar. Que quantidade de pimenta coloquei nesta maldita receita? Foi mais ou menos uma colher de chá... talvez tenham sido duas. Eu confiei nos meus instintos e coloquei a quantidade que parecia certa. Bem, foram meus instintos.

Lágrimas começam a correr pelo meu rosto e dou uma grande fungada.

– Você está bem? – diz Suze, alarmada.

– Estou bem! – respondo, deitando meu garfo no prato. – Só... você sabe. Um pouco picante.

Mas na verdade não estou bem. E não é só o calor que está fazendo lágrimas correrem pelo meu rosto. De repente me sinto um completo fracasso. Não consigo nem mesmo preparar corretamente um curry rápido e fácil. E olha quanto dinheiro gastei nele, com a panela balti, o avental e todos os temperos... Ah, tudo deu errado, não foi? Não cortei porcaria de gastos nenhuma. Esta semana foi um desastre completo.

Começo a chorar e coloco meu prato no chão.

– Está horrível! – digo, infeliz, enquanto lágrimas correm pela minha face. – Não coma, Suze. Vai se envenenar.

– Bex! Não seja boba! – diz Suze. – Está fantástico! – Olha para mim, depois leva seu prato ao chão. – Ah, Bex – Ela se arrasta pelo chão até onde estou e me dá um grande abraço. – Não se preocupe. Só está um pouco apimentado. Mas fora isso, está divino! E o pão naan está delicioso! Honestamente. Não fique triste.

Abro minha boca para responder e, em vez disso, começo a chorar de novo.

– Bex, não faz isso! – lamenta Suze praticamente chorando junto. – Está delicioso! É o curry mais delicioso que já comi.

– Não é só o curry! – soluço enxugando meus olhos. – A ideia era que eu devia estar Cortando Gastos. Este curry deveria custar só 2,50 libras.

– Mas... por quê? – pergunta Suze perplexa. – Foi uma aposta ou algo assim?

– Não! – grito em prantos. – É porque estou endividada! E meu pai disse que eu deveria Cortar Gastos ou

Ganhar Mais Dinheiro. E então tenho tentado cortar gastos, mas não tem funcionado… – Interrompo a frase, estremecendo com os soluços. – Sou um fracasso completo.

– Claro que você não é um fracasso! – diz Suze imediatamente. – Bex, você é o oposto de um fracasso. Só que... – Ela hesita. – Só que talvez...

– O quê?

Há um silêncio, depois Suze diz seriamente:

– Acho que você talvez tenha escolhido a opção errada, Becky. Eu não acho que você seja o tipo de pessoa que conseguiria cortar gastos.

– Jura? – pergunto, enxugando os olhos. – Você acha?

– Acho que, em vez disso, você deveria partir para a opção "ganhar mais dinheiro". – Suze para pensativa. – De fato, para ser sincera, eu não sei por que alguém escolheria cortar gastos. Acho que ganhar mais dinheiro é uma opção *muito* melhor. Se eu tivesse de escolher, sem dúvida optaria por essa.

– Sim – digo lentamente. – Sim, talvez você esteja certa. Talvez seja o que eu deveria fazer. – Estico a mão trêmula e pego um pedaço de pão naan quente e percebo que Suze tem razão. Sem o curry, está delicioso. – Mas como vou fazer isso? – digo finalmente. – Como vou ganhar mais dinheiro?

Ficamos em silêncio por algum tempo, nós duas pensativas mastigando o pão naan. E então Suze tem uma ideia.

– Já sei. Veja isto! – Ela pega uma revista e passa as páginas até chegar nos classificados. – Olha o que diz aqui. "Precisando de dinheiro extra? Una-se à família das Molduras Finas. Ganhe muito dinheiro trabalhando em casa no seu tempo livre. Fornecemos o equipamento completo." Está vendo? É fácil.

Puxa. Estou bastante impressionada, sem querer. Muito dinheiro. Nada mau.

– Sim – digo meio trêmula. – Talvez eu faça isso.

– Ou você poderia inventar alguma coisa – diz Suze.

– Como o quê?

– Ah, o que quiser – diz ela confiante. – Você é realmente inteligente. Poderia pensar em algo. Ou... Eu sei! Montar uma empresa na Internet. Elas valem milhões!

Sabe, ela está certa. Há muitas coisas que eu poderia fazer para ganhar mais dinheiro. Muitas coisas! É só uma questão de pensar em outras saídas. De repente, me sinto muito melhor. Deus, Suze é uma boa amiga. Chego perto dela e a abraço.

– Obrigada, Suze – digo. – Você é uma estrela.

– De nada – diz ela, e me abraça de volta. – Então recorte esse anúncio e comece a ganhar seus milhões... – Faz uma pausa. – E eu vou telefonar e pedir que entreguem um curry, está bem?

– Sim, por favor – digo numa voz fraca. – Uma refeição entregue em casa seria ótimo.

PROJETO DE CORTE DE GASTOS DE REBECCA BLOOM

CURRY FEITO EM CASA, SÁBADO, 11 DE MARÇO

ORÇAMENTO PROPOSTO: 2,50 libras

GASTO REAL:

Panela balti	15,00
Triturador	14,99
Liquidificador	18,99
Colher de pau	0,35
Avental	9,99
Dois peitos de frango	1,98
300g de cogumelos	0,79
Cebola	0,29
Sementes de coentro	1,29
Sementes de erva-doce	1,29
Pimenta-da-jamaica	1,29
Sementes de cominho	1,29
Cravos	1,39
Gengibre ralado	1,95
Folhas de louro	1,40
Pimenta-do-reino	

AH, DEUS, DEIXA PARA LÁ.

PGNI First Bank Visa
7 Camel Square
Liverpool L1 5NP

Srta. Rebecca Bloom
Apto. 2
4 Burney Rd
Londres SW6 8FD

10 de março de 2000

Prezada Srta. Bloom:

PGNI First Bank VISA Cartão Nº 1475839204847586

Agradecemos sua correspondência de 2 de março.

Posso garantir-lhe que nossos computadores são examinados regularmente e que a possibilidade de um "mau funcionamento", como sugeriu, é remota. Também não fomos afetados pelo *bug* do milênio. Todas as nossas contas estão inteiramente corretas.

Poderá escrever para Anne Robinson da *Watchdog* se desejar, mas estou certo de que ela concordará que a senhora não tem motivo para queixa.

Nossos registros informam que o pagamento de sua conta VISA encontra-se em atraso. Como verá em nosso extrato mais recente, o pagamento mínimo exigido é de 105,40 libras. Aguardamos o recebimento de seu pagamento logo que possível.

Atenciosamente,

Peter Johnson
Diretor de Contas de Clientes

8

Tudo bem, talvez Cortar Gastos não tenha funcionado. Mas não faz mal, pois tudo isso é passado. Aquilo foi um pensamento negativo – agora estou voltada para o pensamento positivo. Para a frente e para cima. Crescimento e prosperidade. Ganhar mais dinheiro. Pensando bem, é a solução óbvia. E sabe o quê mais? Suze está absolutamente certa. Ganhar Mais Dinheiro combina muito mais com minha personalidade do que Cortar Gastos. Na verdade, já estou me sentindo mais feliz. Só o fato de não precisar fazer desagradáveis sanduíches de queijo e não ir a museus tirou um enorme peso da minha alma. Já posso comprar todos os cappuccinos que quiser e voltar a olhar as vitrines. Ai, que alívio! Até joguei o livro *Controlando seu dinheiro* no lixo. Nunca achei que fosse bom mesmo.

Só uma coisinha – um pequeno detalhe – da qual ainda não estou certa é como vou fazer isso. Quero dizer, Ganhar Mais Dinheiro. Mas agora que já decidi ir em frente nesse caminho, alguma oportunidade vai aparecer. Tenho certeza.

Quando chego no trabalho, na segunda-feira, Clare Edwards já está em sua mesa, surpresa, e ao telefone.

– Sim – diz numa voz suave. – Suponho que a única resposta seja planejar com antecedência. Sim.

Quando me vê, para meu espanto, ela fica ligeiramente ruborizada e vira o rosto para o outro lado.

– Sim, eu compreendo – sussurra e rabisca em seu caderno de notas. – E como foi... a resposta até agora?

Deus sabe por que está sendo tão reservada. Como se eu estivesse interessada em sua vida entediante. Sento à minha mesa, ligo alegre meu computador e abro minha agenda. Ah, que bom, tenho uma entrevista coletiva no centro da cidade. Mesmo que seja uma dessas apresentações maçantes de algum fundo de pensão, pelo menos significa uma saída do escritório e, com alguma sorte, uma boa taça de champanhe. O trabalho pode ser bem divertido às vezes. E Philip ainda não chegou, o que significa que podemos sentar e fofocar um pouco.

– E então, Clare – digo quando ela coloca o fone no gancho. – Como foi seu fim de semana?

Olho para ela esperando ouvir a habitual descrição emocionante sobre o que pendurou em que prateleira com seu namorado – mas Clare nem parece ouvir o que eu digo.

– Clare? – digo, confusa. Ela está olhando para mim ruborizada, como se eu a tivesse pego roubando canetas do armário de material de escritório.

– Ouça – diz ela, rápido. – Aquela minha conversa que você acabou de ouvir... poderia não mencioná-la a Philip?

Olho para ela perplexa. Do que está falando? Minha nossa, ela está tendo um caso? Mas então por que o Philip ia se importar? Ele é seu editor, não seu...

Ah, meu Deus. Ela não está tendo um caso com *Philip*, está?

– Clare, o que está acontecendo?! – digo ansiosa.

Há uma longa pausa e Clare fica muito vermelha. Não consigo acreditar. Um escândalo no escritório, finalmente! E envolvendo Clare Edwards, logo quem!

– Ora, Clare, francamente – sussurro. – Pode me contar. Juro que não digo nada a ninguém. – Me viro em sua direção com um ar solidário de compreensão. – Talvez possa ajudá-la.

– Sim – diz Clare esfregando a face. – Sim, é verdade. Um conselho pode ser bom. A pressão está começando a me incomodar.

– Comece desde o início – digo calma, como uma tia agoniada. – Quando tudo começou?

– Tudo bem, vou contar – diz Clare bem baixinho, enquanto olha em volta nervosa. – Foi há uns… seis meses.

– E o que aconteceu?

– Tudo começou naquela viagem à Escócia – conta ela lentamente. – Eu estava longe de casa… e disse sim sem nem pensar. Acho que fiquei envaidecida, mais do que qualquer outro sentimento.

– É a velha história – comentei com ar de sabedoria. Deus, eu vou gostar disso.

– Se Philip soubesse o que eu estava fazendo, ia enlouquecer – diz ela desesperada. – Mas é tão fácil. Eu uso um nome diferente... e ninguém sabe!

– Você usa um nome diferente? – pergunto, chocada.

– Vários – diz ela e dá um risinho amargo. – É provável que você já tenha visto alguns deles por aí. – Ela expira bruscamente. – Sei que estou me arriscando, mas não posso parar. Para ser sincera, você se acostuma com o dinheiro.

Dinheiro? Será que ela é uma *prostituta*?

– Clare, o que exatamente você...

– No princípio era só um pequeno artigo sobre hipotecas no *Mail* – diz ela como se não tivesse me ouvido. – Achei que conseguiria lidar com aquilo. Mas depois me pediram para fazer um artigo inteiro sobre seguro de vida no *Sunday Times*. Depois *Pension and Portfolio* entrou em cena. E agora são uns três artigos por semana. Preciso fazer tudo isso em segredo, tentar agir normalmente… – Ela faz uma pausa e balança a cabeça. – Às vezes isso me deprime. Mas não posso mais dizer não. Estou viciada.

Não acredito. Ela está falando de trabalho. Trabalho! Só Clare Edwards poderia me decepcionar dessa forma. Lá estava eu acreditando que ela estivesse tendo um caso cabeludo, pronta para ouvir todos os detalhes excitantes, e o tempo todo era só o velho e chato...

E então algo que ela disse fica na minha cabeça.

– Você disse que o dinheiro era bom? – digo casualmente.

– Ah, sim – diz ela. – Umas 300 libras por artigo. Foi assim que conseguimos comprar nosso apartamento.

Trezentas libras!

Novecentas libras por semana! Santo Deus!

Essa é a resposta. É fácil. Vou me tornar uma jornalista *freelancer* ambiciosa, como Clare, e ganhar 900 libras por semana. O que preciso fazer é começar a me mexer, circular e fazer contatos nos eventos em vez de ficar sempre sentada no fundo da sala rindo com Elly. Preciso cumprimentar todos os editores financeiros, deixar meu crachá bem à vista em vez de guardá-lo logo na bolsa e, depois, telefonar para eles discretamente quando voltar para o escritório com ideias. E então terei 900 libras por semana. Ah!

Assim, quando chego à entrevista coletiva, prendo bem firme o crachá com meu nome, pego uma xícara de café (nada de champanhe!) e dirijo-me até Moira Channing do *Daily Herald.*

– Olá – digo, acenando a cabeça de uma maneira que imagino ser séria. – Becky Bloom, *Successful Saving.*

– Olá – ela responde sem interesse e se volta novamente para a outra mulher com quem estava conversando. – Então eles voltaram ao trabalho e *realmente* demos ordem para dispersar o comício.

– Ah, Moira, pobrezinha – diz a outra mulher. Procuro ler seu crachá e vejo que é Lavinia Bellimore, *freelancer.* Bem, não faz sentido impressioná-la, ela é a competição em pessoa.

De qualquer modo, ela não me dirige um segundo olhar. As duas conversam sobre reajustes e mensalidades escolares, me ignorando completamente, e depois de um tempo murmuro "Prazer em conhecê-las" e me afasto. Deus, tinha esquecido como são antipáticas. Mas não faz mal. Só vou precisar encontrar outra pessoa.

Logo em seguida, me aproximo de um rapaz bem alto que está sozinho e dou um sorriso.

– Becky Bloom, *Successful Saving* – digo.

– Geoffrey Norris, *freelancer* – diz ele e me mostra seu crachá. Ah, pelo amor de Deus. O lugar está abarrotado de *freelancers*!

– Para quem você escreve? – pergunto educadamente, tentando pelo menos conseguir algumas dicas.

– Depende – responde ele esquivando-se. Seus olhos ficam correndo para a frente e para trás, e ele se recusa a me encarar. – Eu estava no *Monetary Matters*. Mas me dispensaram.

– Ah, imagine! – exclamo.

– Aqueles ali são uns sacanas. – Indica um grupo e engole seu café num trago. – Uns sacanas! Nem se aproxime. É meu conselho.

– Está bem, vou me lembrar disso! – digo, tentando sair de fininho. – Na verdade, eu preciso ir... – Viro e me afasto correndo. Por que estou sempre falando com gente esquisita?

Naquele exato momento, toca uma campainha e as pessoas começam a procurar seus lugares. Deliberadamente dirijo-me para a segunda fileira, apanho o folheto em papel brilhoso que espera por mim na cadeira e pego meu caderno de anotações. Eu queria usar óculos; ia parecer ainda mais séria. Estou escrevendo Lançamento do Fundo de

 Pensão da Administradora de Bens Sacrum em letras maiúsculas, no alto da página, quando um homem que nunca tinha visto antes se posiciona ao meu lado. Ele tem cabelos castanhos desalinhados, cheira a cigarro e observa tudo com olhos brilhantes da mesma cor dos cabelos.

– É uma piada, não é? – murmura ele e depois me encara. – Todo esse brilho. Todo esse *show*. – Gesticula a mão em círculos. – Você não cai nessa, cai?

Ah, Deus. *Outro* esquisito.

– Claro que não – digo educadamente enquanto procuro sem sucesso seu crachá.

– Bom saber – diz o homem e balança a cabeça. – Malditos empresários gananciosos. – Aponta para a frente, onde três homens bem-vestidos, usando ternos caros, estão sentados atrás da mesa. – Você consegue imaginá-los sobrevivendo com 50 libras por semana?

– Bem... não – digo. – Estão mais para 50 libras por minuto.

O homem dá uma risada de aprovação.

– É uma boa frase. Eu poderia usá-la. – Estende sua mão. – Eric Foreman. *Daily World.*

– *Daily World?* – exclamo impressionada. Nossa, o *Daily World.* Devo confessar um pequeno segredo aqui, eu realmente gosto do *Daily World.* Sei que é só um tabloide, mas é tão fácil de ler, especialmente no trem. (Meus braços devem ser muito fracos ou algo assim porque começam a doer se eu ficar segurando o *The Times* por muito tempo. E todas as páginas ficam bagunçadas. É um pesadelo.) E alguns artigos na seção Mundo Feminino são bem interessantes.

Mas espera aí, é claro que já conheci o editor financeiro do *Daily World.* Não é aquela mulher sem graça chamada Marjorie? Então quem é este cara?

– Ainda não o tinha visto antes – digo casualmente. – É novo?

Eric Foreman dá uma risada.

– Estou no jornal há dez anos. Mas esse negócio de finanças geralmente não é minha praia. – Abaixa a voz. – Estou aqui para provocar um pouco de confusão, sempre que possível. Os editores me colocaram na pauta para uma nova campanha que estamos iniciando. "Os Homens do Dinheiro São Confiáveis?"

Ele até *fala* com linguagem de tabloide.

– Parece excelente – digo educadamente.

– Pode ser, pode ser. Contanto que eu consiga entender toda essa parte técnica. – Ele faz uma careta. – Nunca fui bom com números.

– Eu não me preocuparia – digo em tom amável. – Na verdade não é preciso conhecer muito. Logo você aprende o que é importante.

– É bom ouvir isso – diz Eric Foreman. Ele dá uma olhada no meu crachá. – E você é...

– Rebecca Bloom, *Successful Saving* – digo num tom bem profissional.

– Prazer em conhecê-la, Rebecca – diz ele e procura no bolso um cartão.

– Ah, obrigada – digo, buscando apressadamente na bolsa meus próprios cartões. Sim! Penso triunfante quando o entrego. Estou fazendo contatos com jornais de circulação nacional! Estou trocando cartões!

Naquele exato instante os microfones emitem um chiado de microfonia e uma mulher de cabelos negros no pódio limpa a garganta antes de começar a falar. Atrás dela há uma tela onde estão projetadas as palavras ADMINISTRADORA DE BENS SACRUM, tendo como fundo a imagem de um pôr do sol.

Lembro-me dessa moça. Ela foi muito esnobe comigo numa coletiva no ano passado. Mas Philip gosta dela por-

 que lhe manda uma garrafa de champanhe todo Natal,

portanto terei de preparar um bom artigo sobre este novo fundo de pensão.

– Senhoras e senhores – diz ela. – Meu nome é Maria Freeman e estou feliz em recebê-los para o lançamento do Fundo de Pensão da Administradora de Bens Sacrum. Trata-se de uma série inovadora de produtos, projetada para combinar flexibilidade e segurança ao excelente desempenho associado à Sacrum.

Aparece um gráfico na tela à nossa frente, com uma linha vermelha trêmula sobre outra linha preta mais fina.

– Como indica o Gráfico 1 – diz Maria Freeman confiante, apontando para a linha vermelha ondulada –, nosso fundo de pensões do Reino Unido tem tido um desempenho melhor do que os concorrentes desse setor.

– Hum – murmura Eric Foreman, franzindo as sobrancelhas ao olhar o folheto que recebeu. – E então, o que está acontecendo aqui, afinal? Ouvi rumores de que a Administradora de Bens Sacrum não está indo tão bem assim. – Ele aponta para o gráfico. – Mas veja isso. Esse gráfico indica que teve um desempenho melhor que o restante do setor.

– É, certo – murmuro de volta. – E que setor seria esse? O Setor de Investimentos Inúteis? O Setor Perca Todo O Seu Dinheiro?

Eric Foreman olha para mim e sua boca torce levemente.

– Você acha que eles fraudaram esses números? – murmura.

– Não é propriamente uma fraude – explico. – Mas eles só se comparam a quem estiver pior do que eles mesmos, e depois se dizem vencedores. – Aponto para o gráfico no folheto. – Veja. Eles na verdade não especificaram qual é o tal setor.

– Eles que se danem – diz Eric Foreman, e olha para o grupo da Sacrum sentado na plataforma. – Eles são uns sacanas espertos, não são?

Esse cara realmente não tem a menor ideia. Quase sinto pena dele.

Maria Freeman está de novo falando com voz monótona e eu sufoco um bocejo. O problema de sentar na frente é precisar fingir que estou interessada tomando notas. Pensões – escrevo e sublinho com uma linha ondulada. Depois faço a linha estar dentro do caule de uma videira e começo a desenhar pequenos cachos de uvas e folhas nela toda.

– Num instante apresentarei Mike Dillon, que chefia o grupo de investimentos. Ele lhes falará um pouco sobre seus métodos. Enquanto isso, se houver alguma pergunta...

– Sim – diz Eric Foreman. – Eu tenho uma pergunta. – Levanto o olhar da minha videira para ele, um pouco surpresa.

– Ah, sim? – Maria Freeman sorri docemente para ele. – E o senhor é...

– Eric Foreman, *Daily World.* Eu poderia saber quanto vocês todos ganham? – E faz com a mão um gesto que acompanha o comprimento da mesa.

– O quê? – Maria Freeman enrubesce, mas logo recupera a compostura. – Ah, o senhor quer dizer os custos. Bem, nós vamos tratar disso...

– Não estou falando dos custos – diz Eric Foreman. – Quero saber, quanto vocês ganham! Você, Mike Dillon. – Aponta para ele com o dedo. – Quanto você ganha? Algo com seis dígitos? E, considerando o *desastre* que foi o desempenho da Administradora de Bens Sacrum no ano passado, não deveriam estar todos na rua?

Estou absolutamente pasma. Nunca vi nada igual numa entrevista coletiva. Nunca!

Há uma agitação na mesa, e depois Mike Dillon se inclina para seu microfone.

– Se pudéssemos continuar a apresentação – diz ele – e... e deixar as perguntas para mais tarde. – Está visivelmente pouco à vontade.

– Só mais uma pergunta – diz Eric Foreman. – O que você diria para um de nossos leitores que investiram no seu Plano de Perspectivas Garantidas e perderam 10 mil libras? – Ele olha rapidamente para mim e dá uma piscada. – Mostrariam a eles um gráfico tranquilizador como esse, mostrariam? Diriam *a eles* que vocês foram "os melhores do setor"?

É fantástico! Todas as pessoas da Sacrum parecem querer morrer.

– Um *release* sobre a questão do Plano Perspectivas Garantidas foi distribuído na época – diz Maria e sorri friamente para Eric. – Contudo, esta entrevista coletiva é restrita ao tema da série de novas pensões. Se o senhor puder aguardar até o fim da apresentação...

– Não se preocupe – diz Eric Foreman à vontade. – Não ficarei para ouvir merda. Suponho que já tenho tudo de que necessito. – Ele se levanta e sorri para mim. – Prazer em conhecê-la, Rebecca – diz ele. – E obrigado. – Estende sua mão e eu aperto, sem saber bem o que estou fazendo. Depois, quando todos estão se virando nas suas cadeiras e sussurrando, ele caminha até a porta e sai da sala.

– Senhoras e senhores – diz Maria Freeman com duas rodelas vermelhas queimando na face. – Em virtude desta... perturbação, faremos um breve intervalo antes de retomarmos o tema. Por favor, sirvam-se de chá e café. Obrigada. – Ela desliga o microfone, desce do pódio e corre para o grupo da Administradora de Bens Sacrum.

– Você *nunca* deveria tê-lo deixado entrar! – ouço um deles dizer.

– Eu não sabia quem era! – replica Maria na defensiva. – Ele disse que era um jornalista do *Wall Street Journal*!

Isso está ficando bom! Não vejo tanta excitação desde que Alan Derring do *Daily Investor* levantou-se numa entrevista coletiva da Provident Assurance, informou a todos que estava se transformando em mulher e queria que o chamássemos de Andrea.

Dirijo-me ao fundo do salão para pegar outra xícara de café e encontro Elly em pé ao lado da mesa. Excelente. Não a vejo há séculos.

– Oi. – Ela sorri. – Gosto de seu novo amigo. Muito divertido.

– Eu sei! – digo maravilhada. – Ele não é legal? – Estendo a mão para pegar um biscoito de chocolate e entrego minha xícara para a garçonete encher novamente. Depois pego mais dois biscoitos e jogo na bolsa (não faz sentido desperdiçá-los).

À nossa volta há um burburinho animado; o pessoal da Sacrum ainda está reunido lá na frente. Isso é ótimo. Poderemos bater papo durante horas.

– E aí – dirijo-me a Elly –, você se inscreveu para algum emprego recentemente? – Tomo um gole de café. – Porque li sobre uma vaga para a *New Woman* outro dia no *Media Guardian* e pensei em ligar para você. O anúncio dizia que era essencial ter experiência em lidar diretamente com o público, mas achei que você poderia dizer...

– Becky – interrompe Elly numa voz estranha –, você sabe que tipo de emprego eu estava buscando.

– O quê? – Olho para ela. – Não aquela história de gerente de fundos. Aquilo não podia ser sério. Era só um instrumento de barganha.

– Eu consegui – diz.

Olho para ela chocada.

De repente uma voz vem do pódio e nós duas olhamos.

– Senhoras e senhores – Maria está dizendo. – Por favor, retornem aos seus lugares...

Sinto muito, mas não posso sentar agora. *Preciso* ouvir isso.

– Vem cá – digo rapidamente a Elly. – Não precisamos ficar. Temos os *releases*. Vamos almoçar.

Faz-se uma pausa e por um momento terrível penso que ela vai dizer que não, que *quer* ficar e ouvir sobre os fundos de pensão. Mas Elly sorri e me puxa pelo braço e, para o espanto da garota à porta, saímos da sala bailando.

ANDAMOS ATÉ O CAFÉ ROUGE na outra esquina. Entramos e pedimos uma garrafa de vinho branco. Ainda estou meio chocada, para dizer a verdade. Elly Granger vai se tornar gerente de fundos na Wetherby's. Está me abandonando. Não terei mais com quem brincar.

E como ela *pode*? Ela queria ser editora de beleza da *Marie-Claire*, pelo amor de Deus!

– E então, o que levou você a decidir trabalhar nisso? – pergunto cautelosa quando nosso vinho chega.

– Ah, não sei – diz ela e suspira. – Só fiquei pensando... para onde estou indo? Sabe, sempre me inscrevo para todos esses empregos fascinantes no jornalismo e nunca sequer consigo uma entrevista...

– Ia acabar conseguindo – digo com firmeza. – Sei que iria.

– Talvez – diz ela. – Ou talvez não. Enquanto isso, estou escrevendo sobre toda essa chatice financeira e de repente pensei, por que não simplesmente esquecer esse negócio de jornalismo e *trabalhar* com a chatice financeira? Pelo menos terei uma carreira.

– Mas você tinha uma carreira!

– Não, eu não tinha, eu estava sem esperança! Estava remando por aí sem um propósito, sem plano, sem futuro. – Elly para de falar quando vê minha expressão. – Quero dizer, eu estava bem diferente de você – acrescenta rápido. – Você é muito mais resolvida do que eu.

Resolvida? Ela está brincando?

– Então, quando você começa? – digo, para mudar o assunto, porque, para ser sincera, estou um pouco assustada com tudo isso. Não tenho um plano, não tenho um futuro. Talvez eu também não tenha esperança. Talvez eu deva repensar minha carreira. Ah, Deus, isso é deprimente. Meu emprego soa tão emocionante quando o descrevo para meus vizinhos Martin e Janice... Mas agora Elly está me fazendo sentir como um completo fracasso.

– Na próxima semana... – diz Elly e toma um gole de vinho. – Estarei no escritório da Silk Street.

– Ah, sim – digo com ar de tristeza.

– E tive de comprar muitas roupas novas – acrescenta e faz uma careta. – O pessoal na Wetherby's anda superproduzido.

Roupas novas? *Roupas novas?* Certo, agora eu realmente estou com inveja.

– Entrei na Karen Millen e praticamente comprei a loja inteira – diz ela mastigando uma azeitona. – Gastei mais ou menos mil libras.

– Caramba – digo, ligeiramente surpresa. – Mil libras, de uma só vez?

– Bem, eu precisava – diz ela, se desculpando. – E de qualquer modo, ganharei mais agora.

– Verdade?

– Ah, sim – responde ela e dá um risinho. – Muito mais.

– Quanto? – pergunto, morrendo de curiosidade.

– Quarenta mil libras para começar – diz ela, e encolhe os ombros indiferente. – Depois disso, quem sabe? O que eles disseram foi...

E começa a falar sobre planos de carreira, hierarquia e bonificações. Mas não consigo ouvir uma palavra, estou chocada demais.

Quarenta mil libras?

Quarenta mil libras? Mas eu só ganho...

Bem, será que devo dizer quanto ganho? Não é um tema como religião, que não se deve mencionar na frente dos outros? Talvez tenhamos permissão de falar sobre dinheiro hoje em dia. Suze saberia.

Ah, dane-se. A verdade é que ganho 21 mil libras. E achei que era muito! Lembro muito bem quando mudei de emprego, meu salário aumentou de 18 mil libras para 21 mil libras e achei que tinha feito um grande negócio. Estava tão feliz que escrevia listas sem fim do que compraria com todo aquele dinheiro extra.

Mas agora isso soa como se não fosse nada. Eu deveria estar ganhando 40 mil libras como Elly, comprando todas as minhas roupas na Karen Millen. Ah, isso não é justo. Minha vida é um completo desastre.

QUANDO VOLTO A PÉ para o escritório, estou bastante deprimida. Talvez eu devesse desistir do jornalismo e me tornar uma gerente de fundos também. Ou uma corretora. Eles ganham um bom dinheiro, não ganham? Talvez eu pudesse juntar-me à Goldman Sacks ou algo assim. Eles ganham mais ou menos um milhão por ano, não é? Deus, isso seria bom. Um milhão por ano. Queria saber como se consegue um emprego desses.

Mas por outro lado... quero realmente ser corretora? Não me importaria de ter a parte referente às roupas da Karen Millen. De fato, acho que eu faria isso muito bem. Mas não estou bem certa quanto ao restante. A parte de acordar cedo e trabalhar como louca. Não que eu seja preguiçosa ou algo assim, mas gosto de poder passar a tarde na Image Store ou folhear os jornais fingindo que estou fazendo uma pesquisa, sem ninguém me pressionando. Não me parece que Elly irá fazer muito disso em seu novo emprego. Na verdade, tudo isso parece meio ameaçador.

Hum... Se pelo menos existisse algum meio de se ter todas as roupas lindas, sem precisar fazer o trabalho duro. Se pelo menos houvesse um meio... Meus olhos automaticamente varrem as vitrines de todas as lojas por onde passo, examinando a mercadoria exposta e, de repente, meus pés grudam na calçada.

Este é um sinal de Deus. Tem de ser.

Estou em pé do lado de fora da Ally Smith, que tem uns sobretudos longos maravilhosos na vitrine, e há um anúncio escrito à mão na vidraça da porta. "Precisa-se de ajudantes de vendas para sábado. Informações no interior da loja."

Sinto-me meio trêmula ao olhar para o aviso. É como se um raio tivesse me atingido ou algo assim. Por que não pensei nisso antes? É uma ideia genial. Terei um emprego aos sábados! Trabalharei numa loja de roupas! Assim, farei um bom dinheiro extra e ainda poderei comprar todas as roupas com desconto! Convenhamos, trabalhar numa loja tem de ser mais fácil do que tornar-se gerente de fundos, não é? O único trabalho que uma vendedora tem é ficar em pé e dizer "Posso ajudá-lo?". Será divertido, pois poderei escolher todas as minhas roupas enquanto atendo os clientes. No fundo estarei sendo *paga* para fazer compras!

Isso é fantástico, penso eu, entrando na loja com um sorriso simpático no rosto. *Sabia* que algo bom estava para acontecer hoje. Tive um pressentimento de que algo assim ia acontecer.

Meia hora depois saio com um sorriso ainda maior no rosto. Consegui o emprego! Tenho um emprego aos sábados! Vou trabalhar das 8h30 às 17h30 todos os sábados e ganharei 4,80 libras por hora, e com direito a 10 por cento de desconto em todas as roupas! E depois de três meses, o desconto nas roupas passa a ser de 20 por cento! E todos os meus problemas de dinheiro terminaram.

Graças a Deus foi uma tarde tranquila. Eles me deixaram preencher o formulário de inscrição ali mesmo e Danielle, a gerente, me entrevistou imediatamente. No início ela parecia em dúvida, especialmente quando eu disse que tinha um emprego de horário integral como jornalista econômica e estava fazendo isso para ganhar um dinheiro extra e o desconto nas roupas. "Será muito trabalho" – ela continuava dizendo. "Você percebe isso? Será um trabalho muito pesado." Mas eu acho que ela mudou quando começamos a falar sobre o estoque. Adoro o que a Ally Smith vende, então claro que eu sabia o preço de cada item na loja e se eles tinham algum similar na Jigsaw ou na French Connection. Finalmente, Danielle me dirigiu um olhar estranho e disse: "Bem, você obviamente gosta de roupas." E então me deu o emprego! Mal posso esperar. Começo este sábado. Não é o máximo?

Quando volto para o escritório, me sinto extasiada com meu sucesso. Olho à minha volta e de repente a vida mundana de escritório parece muito chata e limitada para um espírito criativo como o meu. Não pertenço a este lugar, entre pilhas empoeiradas de *releases* e teclas de computadores batendo enfurecidas. Meu lugar é lá, entre os refletores reluzentes e suéteres de *cashmere* da Ally Smith. Talvez eu trabalhe com venda em horário integral, penso eu, enquanto recosto em minha cadeira. Talvez eu comece minha própria cadeia de lojas de grifes! Isso mesmo! Serei uma daquelas pessoas prestigiadas em artigos sobre empresários incrivelmente bem-sucedidos. "Becky Bloom trabalhava como jornalista quando criou o conceito inovador das Lojas Bloom. Uma cadeia de sucesso em todo o país, a ideia surgiu quando ela estava..."

O telefone toca e eu atendo.

– Sim? – digo com ar ausente. – Rebecca Bloom falando. – Quase acrescento das Lojas Bloom –, mas isso talvez seja um pouco prematuro.

– Srta Bloom, aqui é Derek Smeath, do Endwich Bank.

O quê? Estou tão chocada que deixo o fone cair na minha mesa com um ruído e preciso procurar com a mão para pegá-lo novamente. Enquanto isso, meu coração está pulando como um coelho. Como Derek Smeath sabe onde trabalho? Como conseguiu meu número?

– Você está bem? – pergunta Clare Edwards curiosa.

– Sim – engulo em seco. – Sim, estou bem.

E agora ela está olhando para mim. Não posso colocar o fone no gancho e fingir que era engano. Terei de falar com ele. Está bem, serei realmente rápida e vivaz e procurarei livrar-me dele o mais depressa possível.

– Olá! – digo em tom formal. – Desculpe. Estava um pouco ocupada com o trabalho. Sabe como é!

– Srta. Bloom, eu lhe escrevi várias cartas – diz Derek Smeath. – E não recebi uma resposta satisfatória a nenhuma delas.

Sem querer, sinto meu rosto corar. Ah, meu Deus, ele parece realmente irritado. Isso é horrível. Que direito tem esse senhor de me telefonar e estragar meu dia?

– Creio que tenho estado muito ocupada – digo. – Minha... minha tia estava muito doente. Precisei ficar com ela. O senhor compreende.

– Entendo – diz ele. – Entretanto...

– E depois ela morreu – acrescento.

– Sinto muito – diz Derek Smeath. Ele não *parece* sentido. – Mas isso não altera o fato de sua fatura atual estar com um saldo de…

Esse homem não tem coração? Quando ele começa a falar sobre saldos, saques a descoberto e acordos, eu deliberadamente me desligo, pois não quero ouvir nada que possa me preocupar. Fixo os olhos na minha mesa forrada de uma imitação de madeira, pensando se eu poderia fingir que o fone caiu acidentalmente bem na base. Ah, Deus, isto é horrível. O que vou fazer? *O que vou fazer?*

– E se a situação não se resolver – ele fala sério – creio que serei forçado a...

– Tudo bem – ouço-me interrompendo. – Tudo bem, porque… vou receber um dinheiro em breve. – Mesmo quando digo as palavras, sinto meu rosto queimar de culpa. Mas, quero dizer, o que mais devo fazer? Tenho de dizer *algo*, do contrário ele nunca vai me deixar em paz.

– Ah, sim?

– É sim – digo, engolindo em seco. – O negócio é que minha… minha tia me deixou algum dinheiro no seu testamento.

Que é meio quase verdade, quero dizer, obviamente tia Ermintrude teria me deixado algum dinheiro. Afinal, eu era sua sobrinha favorita, não era? Alguém mais comprou echarpes Denny and George para ela?

– Vou receber dentro de umas duas semanas – acrescento como boa medida. – Mil libras.

Depois percebo que eu deveria ter dito 10 mil libras – isso o teria realmente impressionado. Ah, bem, tarde demais agora.

– Está dizendo que dentro de duas semanas nos enviará um cheque de mil libras – diz Derek Smeath.

– Hum... sim – digo após uma pausa. – Creio que sim.

– Fico feliz por ouvir isso – diz ele. – Anotei nossa conversa, Srta. Bloom, e aguardarei seu cheque de mil libras na segunda-feira, 27 de março.

– Está bem – digo confiante. – É só isso?

– Por hoje é só. Boa tarde, Srta. Bloom.

– Boa tarde – respondo e desligo o telefone.

Graças a Deus. Me livrei dele.

BROMPTON'S STORE
Contas de Clientes
1 Brompton Street
Londres SW4 7TH

Srta. Rebecca Bloom
Apto. 2
4 Burney Rd
Londres SW6 8FD

10 de março de 2000

Prezada Srta. Bloom:

Obrigado pela rápida devolução do cheque assinado no valor de 43 libras.

Lamentavelmente, apesar de o cheque estar assinado, ele parece estar datado para 14 de fevereiro de 2200. Sem dúvida foi um engano de sua parte.

A Brompton's Store não pode aceitar cheques pré-datados como pagamento, portanto estou lhe devolvendo o mesmo com o pedido de que nos envie outro cheque assinado com a data atual.

Se preferir, poderá pagar em dinheiro ou com o boleto bancário que enviamos em anexo. Segue também um folheto para sua informação.

Aguardo receber seu pagamento.

Atenciosamente,

John Hunter
Gerente de Contas de Clientes

9

Naquela noite, quando chego em casa, vejo uma pilha de correspondência no hall – mas a ignoro porque vejo uma embalagem da Molduras Finas! A compra me custou 100 libras, que eu acho meio caro, mas aparentemente vai proporcionar um retorno de 300 libras em poucas horas. Dentro da embalagem há um folheto cheio de fotografias de pessoas que fazem fortunas fazendo Molduras Finas – e alguns deles fazem 100 mil por ano! Fico pensando por que decidi ser jornalista.

Depois do jantar, sento em frente à televisão para assistir a *EastEnders* e abro o kit. Suze saiu esta noite, portanto será fácil me concentrar.

"Bem-vindo ao segredo mais bem guardado da Inglaterra...", diz o folheto. "A família Molduras Finas que trabalha em casa! Junte-se a outros membros e ganhe milhões no conforto de seu próprio lar. Nossas instruções fáceis de seguir vão ajudá-lo a entrar no empreendimento mais lucrativo de sua vida. Talvez você utilize seus ganhos para comprar um carro, ou um barco – ou para presentear alguém especial. Mas lembre-se – a quantia que vai receber vai depender exclusivamente de você!"

Estou absolutamente encantada. Por que não fiz isso antes? É um esquema *fantástico*! Vou trabalhar loucamente por duas semanas, depois vou pagar todas as minhas dívidas, entrar de férias e comprar milhares de roupas novas.

 Deus, mal posso esperar.

Começo a rasgar a embalagem e, de repente, uma porção de tiras de tecido caem no chão. Algumas são lisas, outras são estampadas com flores. É um padrão meio feio – mas quem se importa? Minha função é só fazer as molduras e receber o dinheiro. Encontro o folheto de instruções debaixo de pedaços de papelão. Com certeza, é muito simples. Basta colar um enchimento na moldura de papelão e cobri-la com tecido para criar aquele efeito luxuoso de tapeçaria; depois é só colar um cadarço ao longo da parte de trás para esconder a costura. E pronto! É muito simples e você recebe 2 libras por moldura. Há 150 no pacote – portanto, se eu fizer trinta por noite, durante uma semana, terei faturado 300 libras fácil, fácil no meu tempo livre!

Tudo bem, vamos começar. Armação, estofamento, cola, tecido, cadarço.

AH, DEUS. Ah, *Deus*. Quem inventou essas malditas molduras? Simplesmente não há tecido suficiente para cobrir a armação e o enchimento. Ou pelo menos é preciso esticar muito – e o tecido é tão frágil que rasga. Já sujei de cola o carpete e dobrei duas armações de tanto puxá-las, e a única moldura que realmente consegui finalizar está parecendo torta. E eu já estou fazendo isso há...

Bocejo, vejo a hora e levo um susto. São 23h30 da noite, o que significa que estou trabalhando há três horas. E nesse tempo fiz uma moldura torta, que não estou certa se eles vão aceitar, e estraguei outras duas. Detesto o aspecto que essas molduras têm. Para que as pessoas querem ridículas molduras estofadas, afinal?

Naquele momento a porta se abre e Suze está de volta.

– Oi! – diz ela, entrando na sala de estar. – Teve uma noite agradável?

– Não exatamente – começo a falar, desapontada. – Estive fazendo essas molduras...

– Bem, não importa – diz ela num tom dramático. – Quer saber? Você tem um admirador secreto.

– O quê? – pergunto, surpresa.

– Alguém realmente gosta de você – diz ela, despindo seu casacão. – Ouvi isso esta noite. Você não vai adivinhar quem é!

Luke Brandon surge na minha mente antes que eu possa evitar. Que ridículo. De qualquer modo, como Suze teria descoberto? Ideia boba. Muito boba. Impossível.

Ela poderia tê-lo encontrado por acaso no cinema, ouço uma vozinha sussurrando na minha mente. Afinal, ela o conhece, não é? E ele poderia ter dito...

– É meu primo! – diz ela triunfante. – Tarquin. Ele gosta de você *de verdade*.

Pelo amor de Deus.

– Ele tem uma queda secreta por você – continua, feliz. – Na realidade, sempre teve, desde que a conheceu!

– Não é *tão* secreta assim... – começo sarcástica, depois, quando Suze olha para mim surpresa, paro. Afinal, não quero ferir seus sentimentos.

– Então você já sabia? – pergunta ela.

– Bem... – digo e encolho os ombros. O que posso dizer? Não posso dizer a ela que seu amado primo me causa arrepios. Então, em vez disso, começo a escolher o tecido para a moldura que está na minha frente, e um sorriso feliz toma conta do rosto de Suze.

– Ele está mesmo entusiasmado com você! – continua Suze. – Sugeri que telefonasse para você e a convidasse para sair. Você não se importaria, não é?

– Claro que não – confirmo numa voz pouco convincente.

– Não seria fantástico? – diz Suze. – Se vocês dois se casassem. Eu poderia ser dama de honra!

– Sim – digo e me forço a sorrir. – Que ótimo.

O que farei é concordar em sair com ele só para ser educada, e depois cancelarei o programa no último momento. E, se tudo correr bem, Tarquin vai precisar voltar para a Escócia, ou algo parecido, e poderemos esquecer tudo isso.

Mas, para ser sincera, eu podia passar sem essa. Agora tenho duas razões para temer que o telefone toque.

PARA MEU ALÍVIO contudo, o sábado chega e Tarquin não me procura. Nem o Derek Smeath. Todos, finalmente, me deixam em paz para seguir minha vida!

A má notícia é que eu estava planejando fazer 150 molduras esta semana, mas até agora só fiz três, e nenhuma delas se parece com a da fotografia. Uma delas não tem enchimento suficiente, a outra não ficou bem colada no canto e a terceira tem um pouco de cola espalhada na frente que não consegui remover. Simplesmente não consigo entender por que estou achando isso tão difícil. Certas pessoas fazem centenas dessas molduras por semana sem nenhum esforço. A Sra. Ruislip até levou sua família num cruzeiro várias vezes com o dinheiro que ganhou. Como eles conseguem e eu não? É realmente deprimente. Quero dizer, devo ser inteligente, não é? Se sou formada, pelo amor de Deus.

Mesmo assim, não importa, digo a mim mesma. Hoje começo meu novo emprego na Ally Smith, portanto, estarei ganhando algum dinheiro extra lá.

Estou bem animada com isso. Estou prestes a iniciar uma carreira completamente nova no mundo da moda! Passo um longo tempo escolhendo uma roupa legal para usar no meu primeiro dia e acabo decidindo vestir uma calça preta da

Jigsaw, uma pequena camiseta de *cashmere* (bem, imitação de *cashmere*) e um top rosa da própria Ally Smith.

Estou bem satisfeita com o resultado final e fico esperando que a Danielle faça algum tipo de elogio quando chego na loja, mas parece que ela nem percebeu. Apenas diz, "Oi. As calças e camisetas estão na sala de estoque. Procure o seu tamanho e troque de roupa na cabine."

Tudo bem. Pensando melhor, todos os vendedores na Ally Smith usam a mesma roupa. Quase como um... bem, um uniforme, suponho. Relutante, mudo de roupa, me olho no espelho e, para falar a verdade, estou desapontada. Esta calça cinza não me cai bem e a camiseta é muito sem graça. Estou quase tentada a perguntar a Danielle se posso escolher outra roupa para usar – mas ela parece um pouco ocupada, portanto é melhor deixar pra lá. Talvez na semana que vem eu possa ter uma palavrinha com ela.

Mas apesar de não gostar da roupa, ainda sinto um *frisson* de excitação quando saio da cabine. Os refletores brilham gloriosamente, o chão está todo lustroso e polido, a música está tocando e há uma sensação de expectativa no ar. É quase como ser uma atriz. Olho para mim mesma num espelho e murmuro "Como posso ajudá-lo?", ou talvez devesse ser "*Posso* ajudá-lo?". Serei a mais charmosa vendedora, decido. As pessoas virão aqui só para serem atendidas por mim e eu terei um relacionamento fantástico com todos os clientes. E depois aparecerei no *Evening Standard* em alguma coluna especializada. Talvez até consiga meu próprio programa de televisão.

Ninguém me disse o que fazer ainda, portanto decido tomar a iniciativa; dirijo-me a uma mulher loura que está na caixa registradora e digo:

– Pode me dar uma explicação rápida?

– O quê? – diz ela sem olhar para mim.

– É melhor eu aprender como mexer na caixa registradora, não é? Antes que os clientes cheguem?

Depois a mulher desvia o olhar para mim e, para minha surpresa, cai na gargalhada.

– Na caixa registradora? Você acha que vai direto para a caixa registradora?

– Ah – digo, ruborizando um pouco. – Bem, eu pensei...

– Você é uma novata, querida – diz ela. – Não vai chegar perto do caixa. Procure a Kelly. Ela vai lhe mostrar o que vai fazer hoje.

DOBRAR BLUSÕES. Dobrar casacos. É para isso que estou aqui. Correr atrás de clientes que pegaram cardigãs e deixaram todos amarrotados, e dobrá-los novamente. Às 11 horas estou absolutamente exausta e, para ser sincera, não me diverti nem um pouco. Você sabe quanto é deprimente dobrar um cardigã exatamente segundo o padrão da Ally Smith e colocá-lo de volta na prateleira, todo dobradinho – só para ver alguém puxá-lo dali dois minutos mais tarde, examiná-lo, fazer uma careta e descartá-lo? Dá vontade de gritar com eles, DEIXA ISSO AÍ SE NÃO FOR COMPRAR! Vejo até uma garota pegar um cardigã *idêntico* ao que já estava vestindo! Quero dizer, qual é o problema dela?

E tampouco estou conseguindo conversar com os clientes. É como se eles vissem através de você que você é um vendedor. Ninguém me perguntou nada interessante como "Esta blusa combina com estes sapatos?" ou "Onde posso encontrar uma saia preta bem bonita por menos de 60 libras?" Eu *adoraria* responder a esse tipo de pergunta. Mas as únicas perguntas que me fizeram foram "Onde é o banheiro?" e "Onde é o caixa eletrônico mais próximo de Midland?". Ainda não fiz nenhum relacionamento com ninguém.

Ah, é deprimente. A minha única animação é uma prateleira de fim de estoque com preços reduzidos no fundo da loja. Volta e meia eu vou até ali e olho para uma calça jeans com estampa de zebra que custava 180 libras e agora está por 90 libras. Lembro-me dela. Cheguei a experimentá-la. E aqui está ela, sem mais nem menos – em oferta. Simplesmente não consigo tirar os olhos dela. E o tamanho é 42. Meu número.

Sei que não devo estar gastando dinheiro, mas esta é uma peça única. São os jeans mais charmosos que já vi. E 90 libras não é *nada* por uma calça jeans de boa qualidade. Se você estivesse na Gucci, pagaria pelo menos 500 libras. Ah, meu Deus, eu quero essa calça jeans. Eu a *quero*.

Estou descansando no fundo da loja, olhando para os jeans pela centésima vez, quando Danielle vem na minha direção e me levanto culpada. Mas ela só diz: "Pode ir para os provadores agora? Sarah vai lhe mostrar os cabideiros."

Chega de dobrar roupas! Graças a Deus!

PARA MEU ALÍVIO, o trabalho nos provadores é muito mais divertido. Ally Smith tem provadores realmente bons, com muito espaço e cabines individuais, e minha tarefa é ficar de pé na entrada e verificar quantos itens as pessoas estão trazendo para as cabines. É realmente interessante ver o que as pessoas estão experimentando. Uma garota está comprando *um monte* de coisas e fica contando que seu namorado lhe disse para comprar tudo o que quisesse no seu aniversário, pois ele pagaria.

Nossa. Tem gente de sorte. Ainda assim, não importa, pelo menos estou ganhando dinheiro. São 11h30, o que significa que faturei... 14,40 libras até agora. Bem, não é mal, é? Eu poderia comprar uma boa maquiagem por essa quantia.

Só que eu não vou gastar esse dinheiro em maquiagem. Claro que não. Quero dizer, não é para isso que estou aqui. Vou ser realmente sensata. Vou comprar os jeans estampados de zebra – só porque é uma peça única e seria um crime não comprar – e depois colocarei todo o restante na minha conta bancária. Mal consigo *esperar* para vesti-la. Tenho um intervalo às 14h30, e aí vou direto para a prateleira de preços reduzidos para levá-la à sala dos funcionários, só para ter certeza de que cabe em mim, e...

De repente, a expressão de meu rosto congela. Espera aí. Espera um momento. O que aquela garota está segurando? Ela está segurando a minha calça estampada de zebra! E está vindo na direção da sala de prova. Ah, meu Deus. Quer experimentá-la. Mas ela é minha!

– Olá! – diz ela feliz ao se aproximar.

– Olá – digo, procurando manter a calma. – Ahn... quantos itens você tem?

– Quatro – diz ela mostrando-me os cabides. Atrás de mim há fichas penduradas na parede, indicando Um, Dois, Três e Quatro. A garota está esperando que eu lhe dê uma ficha indicando Quatro e a deixe entrar. Mas eu não posso fazer isso.

Decididamente não posso deixá-la entrar lá com os meus jeans.

– Na verdade – ouço-me dizer – você só pode levar três itens.

– É mesmo? – diz ela surpresa. – Mas... – Ela aponta para as fichas.

– Eu sei – digo. – Mas eles acabaram de mudar as regras. Sinto muito. – E dou a ela meu melhor sorriso da vendedora que não pode fazer nada.

Na verdade isso é abuso de poder. Você pode fazer as pessoas pararem de experimentar roupas! Pode arruinar suas vidas!

– Ah, está bem – diz a garota. – Bem, vou separar...

– Esta – digo, segurando os jeans de estampa zebra.

– Não – diz ela. – Pensando melhor, acho que vou...

– Precisamos pegar o artigo de cima – explico e repito aquele sorriso de quem não pode fazer nada. – Sinto muito.

Graças a *Deus* existem vendedoras bolchevistas e regras bobas sem sentido. As pessoas já estão tão acostumadas a isso que a garota nem mesmo me questiona. Ela só revira os olhos, pega a ficha indicando Três e faz seu caminho na direção da sala de prova, deixando-me com os preciosos *jeans.*

Tudo bem, e agora? De dentro da cabine, posso ouvir zíperes sendo abertos e cabides se chocando. Ela não vai demorar muito experimentando as três peças. E depois sairá da cabine querendo os jeans de estampa de zebra. Meu Deus. O que posso fazer? Por um momento fico estatelada, indecisa. Depois, o som da cortina de uma cabine sendo aberta me coloca em ação. Rapidamente escondo os jeans de estampa de zebra atrás de uma cortina e fico de pé novamente com um olhar inocente no rosto.

Um minuto mais tarde, Danielle vem na minha direção, com uma prancheta nas mãos.

– Tudo bem? – pergunta ela. – Está conseguindo se virar, não é?

– Estou indo bem – respondo, e lanço-lhe um sorriso confiante.

– Estou fazendo as escalas dos intervalos – diz ela. – Se você conseguir ficar até as 15 horas, poderá ter uma hora.

– Ótimo – digo na minha voz confiante de "funcionária do mês", apesar de estar pensando *15 horas? Morrerei de fome até lá!*

– Bom – diz ela e se afasta para o canto para anotar no seu papel, quando uma voz diz...

– Olá. Pode me dar aqueles jeans agora?

Ah, meu Deus, é a garota de novo. Como pode ter experimentado todas as outras peças tão rápido? Por acaso ela é alguma mágica?

– Olá! – digo, ignorando a última parte do que ela disse. – As roupas ficaram bem? Aquela saia preta é muito bonita. A maneira que as pregas abrem no...

– Na verdade não – diz ela me interrompendo, e empurra o lote de roupas para mim, todo bagunçado e fora dos cabides, devo acrescentar. – Eu queria mesmo era a calça jeans. Pode me dar?

Meu coração começa a bater forte.

– Que jeans eram? – pergunto, franzindo a sobrancelha com simpatia. – Azul? Pode pegá-los ali, ao lado do...

– Não – diz a garota, impaciente. – A calça de estampa de zebra que estava comigo há um minuto.

– Como? – digo, estupefata. – Ah, sim. Não tenho certeza para onde foi. Talvez alguém tenha pego.

– Mas eu dei a você! Você deveria estar com ela nas mãos.

– Ah – digo, e dou meu sorriso de vendedora. – Temo que não possamos ser responsabilizados por artigos deixados conosco enquanto os clientes estão nas cabines.

– Mas pelo amor de Deus! – diz ela olhando para mim como se eu fosse uma imbecil. – Isso é ridículo! Eu a deixei com você uns trinta segundos atrás! Como pode tê-la perdido?

Merda. Ela está realmente irada. Sua voz está um pouco alterada e as pessoas estão começando a olhar.

– Algum problema? – pergunta uma voz melosa e olho para Danielle aterrorizada, enquanto ela se aproxima com um olhar doce mas ameaçador. Tudo bem, fique calma, digo a mim mesma com firmeza. Ninguém pode provar nada contra mim. E todos sabem que o cliente é sempre um criador de caso.

– Dei a esta vendedora uma calça jeans para que ela a reservasse porque eu tinha quatro itens, o que aparentemente é demais – a garota começa a explicar.

– Quatro itens? – pergunta Danielle. – Mas você tem permissão de entrar na cabine com quatro itens. – E ela se vira para mim com uma expressão que, francamente, não é muito amigável.

– *Tem?* – digo com um ar inocente. – Meu Deus, sinto muito. Pensei que eram só três. Sou nova – acrescentei, desculpando-me.

– Eu *sabia* que eram quatro! – diz a menina. – Quero dizer, vocês têm fichas com a droga do número "Quatro" escrito nelas! – Ela dá um suspiro impaciente. – Então, continuando, entreguei a ela a calça jeans, experimentei as outras peças e, quando saí para pegar a calça, ela tinha sumido.

– Sumiu? – diz Danielle bruscamente. – Sumiu para onde?

– Não estou certa – digo, procurando parecer tão perplexa quanto elas. – Talvez uma outra cliente a tenha levado.

– Mas estava com você! – diz a garota. – E aí, alguém se aproximou de você e tirou-a de suas mãos?

Ah, tenha paciência. Qual é o problema dela, afinal? Como pode estar tão obcecada por uma droga de calça jeans?

– Talvez você possa conseguir outra na prateleira – digo, tentando parecer prestativa.

– *Não tem* outra – diz ela friamente. – Ela estava na prateleira de preços reduzidos.

– Rebecca, pense! – diz Danielle. – Você a colocou em algum lugar?

– Devo ter feito isso – digo vagamente. – O provador estava tão cheio, devo tê-la colocado no cabideiro e creio que outra cliente deva ter saído com ela. – Encolho os ombros como quem diz: "Clientes, hein?"

– Espere aí! – diz a garota irritada. – O que é aquilo?

Sigo seu olhar e gelo. A calça jeans de zebra rolou por baixo da cortina. Por um momento nós todas a olhamos.

– Deus! – consigo dizer finalmente. – Ali está!

– E o que exatamente ela está fazendo ali? – pergunta Danielle.

– Eu não sei! – respondo. – Talvez ela... – Tento ganhar tempo enquanto invento algo. – Talvez...

– Você *pegou*! – diz a garota incrédula. – Você simplesmente a pegou! Não me deixou experimentar e depois a escondeu!

– Isto é ridículo! – digo, procurando soar convincente, mas posso sentir meu rosto ficando vermelho de culpa. Ah, Deus, *por que* sempre tenho de ficar vermelha? Por quê?

– Sua... – A garota ameaça xingar-me e vira-se para Danielle. – Quero fazer uma queixa formal.

– Rebecca – diz Danielle. – Para meu escritório, por favor.

Espera aí. Será que ela não vai me apoiar? Será que não vai defender sua funcionária diante de uma cliente? O que aconteceu com o coleguismo?

– Agora! – diz ela rispidamente, e eu pulo de medo. Enquanto me distancio devagar em direção ao seu escritório (que mais parece um armário de vassouras), vejo que todos os outros funcionários estão olhando para mim e cutucando uns aos outros. Ah, Deus, que vergonha. Ainda assim, vai ficar tudo bem. Vou pedir desculpas e prometer não fazer mais isso e talvez me ofereça para trabalhar além da hora. Contanto que eu não seja...

NÃO ACREDITO. Ela me despediu. Não cheguei a trabalhar lá nem um dia inteiro e já fui mandada embora. Fiquei tão chocada que meus olhos se encheram de lágrimas. Quero dizer, fora o incidente com os jeans de estampa de zebra, eu achei que estava indo muito bem. Mas, aparentemente, esconder mercadorias dos clientes é um desses motivos que causam demissão sumária. (O que é realmente injusto, pois ela não me disse nada disso na entrevista.)

Ao trocar de roupa tenho uma sensação pesada no coração. Minha carreira de vendedora terminou antes de sequer ter começado. Eu só recebi 20 libras pelas horas que trabalhei hoje – e Danielle disse que estava sendo generosa. E quando perguntei se eu poderia comprar alguma roupa usando meu desconto de funcionária, ela me encarou como se quisesse me bater.

Deu tudo errado. Sem emprego, sem dinheiro, sem desconto, só a porcaria das 20 libras. Triste, começo a andar pela rua, enfiando as mãos nos bolsos. Porcaria de 20 libras. O que devo fazer com...

– Rebecca! – Levanto minha cabeça e me vejo olhando confusa para um rosto que não me é estranho. Mas quem é? É... é... é...

– Tom! – exclamo no minuto seguinte. – Olá! Que surpresa!

Não acredito. Tom Webster, aqui em Londres. O que ele está fazendo aqui? Não deveria estar em Reigate, rebocando seus azulejos mediterrâneos ou algo assim?

– Esta é Lucy – diz ele orgulhoso enquanto puxa uma garota carregando uma coleção de sacolas. E eu não acredito no que vejo. É a garota que estava comprando aquele monte de roupas na Ally Smith. A garota cujo namorado estava pagando tudo. *Certamente* ela não quis dizer...

– Vocês estão namorando? – digo com ar imbecil. – Você e ela?

– Sim – diz Tom, e sorri para mim. – Já estamos juntos há algum tempo.

Mas isto não faz nenhum sentido. Por que Janice e Martin não mencionaram a namorada de Tom? Eles mencionaram tudo mais da vida dele.

Imagine só, o Tom tem uma namorada!

– Olá – diz Lucy.

– Olá – respondo. – Sou Rebecca. Vizinha de porta. Amiga de infância e tudo mais.

– Ah, *você é* Rebecca – diz ela e dirige um rápido olhar para Tom.

O que ela quis dizer com aquilo? Eles falaram de mim? Deus, Tom ainda gosta de mim? Que embaraçoso.

– Sou eu! – digo vibrante e dou um pequeno riso.

– Sabe, tenho certeza de que já vi você em algum lugar – diz Lucy pensativa, e depois enruga os olhos me reconhecendo. – Você trabalha na Ally Smith, não é?

– Não! – digo, um pouco rápido demais.

– Ah – diz ela. – Pensei que a tinha visto...

Deus, não posso deixar meus pais saberem que trabalho numa loja. Pensarão que minto sobre minha vida em Londres e que secretamente estou dura e morando num apartamentinho imundo.

– Pesquisa – digo friamente. – Na verdade sou jornalista.

– Rebecca é jornalista econômica – diz Tom.

– Realmente conhece seu trabalho.

– Ah, certo – diz Lucy, com um sorriso arrogante.

– Mamãe e papai sempre pedem conselhos a Rebecca – diz Tom. – Papai estava falando sobre isso outro dia mesmo. Disse que você tinha ajudado muito em algum assunto financeiro. Troca de fundos ou algo assim.

– Faço o que posso – digo modestamente e dou a Tom um sorriso especial de velhos amigos. Não que eu esteja com ciúmes ou algo assim, mas sinto certa dor de cotovelo vendo Tom sorrir para essa Lucy que, francamente, tem cabelos muito sem graça, mesmo que suas roupas sejam boas. Pense nisso, o próprio Tom está usando roupas bonitas. Ah, o que está acontecendo? Está tudo errado. Tom devia estar na sua casa nova, em Reigate, não desfilando por lojas caras com ar de fino.

– Bem, de qualquer modo – diz ele. – Precisamos ir.

– Vai pegar o trem? – pergunto com ar superior. – Deve ser difícil, morando tão distante.

– Não é tão mal – diz Lucy. – Venho de condução até Wetherby's toda manhã e só levo quarenta minutos.

– Você trabalha na Wetherby's? – digo horrorizada. Por que estou *rodeada* por profissionais ambiciosos?

– Sim – diz ela. – Sou um de seus consultores políticos.

O quê? O que significa isso? Será que ela é realmente inteligente ou algo assim? Ah, Deus, isto está ficando cada vez pior.

– E nós não vamos pegar nosso trem, ainda – diz Tom sorrindo para Lucy. – Vamos à Tiffany's primeiro. Escolher um presentinho para o aniversário de Lucy, na semana que vem. – Ele levanta uma das mãos e começa a torcer um cacho do cabelo em volta do dedo.

Não posso mais aguentar isso. Não é justo. Por que *eu* não tenho um namorado para me comprar presentes na Tiffany's?

– Bem, prazer em vê-los – falo depressa. – Mande lembranças para seus pais. – Engraçado eles não terem mencionado Lucy. Não posso resistir e acrescento, um pouco maliciosa. – Estive com eles outro dia e não me falaram de você.

Lanço um olhar inocente para Lucy. Ah! Agora quem está com a vantagem?

Mas ela e Tom trocam olhares novamente.

– Eles provavelmente não quiseram... – Tom interrompe abruptamente a frase.

– O quê? – digo eu.

Faz-se um longo e estranho silêncio. Depois Lucy diz:

– Tom, vou olhar esta vitrine por um segundo. – Ela se afasta, deixando nós dois sozinhos.

Nossa, que drama! Sou obviamente a Terceira Pessoa no relacionamento deles.

– Tom, o que está acontecendo? – pergunto e dou uma risadinha.

Mas é óbvio, não é? Ele ainda me quer. E Lucy sabe disso.

– Meu Deus – diz Tom e enrubesce. – Olha, Rebecca, não é fácil para mim. Mas o negócio é que mamãe e papai sabem de seus... sentimentos por mim. Eles não quiseram mencionar Lucy na sua frente porque acharam que você ficaria... – e expira com firmeza – desapontada.

O quê? Isso é alguma espécie de *piada*? Nunca fiquei mais pasma em toda a minha vida. Por alguns segundos eu nem posso me mexer de espanto.

– Meus sentimentos por *você*? – gaguejo finalmente. – Está brincando?

– Olha, é bem óbvio – diz ele, encolhendo os ombros. – Meus pais me disseram como outro dia você ficou perguntando como eu estava e tudo sobre minha nova casa... – Vejo piedade em seu olhar. Ah, meu Deus, não posso aguentar isso. Como ele pode achar... – Eu realmente gosto de você, Becky – acrescenta ele. – Eu só não...

– Eu estava sendo *educada*! – começo a gritar. – Eu não *gosto* de você!

– Olha – diz ele. – Vamos deixar essa história assim, está bem?

– Mas eu *não gosto*! – grito furiosa. – Eu nunca gostei de você! Foi por isso que eu não saí com você quando me convidou! Quando estávamos com 16 anos, lembra-se?

Termino e olho para ele triunfante – para ver que seu rosto não mudou nada. Ele não está ouvindo. Ou, se está, pensa que o fato de eu ter trazido nosso passado de adolescente significa que tenho ideia fixa nele. E quanto mais eu defender minha posição, mais obcecada ele vai achar que estou. Ah, Deus, isto é horrível.

– Tudo bem – digo, procurando juntar o que restou da minha dignidade. – Tudo bem, obviamente não estamos conseguindo nos comunicar direito, então vou deixá-los. – Dou um olhar para Lucy, que está diante de uma vitrine e obviamente finge não estar ouvindo. – Sinceramente, não estou atrás de seu namorado – grito. – E nunca estive. Até logo.

E me afasto pela rua, com um sorriso *blasé* pregado com dificuldade no rosto.

QUANDO VIRO A esquina, no entanto, o sorriso aos poucos se esvai, e caio sentada num banco. Sem querer, sinto-me humilhada. Claro, a história toda é de fazer rir. Tom Webster pensar que estou apaixonada por *ele*. Mas é bem feito para mim. Quem mandou ser educada demais com seus pais e aparentar interesse nos malditos armários de carvalho. Da próxima vez vou bocejar alto ou me afastar. Ou produzir um namorado meu. Isso calaria a boca deles todos, não é? E de qualquer modo, quem se importa com o que eles pensam?

Sei tudo isso. Sei que eu não deveria me importar nem um pouco com o que Tom Webster ou sua namorada pensam. Mas ainda assim… devo admitir, me sinto um pouco para baixo. Por que não tenho um namorado? Nem há ninguém de quem eu goste no momento. O último namorado sério que tive foi Robert Hayman e nos separamos três meses atrás. E eu nem gostava muito dele. Ele me chamava de "amor" e de brincadeira colocava suas mãos sobre meus olhos durante as partes mais

 pesadas dos filmes. Mesmo quando eu lhe disse para não fazer isso, ele ainda continuou fazendo. Eu ficava uma *fera*. Só de lembrar fico tensa e irritada.

Pelo menos era um namorado, não era? Era alguém para telefonar durante o expediente, com quem ir a festas e que me servia de proteção contra homens feios. Talvez eu não devesse ter-lhe dado um fora. Talvez ele fosse razoável.

Dou um suspiro forte, levanto e começo a andar novamente pela rua. Hoje definitivamente não foi meu dia. Perdi um emprego e fui tratada com superioridade por Tom Webster. E agora não tenho nada para fazer hoje à noite. Pensei que estaria morta de trabalhar o dia todo, por isso não me preocupei em planejar nada.

Mesmo assim, pelo menos tenho 20 libras.

Vinte libras. Comprarei um bom cappuccino e um brownie de chocolate. E umas duas revistas.

E talvez algo da Accessorize. Ou umas botas. Na realidade *preciso* de botas novas e vi umas lindas na Hobbs com bico quadrado e salto não muito alto. Irei lá depois do meu café e darei uma olhada nos vestidos também. Deus, mereço um prazer, depois do dia de hoje. E preciso de umas meias novas para trabalhar e de uma lixa de unhas. E talvez um livro para ler no metrô...

Quando entro na fila do Starbucks, já me sinto mais feliz.

PGNI First Bank Visa
7 Camel Square
Liverpool L1 5NP

Srta. Rebecca Bloom
Apto. 2
4 Burney Rd
Londres SW6 8FD

15 de março de 2000

Prezada Srta. Bloom

PGNI First Bank VISA Cartão No. 1475839204847586

Obrigado por sua carta datada de 11 de março.

Sua oferta de uma assinatura grátis da revista *Successful Saving* é muito gentil, assim como seu convite para jantar no Ivy. Lamentavelmente, os funcionários do PGNI First Bank não podem aceitar esse tipo de presente.

Aguardamos o recebimento do pagamento pendente de 105,40 libras o mais rápido possível.

Atenciosamente,

Peter Johnson
Diretor de Contas de Clientes

10

Na segunda-feira de manhã acordo cedo, me sentindo um pouco vazia por dentro. Bato os olhos numa pilha de sacolas ainda fechadas no canto do meu quarto e depois, rapidamente, os desvio. Sei que gastei dinheiro demais no sábado. Sei que não deveria ter comprado dois pares de botas. Sei que não deveria ter comprado aquele vestido roxo. Ao todo, gastei... Na verdade, não quero pensar em quanto gastei. Pense em algo além disso rápido, digo a mim mesma. Outra coisa. Qualquer pensamento serve.

Tenho consciência de que no fundo da minha mente, martelando lentamente como uma batida de tambor, existem dois monstros: Culpa e Pânico.

Culpa Culpa Culpa Culpa.

Pânico Pânico Pânico Pânico.

Se eu deixar, eles tomam conta de mim. E, se isso acontecer, vou ficar completamente paralisada de tristeza e medo. Por isso, o truque que aprendi é simplesmente não ouvir. Desligo essa parte da minha mente – e então nada mais me preocupa. É simples autodefesa. Minha mente é muito bem treinada para isso.

Outro truque meu é me distrair com diferentes pensamentos e atividades. Então eu levanto de manhã, ligo o rádio, tomo um banho de chuveiro e me visto. Os golpes surdos ainda estão no fundo da minha mente, mas devagarinho, devagarinho, vão se enfraquecendo. Quando entro na cozinha e preparo uma xícara de café, quase já não os ouço. Sou inundada por um grande alívio, como aquela sensação que se tem quando um analgésico finalmente nos livra da dor de cabeça. Posso relaxar. Ficarei bem.

Na saída paro no hall de entrada para verificar minha aparência no espelho (Top: River Island, Saia: French Connection, Meia-calça: Pretty Polly Velvets, Sapatos: Ravel) e estico a mão para pegar o mantô (Mantô: liquidação da House of Fraser). Nesse momento a correspondência cai pela porta, e eu me aproximo para pegá-la. Há uma carta escrita à mão para Suze e um cartão-postal das Maldivas. E para mim, há dois envelopes com aparência ameaçadora. Um do VISA, outro do Endwich Bank.

Por um momento meu coração para. Por que outra carta do banco? E outra do VISA. O que eles querem? Não podem simplesmente me deixar em paz?

Cuidadosamente coloco a correspondência de Suze na mesinha do hall e enfio minhas duas cartas no bolso, dizendo a mim mesma que as lerei no caminho para o trabalho. Uma vez que eu chegue no metrô, abrirei ambas e as lerei, por mais desagradáveis que sejam.

Essa é realmente minha intenção. Honestamente. Quando estou andando pela calçada, juro que minha intenção é ler as cartas.

Mas depois viro na rua seguinte e vejo uma caçamba do lado de fora da casa de alguém. Uma grande caçamba amarela, já meio cheia de entulho. Os operários entram e saem da casa, jogando na caçamba pedaços velhos de madeira e estofado. Muito lixo, tudo misturado.

E uma ideia me surge à cabeça.

Meus passos diminuem quando me aproximo da caçamba e paro, olhando atenta como se estivesse interessada nas palavras gravadas nela. Espero ali, com o coração disparado, os operários voltarem para dentro da casa e ninguém estar olhando. E então, num movimento rápido, pego as duas cartas no meu bolso e as jogo dentro da caçamba.

Pronto. As cartas se foram.

Enquanto estou ali de pé, parada, um operário esbarra em mim ao passar com dois sacos de emboço e os lança dentro da caçamba. Agora elas realmente se foram. Enterradas debaixo de uma camada de emboço, sem nunca terem sido lidas. Ninguém jamais vai encontrá-las.

Foram-se para sempre.

Rapidamente dou meia-volta e começo a andar novamente. Meus passos já estão mais leves e eu me sinto flutuar.

Em pouco tempo já estou me sentindo totalmente inocente, livre da culpa. Claro, não é culpa minha se eu nunca li as cartas, é? Não é culpa minha se eu não as recebi, é? Enquanto caminho para a estação do metrô, honestamente, sinto-me como se essas cartas jamais tivessem existido.

Quando chego no trabalho, ligo o computador, abro um documento novo e começo a digitar meu artigo sobre pensões. Naquele instante me ocorre que, se eu trabalhar muito mesmo, talvez Philip me dê um aumento. Ficarei até tarde todas as noites, vou impressioná-lo com minha dedicação e ele vai perceber que estou consideravelmente desvalorizada. Talvez até me promova a editora associada ou algo assim.

"Hoje em dia", digito animada, "nenhum de nós pode confiar no governo para cuidar da nossa velhice. Portanto, o planejamento da aposentadoria deveria ser feito o mais cedo possível, de preferência assim que se começa a receber um salário."

– Bom dia, Clare – diz Philip entrando no escritório em seu sobretudo. – Bom dia, Rebecca.

Ah! Agora está na hora de impressioná-lo.

– Bom dia, Philip – digo eu, num jeito amigável e ao mesmo tempo profissional. Depois, em vez de recostar-me na cadeira e perguntar-lhe como foi seu fim de semana, volto para meu computador e começo a digitar novamente. Na realidade, estou digitando tão rápido que a tela está cheia de um monte de tipos parecendo borrões. Devo dizer que não sou a melhor digitadora do mundo. Mas quem se importa? Pareço muito profissional, isso é o que importa.

"A melkor opçao é ferquantemente o esqema de sua compaamia ocupacionoa, ms se sso nao fr posivle, uma grde vareiedade de pensao peronanlas lans stá no mercdo deles, indo de..." paro, pego um folheto e examino rapidamente, como se estivesse avaliando alguma informação crucial.

– Teve um bom fim de semana, Rebecca? – diz Philip.

– Sim, obrigada – digo, olhando por cima do folheto como que surpresa por ter sido interrompida enquanto estou trabalhando.

– Estive por perto de sua casa no sábado – diz ele. – Na Fulham Street. A Fulham da moda.

– Certo – digo meio distraída.

– É um lugar interessante, não é? Minha mulher estava lendo um artigo sobre isso. Cheio de garotas na moda, todas vivendo de renda.

– Suponho que sim – digo com um ar vago.

– É assim que teremos de chamá-la – diz ele, e dá uma pequena gargalhada. "A garota da moda do escritório."

Garota da moda? Do que ele está falando?

– Certo – digo e sorrio para ele. Afinal, ele é o chefe. Pode me chamar do que...

Ah, meu Deus, espera aí. Espera aí. Philip não acha que sou rica, que tenho uma herança ou algo assim ridículo, acha?

– Rebecca – diz Clare, olhando para mim de sua mesa. – Tenho uma ligação para você. Alguém chamado Tarquin.

Philip dá um sorrisinho, como que para dizer "O que mais?", e dirige-se em passos lentos para sua mesa. Olho para ele frustrada. Isso está tudo errado. Se Philip pensa que tenho algum tipo de renda de família, nunca me dará um aumento.

Mas o que poderia ter dado a ele essa ideia?

– Becky – diz Clare apontando para meu telefone que não para de tocar.

– Ah – digo. – Sim, tudo bem. – Pego o fone e digo "Olá. Aqui fala Rebecca Bloom".

– Becky – ouço a voz fina e inconfundível de Tarquin. Parece um pouco nervoso, como se estivesse se preparando para este telefonema há séculos. Talvez estivesse. – É tão bom ouvir sua voz. Sabe, tenho pensando muito em você.

– Verdade? – digo, procurando não dar nenhuma trela. Quero dizer, sei que ele é primo de Suze e tudo mais, mas sinceramente...

– Eu gostaria... eu gostaria muito de passar um pouco mais de tempo na sua companhia – diz ele. – Posso levá-la para jantar?

Ah, Deus. Como devo responder a isso? É um pedido tão inofensivo. Quero dizer, não é como se ele dissesse "Posso dormir com você?" Ou mesmo "Posso beijar você?" Se eu disser "Não" para um jantar é o mesmo que dizer "Você é tão insuportável que não consigo nem mesmo partilhar uma mesa com você por duas horas".

O que é bem próximo da verdade, mas não posso dizer *isso*, posso? E Suze tem sido tão doce comigo recentemente que, se eu recusar sumariamente seu querido Tarkie, ela vai ficar realmente muito chateada.

– Suponho que sim – digo, ciente de que não estou parecendo encantada demais e também sabendo que talvez devesse simplesmente abrir o jogo e dizer "Eu não gosto de você". Mas não posso fazer isso. Para ser sincera, é muito mais fácil simplesmente ir jantar com ele. E depois, não pode ser tão ruim assim.

De qualquer modo, não preciso *ir* de verdade. Ligo para ele no último minuto e cancelo o jantar. Fácil.

– Estou em Londres até domingo – diz Tarquin.

– Vamos no sábado à noite então! – digo animada. – Logo antes de você ir embora.

– Às sete horas?

– Que tal oito? – sugiro.

– Está bem – diz ele. – Às oito horas. – E desliga, sem mencionar um lugar. Mas como eu na verdade não vou encontrá-lo, isso não parece realmente importar. Coloco o fone no gancho, dou um suspiro impaciente e começo a digitar novamente.

"A melhor opção para muitos é ouvir a opinião de um consultor financeiro independente, que poderá orientá-lo nas suas necessidades específicas de pensão e recomendar os planos adequados. A novidade no mercado este ano é o ..." – paro e pego um folheto. Qualquer folheto velho. "Plano de Aposentadoria 'Últimos Anos' da Sun Assurance, que..."

– E então, aquele cara estava te convidando para sair? – pergunta Clare Edwards.

– Sim, na verdade ele estava – respondo parecendo desinteressada. Sem querer, sinto uma pontinha de prazer. Porque Clare não conhece Tarquin? Até onde ela sabe, ele é incrivelmente bonito e inteligente. – Vamos sair no sábado à noite. – Dou um sorriso indiferente e começo a digitar outra vez.

– Está certo – diz ela passando um elástico em volta de uma pilha de cartas. – Sabe, outro dia Luke Brandon estava me perguntando se você tinha namorado.

Por um instante não consigo me mexer. Luke Brandon

 quer saber se eu tenho namorado?

– Verdade? – digo, procurando parecer normal. – Quando... quando foi isso?

– Ah, outro dia mesmo – diz ela. – Eu estava numa reunião na Brandon Communications e ele me perguntou. Só casualmente. Você sabe como.

– E o que você disse?

– Eu disse que não – diz Clare e me dá um sorriso. – Você não gosta dele, não é?

– Claro que não – digo e reviro meus olhos.

Mas devo admitir, fico bem alegre quando volto para meu computador e começo a digitar outra vez. Luke Brandon. Quero dizer, não que eu goste dele ou algo parecido, mas mesmo assim. Este plano flexível – digito – oferece benefícios totais em caso de morte e uma quantia considerável na aposentadoria. Por exemplo, um homem de aproximadamente 30 anos, que investiu 100 libras por mês...

Quer saber? penso de repente, parando no meio da frase. Isso é chato. Posso fazer melhor do que isso.

Faço algo melhor do que sentar aqui neste escritório imundo, digitando os detalhes retirados de um folheto, procurando transformá-los em algum tipo de jornalismo de credibilidade. Mereço fazer algo mais interessante do que isso. Ou mais bem pago. Ou ambos.

Paro de digitar e descanso o queixo nas mãos. Está na hora de um novo começo. Por que não faço o que Elly está fazendo? Não tenho medo de um pouco de trabalho árduo, tenho? Por que não arrumo minha vida, procuro uma *headhunter* no centro financeiro e arranjo um emprego que todos vão invejar? Terei um salário altíssimo e um carro da empresa e usarei tailleurs Karen Millen todos os dias. E nunca mais precisarei me preocupar com dinheiro.

Me sinto em êxtase. É isso! Essa é a resposta para tudo. Eu serei uma...

– Clare? – digo casualmente. – Quem ganha mais no mundo financeiro?

– Não sei – diz Clare, franzindo a testa pensativa. – Talvez os corretores de mercados futuros?

É isso, então. Serei uma corretora de mercados futuros. Fácil.

E É FÁCIL. Tão fácil que, às 10 horas da manhã seguinte, estou me aproximando nervosa da porta de entrada da William Green, uma das grandes *head-hunters* do centro financeiro. Quando abro a porta, olho minha imagem no espelho e sinto um friozinho no estômago. Estou *realmente* fazendo isto?

Pode crer que sim. Estou usando meu tailleur preto, meias de seda e salto alto, com um *FT* debaixo do braço, obviamente. E trouxe a pasta de couro que minha mãe me deu no Natal e que nunca usei. Em parte porque ela é realmente pesada e fácil de bater por onde passo e também porque esqueci a combinação da tranca, portanto não posso abri-la. Mas faz um vistão. E é isso que importa.

Jill Foxton, a mulher que vou encontrar, foi muito simpática ao telefone quando lhe contei sobre meu desejo de mudar de carreira e pareceu bastante impressionada com toda a minha experiência. Eu rapidamente digitei meu currículo e lhe enviei por e-mail. Tudo bem, eu o enfeitei um pouco, mas é o que eles esperam, não é? É uma questão de saber se valorizar. E funcionou, porque ela telefonou de volta uns dez minutos depois de recebê-lo e marcou um encontro, pois achava que tinha algumas oportunidades interessantes para mim.

Oportunidades interessantes para mim! Fiquei tão animada que quase não conseguia ficar quieta. Fui direto falar com Philip e dizer que queria tirar folga no dia seguinte para levar meu sobrinho ao zoológico e ele não desconfiou de nada. Philip vai ficar surpreso quando descobrir que do dia para noite me transformei numa ambiciosa corretora de mercado futuro.

– Olá – digo confiante para a mulher na recepção. – Estou aqui para falar com Jill Foxton. É Rebecca Bloom.

– Da...

Ah, Deus. Não posso mencionar a *Successful Saving*. Philip poderia descobrir que estou procurando um novo emprego.

– Da... de lugar nenhum, na verdade – dou uma risadinha relaxada. – Só Rebecca Bloom. Tenho uma entrevista às 10 horas.

– Certo – diz ela e sorri. – Sente-se, por favor.

Pego minha pasta e me encaminho para as cadeiras pretas macias, tentando não mostrar quanto estou nervosa. Sento e dou uma olhada curiosa nas revistas na mesinha de centro (mas não há nada interessante, só publicações como *The Economist*). Depois, encosto na cadeira e olho em volta. Este *foyer* é bem impressionante, devo admitir. Há uma fon te no meio, escadas de vidro subindo em curva e, mais ao longe, vários elevadores modernos. Não só um ou dois, mas uns dez. Nossa. Este lugar deve ser imenso.

– Rebecca? – Uma garota loura vestindo um terninho de cor pálida de repente está na minha frente. Terninho bonito, penso. Muito bonito.

– Olá – digo. – Jill!

– Não, sou Amy – ela sorri. – Assistente de Jill.

Puxa. É muito legal. Mandar sua assistente pegar seus visitantes, como se você fosse muito importante e ocupada para fazer isso. Talvez eu também mande minha assistente fazer isso quando for uma importante corretora de mercados futuros e Elly vier almoçar comigo. Ou talvez tenha um assistente *homem* – e nós nos apaixonaremos! Deus, seria como um filme. A mulher importante e o bonito e sensível...

– Rebecca? – Volto a mim e vejo Amy me olhando com curiosidade. – Está pronta?

– Claro! – digo contente e pego minha pasta. Enquanto andamos pelo chão polido, secretamente corro os olhos pelo terninho de Amy outra vez e vejo uma discreta etiqueta "Emporio Armani". Quase não consigo acreditar. As *assistentes* usam Emporio Armani! Então o que a própria Jill vai estar usando? Couture Dior? Deus, eu já adoro este lugar.

Chegamos ao sexto andar e começamos a andar por intermináveis corredores acarpetados.

– Então você quer ser uma corretora de mercados futuros – diz Amy depois de algum tempo.

– Sim – respondo. – Essa é a ideia.

– E você já conhece um pouco disso.

– Bem, você sabe... – Dou um sorriso modesto. – Já escrevi muito sobre a maior parte da área de finanças, portanto sinto-me bem à vontade.

– É bom – diz Amy e me dá um sorriso. – Algumas pessoas aparecem sem nenhuma ideia. E então Jill faz algumas perguntas padrão e... – Ela faz um gesto com a mão. Não sei o que significa, mas não parece bom.

– Certo! – Forço-me a falar num tom tranquilo. – Então... que tipo de perguntas?

– Ah, nada com que se preocupar! – diz Amy. – Ela provavelmente irá perguntar a você... Ah, eu não sei. Algo do tipo "Como você negocia uma *butterfly*?" ou "Qual a diferença entre um desembolso aberto e um OR?" ou "Como você calcularia a data de vencimento de um título futuro?". Perguntas realmente básicas.

– Certo – digo, e tomo fôlego. – Ótimo.

Algo dentro de mim está me dizendo para dar meia-volta e correr, mas já estamos diante de uma porta de madeira clara.

– Chegamos – diz Amy sorrindo para mim. – Você gostaria de chá ou café?

– Café, por favor – respondo, querendo dizer "Um gim forte, por favor". Amy bate à porta, abre e me faz entrar, anunciando: "Rebecca Bloom."

– Rebecca! – diz uma mulher de cabelos escuros atrás de uma mesa e se levanta para me cumprimentar.

Para minha surpresa, Jill não está nem um pouco tão bem-vestida quanto Amy. Está usando um tailleur azul que lhe dá uma aparência um pouco matrona e sapatos quadrados sem graça. Ainda assim, não faz mal, ela é a chefe. E seu escritório é bem incrível.

– É muito bom conhecê-la – diz Jill, apontando para uma cadeira na frente de sua mesa. – E deixe-me dizer logo, fiquei muito impressionada com seu currículo.

– Verdade? – digo, sentindo um alívio tomar conta de mim. Isso não pode ser mal, não é? *Muito impressionada*. Talvez não importe se eu não souber as respostas a essas perguntas.

– Em especial pelo conhecimento de línguas – acrescenta Jill. – *Muito* bom. Você parece ser uma dessas raridades, uma cidadã do mundo.

– Bem, meu francês é na verdade só para conversação – digo modestamente. – *Voici la plume de ma tante*, esse tipo de conhecimento!

Jill dá uma risada aprovando e eu respondo com um sorriso.

– Mas finlandês! – diz ela, levando a mão à xícara de café na sua mesa. – É bastante incomum.

Continuo sorrindo e torço para sairmos logo deste tema. Para ser sincera, "fluente em finlandês" entrou porque achei que "francês para conversação" parecia simples demais sozinho. Afinal, quem fala finlandês, pelo amor de Deus? Ninguém.

– E seu conhecimento sobre finanças – diz ela puxando meu currículo para si. – Você parece ter coberto muitas áreas diferentes durante seus anos de jornalismo econômico. – Ela me olha. – O que a atrai para os derivativos especificamente?

O quê? Do que ela está falando? Ah, sim. Derivativos. São futuros, não são?

– Bem – começo confiante, e sou interrompida quando Amy surge com uma xícara de café.

– Obrigada – digo, e olho para Jill esperando que ela mude novamente de assunto. Mas ela ainda está aguardando minha resposta. – Acho que os derivativos são o futuro – digo séria. – Eles são uma área de grande desafio e eu acho... – O que eu acho? Ah, Deus. Eu deveria fazer uma rápida referência aos ORs ou a datas de vencimento ou algo assim? Acho que é melhor não. – Acredito que vou combinar bem com esse campo específico – digo finalmente.

– Entendo – diz Jill Foxton, e recosta-se na sua cadeira. – Pergunto isso porque temos um cargo no setor bancário que acho que também poderia servir para você. Não sei se você gostaria.

Um cargo no setor bancário? Ela está falando sério? Ela já achou um emprego para mim? Não acredito!

– Bem, isso estaria bom para mim – digo, procurando não soar muito contente. – Quero dizer, sentiria falta dos mercados futuros, mas, por outro lado, o setor bancário também é bom, não é?

Jill ri. Acho que ela pensa que estou brincando ou algo assim.

– O cliente é um banco estrangeiro cinco estrelas, procurando um novo funcionário em Londres para sua divisão de financiamento de dívidas.

– Certo – digo, procurando soar inteligente.

– Não sei se você está familiarizada com os princípios das arbitragens europeias?

– Totalmente – digo confiante. – Escrevi um artigo sobre esse tema no ano passado.

Qual foi a palavra mesmo? Arbi-sei lá o quê.

– Obviamente não estou tentando levá-la a uma decisão apressada – diz ela. – Mas se quer uma mudança de carreira, eu diria que isso seria perfeito para você. Haverá uma entrevista, claro, mas não posso imaginar qualquer problema nisso. – Ela sorri para mim. – E poderemos negociar um pacote bem atraente para você.

– É mesmo? – De repente, não consigo respirar. Ela vai negociar um pacote atraente. Para mim!

– Ah, sim – diz Jill. – Bem, você precisa entender que você é um pouco fora do comum. – Ela me dá um sorriso confiante. – Você sabe, quando seu CV chegou ontem, eu na verdade cheguei a gritar! Quero dizer, que *coincidência*!

– Claro – digo, sorrindo para ela. Deus, isto é fantástico. É um sonho se tornando realidade. Vou ser uma executiva! Em um banco cinco estrelas!

– Então – diz Jill casualmente. – Vamos conhecer seu novo empregador?

– O quê? – digo surpresa, e um pequeno sorriso abre em seu rosto.

– Eu não quis dizer até conhecer você, mas o diretor de recrutamento do Bank of Helsinki está aqui para uma reunião com nosso diretor administrativo. Tenho certeza de que ele vai adorá-la. Podemos ter tudo fechado até esta tarde!

– Excelente! – digo e me levanto. Hahaha! Vou ser uma executiva!

Só quando estamos no meio do corredor é que suas palavras começam a entrar na minha cabeça. Bank of Helsinki.

Bank of Helsinki. Isso não significa... Claro que ela não acha...

– Mal posso esperar para ouvir vocês dois falando finlandês – diz Jill animadíssima, quando começamos a subir uma escada. – É uma língua que não conheço nada.

Ah, meu Deus. *Ah, meu Deus. Não.*

– Mas minha dificuldade com línguas é enorme – ela acrescenta à vontade. – Não sou talentosa nesse departamento. Não como você!

Lanço-lhe um pequeno sorriso e continuo andando, sem perder um passo. Mas meu coração está batendo forte e quase não consigo respirar. Merda. O que vou fazer? *Que droga eu vou fazer?*

Viramos num corredor e começo a andar calmamente. Estou indo muito bem. Desde que só continuemos andando, estou bem.

– O finlandês foi uma língua difícil de aprender? – pergunta Jill.

– Nem tanto – ouço-me dizer numa voz áspera. – Meu... meu pai é metade finlandês.

– Sim, eu achei que deveria ser algo assim – diz Jill. – Quero dizer, não é algo do tipo que se aprende na escola, é? – E ela dá uma risada feliz.

Está tudo bem para ela, penso irada. Não é ela que está sendo levada para a morte. Ah, Deus, isto é terrível. As pessoas ficam passando por nós e olhando para mim e sorrindo, como se quisessem dizer "Então é ela que fala finlandês!"

Por que eu coloquei que era fluente em finlandês? *Por quê?*

– Tudo bem? – diz Jill. – Está nervosa?

– Ah, não! – digo logo e forço um sorriso no meu rosto. – Claro que não estou nervosa!

Talvez eu consiga dar um grito, penso de repente. Quero dizer, o cara não vai conduzir toda a droga da entrevista em finlandês, vai? Ele só vai dizer "Olla" ou o que for, e eu responderei "Olla" de volta, e depois antes que ele diga algo mais, vou logo dizer "Sabe, meu finlandês técnico está um pouco enferrujado ultimamente. O senhor se importaria se falássemos em inglês?", e ele dirá...

– Estamos quase lá – diz Jill, e sorri para mim.

– Bom – digo alegre e aperto minha mão suada mais forte em torno da alça da minha pasta. Ah, Deus. Por favor me salve disso. Por favor...

– Aqui estamos! – diz ela, e para em frente a uma porta com a inscrição SALA DE REUNIÃO. Bate duas vezes, depois empurra e abre. A sala está cheia de pessoas sentadas em torno de uma mesa e todos se viram para olhar para mim.

– Jan Virtanen – diz ela. – Gostaria de apresentá-lo a Rebecca Bloom.

Um homem de barba se levanta de sua cadeira, me dirige um enorme sorriso e estende a mão.

– Neiti Bloom – diz ele animado. – On oikein Hauska Tavata. Pitääkö paikkansa että teillä on Jonkinlainen Yhteys Suomeen?

Olho para ele muda, sentindo meu rosto ficar rubro. Todos na sala estão aguardando minha resposta.

– Eu... erm... erm... Aalo! – Levanto a mão num aceno simpático e abro um sorriso para toda a sala.

Mas ninguém sorri de volta.

– Erm... eu preciso... – começo a me retrair. – Só ir para...

E eu me viro. E saio correndo.

11

Quando chego de volta ao *foyer*, estou um pouco ofegante. O que não é de espantar, já que acabei de correr meia maratona ao longo de corredores intermináveis, procurando sair deste lugar. Desço o último lance de escadas (não podia arriscar os elevadores no caso de a brigada finlandesa de repente aparecer) e paro para respirar. Estico minha saia, transfiro minha pasta de uma mão suada para a outra e começo a andar calmamente pelo *foyer* em direção à porta, como se eu tivesse saído de uma reunião absolutamente comum, totalmente normal. Não olho para a direita nem para a esquerda. Não penso no fato de eu ter acabado de aniquilar qualquer chance que eu tinha de me tornar uma alta executiva financeira. Só consigo pensar em chegar àquela porta de vidro e sair antes que alguém possa...

– Rebecca! – escuto uma voz por trás de mim e eu gelo. Merda. Me pegaram.

– Aalô! – falo enquanto me viro. – Aal... Ah. Ol... Olá.

É Luke Brandon.

É Luke Brandon, em pé bem na minha frente, olhando para mim com aquele olhar estranho que sempre parece ter.

– Este não é o tipo de lugar que eu esperaria encontrar você – comenta ele. – Não está buscando um emprego aqui, está?

E por que eu não estaria? Ele não acha que sou inteligente o bastante?

– Na verdade – digo com arrogância – estou pensando numa mudança de carreira. Talvez trabalhar com o sistema financeiro internacional. Ou corretagem de mercados futuros.

– Verdade? – diz ele. – É uma pena.

Uma pena? O que ele quer dizer? Por que é uma pena? Quando olho para ele, seus olhos escuros encontram os meus e sinto um pequeno tremor por dentro. Do nada, as palavras de Clare ecoam em minha cabeça. *Luke Brandon perguntou se você tem namorado.*

– O que... – Limpo a garganta. – O que *você* está fazendo aqui, afinal?

– Ah, eu recruto pessoal daqui com muita frequência – diz ele. – São muito eficientes. Sem alma, mas eficientes. – Ele encolhe os ombros, depois olha para minha pasta lustrosa. – Eles já arranjaram algo para você?

– Eu... tenho várias opções abertas para mim – digo. – Estou só analisando meu próximo passo.

Que para ser honesta, é passar direto pela porta.

– Compreendo – diz ele e pausa. – Você tirou o dia livre para vir aqui?

– Sim – digo. – Claro que sim.

O que ele pensa? Que eu só escapei por umas duas horas e disse que estava numa entrevista coletiva?

Na verdade não é uma má ideia. Eu poderia tentar isso na próxima vez.

– E então, o que vai fazer agora? – pergunta ele.

Não diga "nada". *Nunca* diga "nada".

– Bem, tenho umas tarefinhas para fazer – digo. – Telefonemas para dar, pessoas para ver. Esse tipo de coisa.

– Ah – diz ele acenando com a cabeça. – Sim. Bem. Não vou detê-la. – Ele olha em torno do *foyer*. – E espero que tudo corra bem para você, quanto ao emprego.

– Obrigada – digo, dando a ele um sorriso profissional.

E depois ele se foi, distanciando-se em direção à porta, e eu fiquei segurando minha pasta volumosa, um pouco desapontada. Espero até ele desaparecer, depois me dirijo para a porta em passos lentos e saio do prédio. E então paro. Para dizer a verdade, não estou bem certa do que fazer agora. Eu meio que tinha planejado passar o dia ligando para todo mundo e contando sobre meu fabuloso emprego novo como corretora de mercados futuros. Mas em vez disso... Bem, paciência. Não vamos pensar nisso.

Mas eu não posso ficar parada na calçada da William Green o dia todo. As pessoas vão começar a pensar que sou uma vitrinista ou algo assim. Então, começo a caminhar pela rua, pensando que vou chegar no metrô a tempo e depois poderei decidir o que fazer. Chego numa esquina e estou só esperando os carros pararem para atravessar, quando um táxi para ao meu lado.

– Sei que é uma mulher muito ocupada, com muito que fazer – ouço a voz de Luke Brandon e a cabeça de repente. Lá está ele, com a cabeça inclinada pela janela do táxi, os olhos escuros franzidos num pequeno sorriso. – Mas se você tivesse uma meia hora de folga, não estaria interessada em fazer umas compras, estaria?

ESTE É UM DIA surrealista. Completa e absolutamente surrealista.

Entro no táxi, coloco minha pasta volumosa no chão e lanço um olhar nervoso para Luke quando sento. Já estou lastimando um pouco isso. E se ele me pergunta algo sobre taxas de juros? E se quiser falar sobre o Bundesbank ou as perspectivas de crescimento do mercado americano? Mas tudo o que ele diz é "Harrods, por favor", para o motorista.

Quando o táxi dá a partida, mal posso conter o sorriso que surge em meu rosto. Isso é tão legal. Eu pensei que teria que ir para casa e ficar toda triste sozinha e, em vez disso, estou indo para a Harrods e outra pessoa está pagando. Quero dizer, não existe nada mais perfeito do que isso.

Enquanto estamos no carro, olho pela janela para as ruas movimentadas. Apesar de ser março, ainda há alguns cartazes de LIQUIDAÇÃO nas vitrines das lojas, deixados desde janeiro, e eu me vejo olhando para as vitrines, pensando se há alguma barganha que eu possa ter perdido. Paramos do lado de fora de uma agência do Lloyds Bank. Olho inocente pela janela, para a fila de pessoas lá dentro e me ouço dizer: "Sabe o quê? Os bancos deveriam ter liquidações em janeiro. Todo mundo faz isso."

Depois de alguns instantes de silêncio, vejo uma expressão de diversão no rosto de Luke.

– Os bancos? – diz ele.

– Por que não? – digo defensivamente. – Eles poderiam reduzir suas tarifas por um mês ou algo parecido. E o mesmo poderiam fazer as empresas construtoras. Grandes cartazes nas janelas, PREÇOS REDUZIDOS... – Penso por um momento. – Ou talvez devessem ter saldos em abril, depois do fim do ano fiscal. Os bancos de investimento poderiam fazê-lo também. "Uma seleção de fundos com 50 por cento de desconto."

– Uma liquidação de cotas de fundo fiduciário – diz Luke Brandon devagar. – Reduções em todas as tarifas.

– Exatamente – digo. – Todos são loucos por uma liquidação. Até as pessoas ricas.

O táxi se movimenta novamente, vejo uma mulher num belo mantô branco e fico pensando onde o comprou. Talvez na Harrods. Talvez eu devesse comprar um mantô branco também. Não vou usar nada além de branco durante todo o inverno. Um mantô branco como a neve e um chapéu de pele branco. As pessoas começarão a se referir a mim como a Garota do Mantô Branco.

Quando volto minha atenção para dentro do carro novamente, Luke está escrevendo algo num caderninho. Seu olhar encontra o meu por um momento, depois diz:

– Rebecca, você está falando sério em largar o jornalismo?

– Ah – digo vagamente. Para ser sincera, tinha esquecido tudo sobre largar o jornalismo. – Eu não sei. Talvez.

– E você realmente acha que trabalhar num banco seria mais adequado para você?

– Quem sabe? – digo, me sentindo um pouco atordoada com seu tom de voz. Está tudo bem para ele. Não tem que se preocupar com sua carreira, pois tem sua própria empresa multimilionária. – Elly Granger está deixando o *Investor's Weekly News* – acrescento. – Ela está indo trabalhar na Wetherby's como gerente de fundos.

– Ouvi falar – diz ele. – Mas você não é nada parecida com Elly Granger.

Verdade? Esse comentário me intriga. Se não sou como Elly, com quem pareço afinal? Alguém realmente legal como Kristin Scott Thomas, talvez.

– Você tem imaginação – acrescenta Luke. – Ela não.

Uau! Agora estou realmente pasma. Luke Brandon acha que eu tenho imaginação? Caramba. Isso é bom, não é? É um belo elogio realmente. *Você tem imaginação.* Hum, sim, eu gosto disso. A não ser...

Espera aí. Não é alguma maneira delicada de dizer que sou burra, é? Ou uma mentirosa? Como "corretora criativa". Talvez ele esteja tentando dizer que nenhum dos meus artigos é genuíno.

Ah, Deus, agora não sei se devo parecer satisfeita ou não.

Para esconder meu embaraço, olho para fora da janela. Paramos num sinal luminoso e uma senhora muito gorda, vestindo um conjunto de moletom rosa, está tentando atravessar a rua. Ela tem nas mãos várias sacolas de compras e um cachorro poodle, e fica soltando um e depois o outro, precisando deixar um deles no chão. É tão frustrante que dá vontade de sair do carro para ajudá-la. De repente, ela solta uma das sacolas e a deixa cair no chão. A sacola se abre e três embalagens enormes de sorvete saem dela e começam a rolar pela rua.

Não ria, digo a mim mesma. Seja madura. Não ria. Eu aperto meus lábios um no outro, mas não consigo evitar que um pequeno risinho escape.

Olho para Luke e seus lábios também estão apertados.

E então a mulher começa a caçar seu sorvete pela rua, segurando o cachorro, e é isso aí. Não consigo parar de rir. E quando o poodle alcança o sorvete antes da mulher e tenta tirar a tampa com os dentes, acho que vou morrer de rir. Olho para Luke e não consigo acreditar. Ele também está rindo sem parar, limpando as lágrimas dos olhos. Deus, eu achei que Luke Brandon *jamais* risse.

– Meu Deus – consigo dizer finalmente. – Sei que não se deve rir das pessoas. Mas…

– Aquele cachorro! – Luke começa a rir de novo. – Aquele maldito cachorro!

– Aquela roupa! – Tenho um pequeno arrepio quando o carro volta a se mover, passando pela mulher de rosa. Ela está se curvando por cima do sorvete, seu traseiro enorme cor-de-rosa virado para cima. – Sinto muito, mas conjuntos de moletom cor-de-rosa deveriam ser banidos deste planeta.

– Concordo plenamente – diz Luke, acenando sério. – Conjuntos de moletom cor-de-rosa estão proibidos de hoje em diante. Junto com as gravatas.

– E os suspensórios – digo sem pensar, e fico vermelha. Como eu pude mencionar suspensórios na frente de Luke Brandon? – E pipoca doce – logo acrescento.

– Certo – diz Luke. Então estamos banindo conjuntos de moletom cor-de-rosa, gravatas, suspensórios, pipoca doce...

– E clientes sem trocado – surge a voz do motorista do táxi vinda da frente.

– É justo – diz Luke, encolhendo os ombros. – Pessoas sem troco.

– E clientes que vomitam. Esses são os piores.

– Está bem...

– E clientes que não sabem para que raio de lugar estão indo.

Luke e eu trocamos olhares e começamos a rir novamente.

– E clientes que não falam a nossa maldita língua. Levam você à loucura.

– Certo – diz Luke. – Então... a maioria dos fregueses, na verdade.

– Não me entenda mal – diz o motorista. – Não tenho nada contra estrangeiros... – Ele para em frente à Harrods. – Aqui estamos. Vão fazer compras, não é?

– É sim – diz Luke, tirando sua carteira.

– E então, o que estão procurando?

Olho para Luke com ar de expectativa. Ele não me disse o que vamos comprar. Roupas? Um novo creme pós barba? Vou precisar ficar cheirando seu rosto? (Eu não me importaria com isso, na verdade.) Móveis? Algo chato como uma mesa de trabalho nova?

– Malas – diz ele, e entrega uma nota de 10 libras ao motorista. – Guarde o troco.

Malas! Malas, valises, maletas de mão e afins. Enquanto ando pela seção, vendo as malas Louis Vuitton e bolsas de couro, estou bem horrorizada. Bastante chocada comigo. Malas. Por que eu nunca pensei em malas antes?

Devo explicar. Há muitos anos, tenho meio que funcionado sob um ciclo de compras informal. Um pouco como um sistema de rotação de colheitas do fazendeiro. Exceto que, em vez de trigo-milho-cevada-descanso, o meu é muito mais do tipo roupas-maquiagem-sapatos-roupas. (Eu geralmente não ligo para o descanso.) Comprar é na verdade muito parecido com lavrar um campo. Não se pode continuar comprando a mesma coisa – é preciso variar um pouco. Do contrário, você se chateia e deixa de se divertir.

E eu pensei que a minha vida de compras era tão variada quanto a de todo mundo. Pensei que tinha coberto todas as áreas. Para ser sincera, eu estava bem *blasé* quanto a isso. Mas olha o que venho perdendo esse tempo todo. Olha o que estou negando a mim mesma. Sinto-me tremer um pouco quando percebo as oportunidades que tenho jogado fora ao longo dos anos. Malas, malas de mão, caixas de chapéus com monograma... Com as pernas fracas, sento-me num pedestal acarpetado, perto de uma frasqueira de couro vermelha.

Como posso ter negligenciado as malas por tanto tempo? Como posso ter levado a vida feliz, *ignorando um setor inteiro de compras?*

– E então, o que acha? – diz Luke, aproximando-se de mim. – Algo que valha a pena comprar?

E agora, claro, sinto-me como uma fraude. Por que ele não escolheu comprar uma camisa branca de boa qualidade, ou uma echarpe de *cashmere*? Ou até mesmo um creme para as mãos? Eu poderia orientá-lo com autoridade e até citar os preços. Mas malas! Sou uma iniciante em malas.

– Bem – digo, brincando para ganhar tempo. – Depende. Tudo parece ótimo.

– Parece, não é? – Ele segue meu olhar pela seção. – Mas qual você escolheria? Se tivesse de comprar uma dessas malas, qual seria?

Não dá. Não posso blefar.

– Para ser sincera – digo –, este não é meu campo de ação.

– O que não é? – diz ele, soando incrédulo. – Compras?

– Malas – explico. – Não é uma área à qual eu tenha dedicado muito tempo. Eu deveria, eu sei, mas...

– Bem... não importa – diz Luke, sua boca torcendo-se num sorriso. – Como uma leiga. Qual delas você escolheria?

Bem, isso é diferente.

– Hum – digo, e me levanto com um ar profissional. – Bem, vamos olhar mais de perto.

DEUS, ESTAMOS nos divertindo. Nós alinhamos oito malas numa fila e demos a elas pontos pela aparência, peso, qualidade do tecido, número de bolsos no interior e eficiência das rodinhas. (Eu testo isso desfilando pela seção, puxando a mala atrás de mim. A esta altura, o vendedor já desistiu e nos deixou à vontade.) Depois olhamos para ver se elas têm uma maleta de mão combinando e damos pontos também.

Os preços não parecem importar para Luke. O que é danado de bom, pois eles são absolutamente astronômicos e, à primeira vista, tão assustadores que me fazem querer fugir. Mas é incrível como rapidamente mil libras podem começar a parecer um preço bem razoável para uma mala, especialmente quando um baú Louis Vuitton com monograma custa umas dez vezes isso. De fato, após certo tempo, me vejo pensando seriamente que eu também deveria investir numa mala de qualidade para substituir minha maleta de lona velha e muito usada.

Mas hoje o dia é para as compras de Luke, não minhas. E, estranhamente, é quase mais divertido escolher para outra pessoa do que para si mesmo. No fim, a escolha ficou entre uma mala de couro verde-escura, com excelentes rodinhas, e uma mala de couro de um bege bem claro, que é um pouco mais pesada, mas cujo interior é forrado de um tecido sedoso lindíssimo e é basicamente tão bonita que não consigo tirar os olhos dela. Ela tem uma mala de mão combinando e uma frasqueira, e elas também são lindas. Deus, se fosse eu, ia...

Mas então, não sou eu quem vai decidir, certo? É Luke quem está comprando a mala. Ele é quem tem de escolher. Sentamos no chão, um ao lado do outro, e olhamos para elas.

– A verde seria mais prática – diz Luke finalmente.

– Hum – eu digo sem compromisso. – Suponho que sim.

– É mais leve, e as rodinhas são melhores.

– Hum.

– E a de couro bege provavelmente iria ficar arranhada numa questão de minutos. O verde é uma cor mais adequada.

– Hum – digo, procurando parecer que concordo com ele.

Ele me dirige um olhar inquisitivo e diz:

– Certo. Bem, acho que fizemos nossa escolha, você não acha? – E, ainda sentado no chão, chama o vendedor.

– Sim, senhor? – diz o vendedor, e Luke acena para ele.

– Gostaria de comprar uma dessas malas bege-claras, por favor.

– Oba! – digo eu, e não consigo conter o sorriso de alegria que inunda meu rosto. – Você está comprando a que eu mais gostei!

– Regra da vida – diz Luke, levantando-se e limpando a calça com as mãos. – Se eu me dei o trabalho de pedir a sugestão de alguém, então devia ouvi-la.

– Mas eu não disse qual…

– Não precisou – diz Luke, estendendo a mão para me levantar do chão. – Os seus "Hums" entregaram tudo.

Sua mão é surpreendentemente forte em torno da minha e quando ele me levanta, sinto um friozinho no estômago. Ele tem um cheiro gostoso, também. Alguma loção pós-barba que não reconheço. Por um momento, nenhum de nós dois diz nada.

– Certo – diz Luke finalmente. – Bem, acho que é melhor eu pagar por isso.

– Sim – digo, sentindo-me ridiculamente nervosa. – Imagino que sim.

Ele se afasta para o balcão de saída e começa a falar com o vendedor, e eu fico perto de uma exposição de porta-ternos de couro, sentindo-me de repente um pouco estranha. Quero dizer, a compra já acabou. O que vem depois?

Bem, apenas nos despediremos educadamente, não é? Luke deve precisar voltar para o escritório. Ele não pode ficar por aí fazendo compras o dia todo. E se me perguntar o que eu vou fazer depois, realmente direi que estou ocupada. Vou fingir que tenho uma reunião importante ou algo assim.

– Tudo resolvido – diz ele voltando. – Rebecca, estou incrivelmente grato por você ter me ajudado.

– Ótimo! – digo feliz. – Bem, preciso ir...

– Por isso eu estava pensando – diz Luke, antes que eu continue. – Você quer almoçar?

Este está se transformando no meu dia perfeito. Compras na Harrods e almoço no Harvey Nichols. Quero dizer, o que poderia ser melhor do que isso? Vamos direto para o restaurante do quinto andar. Luke pede uma garrafa de vinho branco gelado e levanta seu copo para um brinde.

– À mala – diz e sorri.

– À mala – replico feliz e bebo um gole. Acho que é o vinho mais delicioso que já tomei. Luke pega um cardápio e começa a ler, e eu faço o mesmo, mas, para ser sincera, não estou lendo uma palavra. Estou só sentada, num torpor de felicidade, como uma criança feliz. Estou olhando com prazer todas as mulheres bonitas entrando para almoçar aqui, reparando nas suas roupas e imaginando onde aquela garota lá comprou suas botas cor-de-rosa. Agora, por alguma razão, estou pensando sobre aquele cartão gentil que Luke me enviou. E estou imaginando se foi só gentil ou... ou se era algo mais.

Com esse pensamento, meu estômago vira tão intensamente que quase fico enjoada, e rapidamente tomo outro gole de vinho. Bem, um golão realmente. Depois tiro os óculos, conto até cinco e digo casualmente:

– Obrigada por seu cartão.

– O quê? – diz ele me olhando. – Ah, não há de quê. – Ele pega seus óculos e toma um gole de vinho. – Foi bom encontrar você naquela noite.

– É um lugar ótimo – digo. – Ótimo para andar pelas mesas e falar com as pessoas.

Logo que digo isso, sinto-me corar. Mas Luke apenas sorri e diz:

– É verdade. – Depois ele coloca os óculos na mesa e pergunta:

– Você sabe o que vai querer?

– Hum... – digo olhando rápido para o cardápio. – Acho que vou comer... hum... bolinhos de peixe. E salada de rúcula.

Droga. Acabei de ver que eles têm lulas. Eu devia ter pedido isso. Bem, agora é tarde demais.

– Boa escolha – diz Luke, sorrindo para mim. – E mais uma vez obrigado por me acompanhar hoje. É sempre bom ter uma segunda opinião.

– Não tem problema – digo suavemente e tomo um gole de vinho. – Espero que aproveite bem a mala.

– Ah, não é para mim – diz ele após uma pausa. – É para Sacha.

– Ah, certo – digo amável. – Quem é Sacha? Sua irmã?

– Minha namorada – diz Luke, e vira-se para chamar um garçom.

E eu olho para ele sem conseguir me mover.

SUA NAMORADA. Fiquei ajudando Luke Brandon a escolher uma mala para sua namorada.

De repente não sinto mais fome. Não quero bolinhos de peixe nem salada de rúcula. Nem mesmo quero estar aqui. Minha felicidade infantil está se desvanecendo e, por dentro, me sinto fria e meio tola. Luke Brandon tem uma namorada. Claro que tem. Alguma garota inteligente e bonita, chamada Sacha, com unhas maravilhosas e que viaja para todo lugar com malas caras. Sou uma boba, não sou? Eu deveria saber que havia uma Sacha em algum lugar do cenário. Quero dizer, é óbvio.

Exceto... Exceto que não é tão óbvio assim. Na realidade, não é nada óbvio. Luke não mencionou sua namorada a manhã toda. Por que não? Por que ele não *disse* que a mala era para ela desde o início? Por que ele me deixou sentar no chão ao lado dele na Harrods e rir enquanto eu andava para cima e para baixo testando as rodinhas? Eu não teria me comportado assim se soubesse que estávamos comprando uma mala para sua namorada. E ele devia saber disso. Devia saber.

Um sentimento frio toma conta de mim. Está tudo errado.

– Tudo bem? – diz Luke olhando de volta para mim.

– Não – ouço-me dizer. – Não, não está. Você não me disse que a mala era para sua namorada. Nem me disse que *tinha* uma namorada.

Meu Deus. Agora já fiz. Não fui nada ponderada. Mas por alguma razão, nem me importo.

– Entendo – diz Luke após uma pausa. Ele pega um

 pedaço de pão, começa a parti-lo com os dedos e depois

olha para mim. – Sacha e eu já estamos juntos há algum tempo – diz gentilmente. – Sinto muito se eu dei... alguma impressão diferente.

Ele está agindo com ar de superioridade. Não posso aguentar isso.

– Não é este o problema – digo, sentindo meu rosto queimar de raiva. – É só que... está tudo errado.

– Errado? – diz ele, parecendo surpreso.

– Você devia ter me contado que estávamos escolhendo uma mala para sua namorada – esclareço obstinadamente olhando fixo para a mesa. – A situação teria sido... diferente.

Faz-se um silêncio e eu levanto meus olhos, para ver Luke me olhando como se eu estivesse louca.

– Rebecca – diz ele. – Você está levando isso muito a sério. Eu só queria sua opinião sobre as malas. Fim da história.

– E você vai contar para sua namorada que pediu meu conselho?

– Claro que vou! – diz Luke, e dá uma pequena risada. – Eu acho que ela até vai se divertir com isso.

Olho para ele em silêncio, sentindo-me ficar mortificada. Minha garganta está apertada e há uma dor crescendo no meu peito. Se divertir. Sacha vai se divertir quando ouvir sobre mim.

Bem, claro que vai. Quem não ia se divertir ao ouvir sobre a garota que passou sua manhã inteira andando para cima e para baixo na Harrods, escolhendo malas para outra mulher? A garota que entendeu tudo errado. A garota que foi tão burra que pensou que Luke Brandon poderia gostar dela de fato.

Engulo em seco, sentindo-me doente de humilhação. Pela primeira vez percebo como Luke Brandon me vê. Como todos eles me veem. Sou apenas uma comédia, não sou? Sou a garota fútil que faz tudo errado e faz as pessoas rirem. A garota que não sabia da fusão do SBG com o Rutland Bank. A garota que ninguém jamais pensaria em levar a sério. Luke não se preocupou em me dizer que estávamos escolhendo uma mala para sua namorada porque eu não importo. Ele só está me pagando o almoço porque não tem nada mais para fazer e provavelmente porque pensa que eu poderia fazer algo divertido do qual ele possa rir quando voltar para o escritório, como deixar cair meu garfo.

– Sinto muito – digo numa voz trêmula e me levanto. – Não tenho tempo para almoçar, afinal.

– Rebecca, não seja boba! – diz Luke. – Olha, sinto muito se você não sabia sobre minha namorada. – Ele levanta as sobrancelhas num ar questionador e eu quero bater nele. – Mas ainda podemos ser amigos, não podemos?

– Não – respondo com dificuldade, ciente de que minha voz está grossa e meus olhos estão ardendo. – Não, não podemos. Amigos se tratam com respeito. Mas você não me respeita, não é, Luke? Você só me vê como uma piada. Um zero à esquerda. Bem... – Engulo em seco. – Bem, eu não sou um zero à esquerda.

E, antes que ele consiga dizer algo mais, eu me viro e, rapidamente, saio do restaurante, um pouco cega pelas lágrimas de decepção.

PGNI First Bank Visa
7 Camel Square
Liverpool L1 5NP

Srta. Rebecca Bloom
Apto. 2
4 Burney Rd
Londres SW6 8FD

20 de março de 2000

Prezada Srta. Bloom:

PGNI First Bank VISA Cartão No. 1475839204847586

Agradecemos seu pagamento de 10 libras que recebemos hoje.

Creio que enfatizamos várias vezes que o pagamento mínimo exigido era, na verdade, de 105,40 libras.

O saldo vencido atualmente é, portanto, de 95,40 libras. Aguardamos ansiosamente receber seu pagamento logo que possível.

Se não recebermos a quantia indicada dentro de sete dias, teremos de adotar outra medida.

Atenciosamente,
Peter Johnson
Diretor de Contas de Clientes

BANK OF LONDON
London House
Mill Street EC3R 4DW

Srta. Rebecca Bloom
Apto. 2
4 Burney Rd
Londres SW6 8FD

20 de março de 2000

Prezada Srta. Bloom:

Pense nisto...

Que diferença um empréstimo pessoal faria em sua vida?

Um carro novo, talvez. Melhorias na casa. Um barco para os fins de semana. Ou, talvez, apenas paz de espírito por saber que todas essas contas podem ser facilmente resolvidas.

O Bank of London oferecerá empréstimos para quase todos os interessados – portanto, não espere mais tempo! Transforme sua vida no estilo que você merece.

Com um Empréstimo Fone Fácil do Bank of London, você nem mesmo precisa preencher formulários. Simplesmente telefone para um de nossos amáveis atendentes 24 horas no número

0800-4546-4748

e nós faremos o resto.

Pense nisso...

Aguardamos ansiosamente seu telefonema.

Atenciosamente,

Sue Skepper
Diretora de Marketing

PS: Por que esperar? Pegue o fone agora – e disque 0800-4546-4748. Não pode ser mais fácil.

12

Quando chego em casa naquela tarde, sinto-me cansada e infeliz. De repente, empregos nível AAA em bancos cinco estrelas e compras na Harrods com Luke Brandon parecem estar a quilômetros de distância. A vida real não é passear de táxi em Knightsbridge e escolher malas de mil libras, é? Esta é a vida real. Em casa, num apartamentinho que ainda cheira a curry, com uma pilha de cartas desagradáveis do banco e nenhuma ideia do que fazer sobre isso tudo.

Introduzo a chave na fechadura e, quando abro a porta, ouço Suze gritar:

– Bex? É você?

– Sim! – respondo, procurando soar alegre. – Onde você está?

– Aqui – diz ela, aparecendo à porta do meu quarto. Seu rosto está todo rosado e há um brilho em seus olhos. – Adivinha o quê! Tenho uma surpresa para você!

– O que é? – pergunto, pondo a pasta no chão. Para ser sincera, não estou no clima para uma das surpresas de Suze. Ela mudou minha cama de lugar ou algo assim. E tudo o que quero é me sentar, tomar uma xícara de chá e comer algo. Acabei não almoçando.

– Venha ver. Não... não, feche os olhos primeiro. Vou levar você.

– Está bem – digo, relutante. Fecho meus olhos e deixo que ela me leve pela mão. Andamos pelo corredor e, claro, quando nos aproximamos da porta do meu quarto, sem querer começo a sentir um pouquinho de ansiedade. Sempre gosto desse tipo de coisa.

– Dadaaa! Pode olhar agora!

Abro os olhos e dou uma examinada pelo quarto, tentando descobrir que maluquice Suze teria feito agora. Pelo menos não pintou as paredes nem mudou as cortinas, e meu computador está em segurança, desligado. Então que diabos ela pode ter...

E então eu as vejo. Na minha cama. Pilhas e pilhas de molduras forradas. Tudo feito com perfeição, sem nenhum canto torto, e a fita bem colada no lugar. Não consigo acreditar no que vejo. Deve haver pelo menos...

– Fiz cem – diz Suze atrás de mim. – E vou fazer o restante amanhã! Não estão fabulosas?

Viro e olho para ela incrédula.

– Você... você fez tudo isso?

– Sim! – diz ela orgulhosa. – Foi fácil, uma vez que entrei no ritmo. Fiz enquanto assistia ao programa *Morning Coffee*. Ah, eu queria que você visse. Eles passaram uma reportagem sobre homens que se vestem com roupas de mulheres! Havia um cara...

– Espera – digo, tentando organizar minha cabeça. – Espera. Suze, não estou entendendo. Você deve ter levado *séculos* fazendo isso. – Meu olho corre pela pilha de molduras outra vez. – Por que... por que você...

– Bem, você não estava chegando longe com elas, estava? – diz Suze gentilmente. – Eu só pensei que podia dar uma mão.

– Uma mão? – repito num eco fraco.

– Farei o restante amanhã e depois telefonarei para o pessoal da entrega – diz Suze. – Você sabe, é um sistema muito bom. Você não precisa colocar no correio ou nada do gênero. Eles vêm e as recolhem! E depois mandam um cheque para você. Deve dar umas 284 libras. Nada mal, hein?

– Espera aí. – Me viro para ela. – O que quer dizer com isso de *me* mandarem um cheque? – Suze olha para mim como se eu fosse burra.

– Bem, Bex, elas são suas molduras.

– Mas você as fez! Suze, você deveria receber o dinheiro!

– Mas eu as fiz para você! – diz Suze, e olha para mim. – Eu as fiz para que você pudesse ganhar suas 300 libras!

Olho para ela silenciosa, sentindo de repente um nó na garganta. Suze fez todas essas molduras para mim. Lentamente, sento na cama, pego uma das molduras e corro meu dedo pelo pano. Está absolutamente perfeita. Poderia ser vendida na Liberty's.

– Suze, o dinheiro é seu. Não meu – digo, por fim. – É seu projeto agora.

– Bem, é aí que você se engana – diz Suze, e um olhar triunfante se espalha por seu semblante. – Tenho meu próprio projeto.

Ela se aproxima da cama, alcança atrás da pilha de molduras feitas e tira algo. É uma moldura também, mas não se parece em nada com o estilo Molduras Finas. É forrada com tecido de peles cor de prata, tem a palavra ANJO aplicada em rosa na parte superior e pequenos pompons prateados nos cantos. É a moldura mais legal e *kitsch* que já vi.

– Gostou? – indaga ela, um pouco nervosa.

– Adorei! – digo, tirando a moldura de suas mãos e olhando mais de perto para ela. – Onde a comprou?

– Não comprei em lugar nenhum – diz ela. – Eu a fiz.

– O quê? – Olho para ela. – Você... fez isto?

– Sim. Durante o seriado *Neighbours*. Foi horrível, na verdade. Beth descobriu sobre Joey e Skye.

Estou completamente boquiaberta. Como Suze de repente revelou-se uma garota tão talentosa?

– Então o que acha? – pergunta ela, pegando a moldura de volta e girando-a com os dedos. – Você acha que eu poderia vendê-las?

Se ela poderia vendê-las?

– Suze – digo bem séria. – Você vai ficar milionária.

Passamos o resto da noite bebendo muito e planejando a carreira de Suze como uma mulher de negócios do estilo Anita Roddick. Ficamos bastante histéricas procurando decidir se ela deve usar Chanel ou Prada quando for apresentada à rainha e, quando deitei na cama, já tinha esquecido de Luke Brandon, do Bank of Helsinki e do resto do meu dia desastroso.

MAS, NA MANHÃ seguinte, tudo volta à tona como um filme de terror. Acordo me sentindo pálida e trêmula e querendo desesperadamente conseguir uma licença por doença. Não quero ir trabalhar. Quero ficar em casa debaixo das cobertas, assistindo aos programas da tarde na televisão e sendo a empresária de uma milionária como Suze.

Mas é a semana mais ocupada do mês, e Philip nunca acreditará que estou doente.

Assim, de algum modo me arrasto para fora da cama, visto umas roupas e vou para o metrô. No Lucio's compro um cappuccino e um muffin, e um brownie de chocolate. Não me importa se vou ficar gorda. Só preciso de açúcar, cafeína e chocolate, o máximo que puder.

Felizmente o escritório não está tão cheio e ninguém está falando muito, portanto não preciso me preocupar em dizer a todo mundo o que fiz ontem no meu dia de folga. Clare está digitando algo e há uma pilha de páginas de provas na minha mesa para eu revisar. E então, depois de verificar meus e-mails – nenhum –, eu desmorono miseravelmente na cadeira, pego a primeira e começo a ler.

"Equilibrar os riscos e recompensas do investimento no mercado de ações pode ser um negócio perigoso, especialmente para o investidor novato."

Ah, Deus, como isso é chato.

"Enquanto os lucros podem ser altos em certos setores do mercado, nada é garantido, e para o investidor de pouco tempo..."

– Rebecca? – Olho e vejo Philip aproximando-se de minha mesa, segurando um pedaço de papel. Ele não parece muito feliz, e por um terrível instante me pergunto se ele terá falado com Jill Foxton da William Green e descoberto tudo, e se está prestes a entregar-me um aviso de demissão. Mas quando se aproxima mais, vejo que é só algum *release* sem graça.

– Quero que vá no meu lugar – diz ele. – É na sexta-feira. Eu iria, mas vou estar preso aqui com o marketing.

– Ah – digo sem entusiasmo, e pego a folha de papel. – Está bem. O que é?

– Feira de Finanças Pessoais em Olympia – diz ele. – Sempre a cobrimos.

Bocejo. Bocejo bocejo bocejo...

– A Barclays irá oferecer um almoço com champanhe – acrescenta.

– Ah, sim! – digo, mais interessada. – Bem, está bem. Parece bom. O que é exatamente...

Olho para o papel e meu coração para quando vejo o logotipo da Brandon Communications no alto da página.

– É basicamente uma grande feira – diz Philip. – Todos os setores de finanças pessoais. Palestras, estandes, eventos. Cubra só o que parecer interessante. Deixo isso a seu critério.

– Está bem – digo após uma pausa. – Ótimo.

Afinal, o que me importa se Luke Brandon estiver lá? Vou simplesmente ignorá-lo. Vou mostrar a ele tanto respeito quanto ele mostrou por mim. E se tentar falar comigo, vou levantar meu queixo firme no ar, dar meia-volta e...

– Como está indo a revisão? – pergunta Philip.

– Ah, muito bem – digo, enquanto pego a primeira página de novo. – Devo acabar logo. – Ele faz um aceno com a cabeça e se afasta, e eu começo a ler novamente.

"... para o pequeno investidor, os riscos vinculados a essas ações podem superar o potencial de lucro."

Ah, Deus, isso é maçante. Eu nem consigo me concentrar no significado das palavras.

"Portanto, cada vez mais investidores estão exigindo a combinação de desempenho do mercado de ações com um alto nível de segurança. Uma opção é investir num fundo especializado, que automaticamente acompanha as cem maiores empresas do momento, continuamente..."

Hum. Na verdade, isso me faz pensar. Pego minha agenda, abro e ligo para o trabalho de Elly na Wetherby's.

– Eleanor Granger – ouço sua voz, soando um pouco distante e com eco. Deve ser uma linha defeituosa.

– Oi Elly, é Becky – digo. – Ouça, o que aconteceu com as barras de chocolate Tracker? Elas são realmente deliciosas, não são? E eu não consigo encontrá-las...

Ouço um som arranhado na linha e olho para o fone surpresa. A distância, posso ouvir Elly dizendo "Desculpe. Estarei..."

– Becky! – sussurra ela. – Eu estava no viva voz! Nosso chefe de departamento estava no meu escritório.

– Ah, Deus! – digo, horrorizada. – Desculpe! Ele ainda está aí?

– Não – diz Elly e suspira. – Deus sabe o que pensa de mim agora.

– Ah, bem – digo, segura. – Ele tem senso de humor não tem?

Elly não responde.

– Ah, bem – digo, com menos certeza. – De qualquer modo, você está livre para um drinque na hora do almoço?

– Não exatamente – diz ela. – Desculpe, Becky, eu realmente preciso desligar. – E põe o fone no gancho.

Ninguém gosta mais de mim. De repente sinto um pouco de frio e me encolho mais ainda na cadeira. Ah, Deus, odeio o dia de hoje. Odeio tudo. Quero ir para caaasa.

Quando chega sexta-feira, devo dizer que me sinto muito mais alegre. Isso basicamente porque:

1. É sexta-feira.
2. Estou passando o dia todo longe do escritório.
3. Elly telefonou ontem e pediu desculpas por ter sido tão rude, mas alguém mais entrou no escritório justo quando estávamos falando. E ela vai estar na Feira de Finanças Pessoais.

E mais...

4. Tirei completamente o incidente Luke Brandon da cabeça. Quem se importa com ele, afinal?

E então, quando fico pronta para sair, sinto-me viva e positiva. Visto meu novo cardigã cinza sobre uma saia preta curta e minhas botas novas de camurça cinza-escuro da Hobbs – e, diga-se de passagem, estou linda nelas. Deus, adoro roupas novas. Se todo mundo pudesse só usar roupas novas, todos os dias, acho que deixaria de existir depressão.

Já quase saindo, vejo uma pilha de cartas na mesinha do hall. Muitas parecem contas, e uma delas é mais uma carta do Endwich Bank. Mas tenho uma nova solução inteligente para essas cartas desagradáveis: simplesmente as coloco dentro da gaveta da minha cômoda. É o único jeito de não ficar estressada com isso. E realmente funciona. Quando fecho a gaveta e saio pela porta da frente, já as esqueci.

A ENTREVISTA JÁ está em andamento quando chego. Dou meu nome ao assessor de imprensa, na recepção, e recebo uma sacola de cortesia grande e brilhante com o logotipo do HSBC. Dentro dela há um *release* com uma foto dos organizadores da entrevista levantando taças de champanhe como se estivessem brindando (ah é, como se nós realmente fôssemos usar isso na revista), um tíquete para dois drinques no estande da Sun Alliance, um bilhete para um sorteio de mil libras (investidas em cotas de fundo fiduciário de minha escolha), um grande pirulito anunciando a Eastgate Insurance e um crachá com meu nome escrito e a palavra IMPRENSA em cima. Há também um envelope branco com o convite para a recepção regada a champanhe da Barclays, e eu guardo isso cuidadosamente na bolsa. Depois prendo meu crachá bem à vista e começo a andar pela arena.

Normalmente a regra é jogar fora o crachá logo após recebê-lo. Mas a vantagem de ser IMPRENSA num evento como este é a farta distribuição de material grátis. Na maioria das vezes são só folhetos antigos e chatos sobre planos de poupança, mas alguns dão presentes e lanchinhos também. Assim, depois de uma hora, já ganhei duas canetas, uma faca para cortar papel, uma minicaixa de chocolates Ferrero Rocher, um balão de hélio com a inscrição Save & Prosper e uma camiseta com o logotipo de alguma empresa de telefone celular. Além disso, ganhei dois cappuccinos, um *pain au chocolat*, uns salgadinhos (da Somerset Savings), um minipacote de balas Starties e os drinques da Sun Alliance. (Ainda não escrevi uma palavra no meu caderno, ou fiz uma única pergunta, mas não importa. Sempre posso copiar alguma informação do *release*.)

Já vi que algumas pessoas estão carregando uns reloginhos de mesa de prata bem legais e eu não me importaria de ganhar um, portanto, estou andando por aí, tentando descobrir quem é que está distribuindo, quando uma voz diz:

– Becky!

Olho e vejo Elly! Ela está de pé no estande da Wetherby's, com dois caras de terno, acenando para que eu me aproxime.

– Oi! – digo feliz. – Como *vai* você?

– Bem! – diz ela e sorri para mim. – Realmente estou indo bem. – E ela parece ótima, devo confessar. Está usando um tailleur vermelho (da Karen Millen sem dúvida) e sapatos de bico quadrado muito bonitos, e os cabelos estão presos atrás. A única coisa de que não gosto são os brincos. Por que ela está usando brincos de pérola? Talvez seja só para combinar com o estilo dos outros.

– Deus, não posso acreditar que você agora faz parte desse meio! – digo, abaixando um pouco a voz. – Daqui a pouco vou entrevistar você! – Inclino minha cabeça com um ar sério, como Martin Bashir em *Panorama*. – Sra. Davis, poderia me dizer os objetivos e os princípios da Wetherby's?

Elly dá uma risadinha e depois apanha algo dentro de uma caixa ao seu lado.

– Tome – diz ela e me dá um folheto.

– Ah, obrigada – digo ironicamente e enfio o folheto dentro da bolsa. Suponho que ela precisa fazer este teatro na frente de seus colegas.

– Na verdade, é bem agradável trabalhar na Wetherby's – continua Elly. – Você sabe que estamos lançando uma série inteiramente nova de fundos no mês que vem? Acho que são cinco ao todo. Crescimento do Reino Unido, Perspectivas do Reino Unido, Crescimento Europeu, Perspectivas Europeias e...

Por que exatamente ela está me dizendo isso?

– Elly...

– E Crescimento dos Estados Unidos! – termina ela triunfante. Não há um pingo de humor nos seus olhos.

– Certo – digo depois de uma pausa. – Bem, isso parece... fabuloso!

– Eu poderia arranjar de nosso pessoal de RP lhe telefonar, se desejar – diz ela. – Para você ter um pouco mais de informações.

O quê?

– Não – digo logo. – Não, está bem. Então, erm... o que você vai fazer depois? Quer sair para um drinque?

– Não vou poder – diz ela se desculpando. – Vou ver um apartamento.

– Vai se mudar? – pergunto, surpresa. Elly mora no apartamento mais charmoso de Camden com dois caras que tocam numa banda e conseguem para ela entradas gratuitas para milhares de shows superlegais. Não posso entender por que ela iria querer se mudar.

– Na verdade, vou comprar um apartamento – diz ela. – Estou procurando em Streatham, Tooting... Só quero escalar os degraus da vida.

– Certo – digo com uma voz fraca. – Boa ideia.

– Você devia fazer o mesmo, sabe Becky – diz ela. – Não pode ficar num apartamento de estudante para sempre. A vida real precisa começar um dia! – Ela olha para um dos seus colegas de terno e ele dá uma risadinha.

Não é um apartamento de estudante, penso indignada. E de qualquer modo, quem define "vida real"? Quem diz que "vida real" é um apartamento melhor e horríveis brincos de pérola? Isso está mais para "vida chata entediante de merda".

– Você vai à recepção da Barclays? – pergunto, numa última tentativa, achando que talvez possamos beber juntas, nos divertirmos. Mas Elly faz uma careta e balança a cabeça.

– Talvez eu dê um pulo – diz ela. – Mas eu vou estar muito ocupada aqui.

– Tudo bem – digo. – Bem, eu… vejo você mais tarde.

Me afasto do estande e começo a andar lentamente em direção ao canto onde a recepção está acontecendo, sentindo-me um pouco desanimada. Sem querer, uma parte de mim começa a pensar que talvez Elly esteja certa e eu errada. Talvez eu devesse estar pensando em planos do tipo mudar para um apartamento melhor e fundos de crescimento, também. Ah, Deus, talvez haja algo errado comigo. Estou perdendo o gene que faz você crescer e comprar um apartamento em Streatham e começar a visitar shoppings de decoração todo fim de semana. Todos estão indo em frente sem mim, para um mundo que não compreendo.

Mas, quando chego perto da entrada da recepção, sinto meu moral levantar. Qual o moral que *não* levanta à ideia de champanhe de graça? Está acontecendo numa tenda enorme, com um grande cartaz. Há um conjunto tocando música e uma garota enrolada numa faixa na entrada, distribuindo chaveiros Barclays. Ao ver meu crachá, ela abre um amplo sorriso, me entrega uma pasta para imprensa em papel branco brilhoso e diz:

– Espera um momento. – Ela vai até um pequeno grupo de pessoas, murmura no ouvido de um homem de terno e volta. – Alguém estará logo com você – diz ela. – Enquanto isso, vou lhe trazer uma taça de champanhe.

Entende o que quero dizer sobre ser IMPRENSA? Em todo lugar que você vai, recebe tratamento especial. Aceito uma taça de champanhe, empurro a pasta branca para dentro da minha sacola e tomo um gole. Ah, é delicioso. Geladinha, seca e borbulhante. Talvez eu fique aqui por umas duas horas, só bebendo champanhe até não ter mais ninguém. Eles não ousarão me mandar embora, sou IMPRENSA. Na verdade, talvez eu...

– Rebecca. Que bom que você pôde vir.

Quando me viro, sinto-me gelar. O homem de terno era Luke Brandon. Luke Brandon está de pé na minha frente, olhando direto para mim, com uma expressão que não consigo decifrar muito bem. E, de repente, me sinto mal. Tudo o que planejei sobre fingir ser fria e distante não vai funcionar porque só de ver o seu rosto fico roxa de raiva, e tudo vem à tona novamente.

– Oi – murmuro, olhando para baixo. Por que estou dizendo "oi" para ele?

– Eu esperava que você viesse – diz ele numa voz baixa e séria. – Eu queria muito...

– Sim – interrompo. – Bem, eu... não posso conversar, preciso circular. Estou aqui para trabalhar, você sabe.

Tento parecer digna, mas há uma hesitação em minha voz, e posso sentir meu rosto enrubescer enquanto ele me olha. Por isso, me viro antes que ele possa dizer qualquer outra palavra e me afasto na direção do outro lado da tenda. Não sei exatamente para onde estou indo, mas preciso continuar andando até descobrir alguém com quem falar.

O problema é que não reconheço ninguém. Só vejo grupos de pessoas, do tipo que trabalha em banco, rindo alto juntos e falando sobre golfe. São todos altos, de ombros largos, e eu nem consigo cruzar o olhar com nenhum deles. Deus, isso é embaraçoso. Sinto-me como uma criança de 6 anos numa festa de adultos. No canto vejo Moira Channing do *Daily Herald*, quem me dirige um meio sorriso de reconhecimento, mas certamente não vou falar com ela. Tudo bem, continue apenas andando, digo a mim mesma. Finja que está indo para algum lugar. Não entre em pânico.

E então vejo Luke Brandon do outro lado da tenda. Ele levanta a cabeça quando me vê e começa a vir na minha direção. Ah, Deus, rápido. Rápido. *Preciso* descobrir alguém com quem falar.

Certo, que tal este casal em pé? O cara é de meia-idade, a mulher bem mais nova, e eles também não parecem conhecer muitas pessoas. Graças a Deus. Sejam quem forem, só vou perguntá-los se estão gostando da Feira de Finanças Pessoais e se estão achando útil, e fingir que estou tomando nota para meu artigo. E quando Luke Brandon chegar, estarei envolta demais na conversa até para percebê-lo Tudo bem, vamos lá.

Tomo um gole de champanhe, me aproximo do homem e abro um sorriso radiante.

– Como vai? – pergunto. – Rebecca Bloom, *Successful Saving.*

– Muito prazer – diz ele, virando-se para mim, e estende a mão. – Derek Smeath do Endwich Bank. E esta é minha assistente, Erica.

Ai, meu Deus.

Não consigo falar. Não consigo apertar sua mão. Não consigo correr. Meu corpo todo está paralisado.

– Como vai? – pergunta Erica com sorriso amável. – Sou Erica Parnell.

– Sim – digo após uma extensa pausa. – Sim, olá.

Por favor, não reconheça meu nome. Por favor, não reconheça meu nome.

– Então você é jornalista? – diz ela, olhando meu crachá e franzindo a testa. – Seu nome parece bastante familiar.

– Sim – consigo dizer. – Sim, você... talvez tenha lido alguns dos meus artigos.

– Espero que sim – diz e, despreocupada, toma um gole de champanhe. – Nós recebemos todas as revistas financeiras no escritório. Muito boas, algumas delas.

Pouco a pouco o sangue volta a circular pelo meu corpo. Vai ficar tudo bem, digo a mim mesma. Eles não têm a menor ideia de quem sou.

– Parece que vocês jornalistas precisam ser especialistas em tudo – diz Derek, que desistiu de tentar apertar minha mão e em vez disso está bebendo seu champanhe.

– Sim, é verdade – replico e arrisco um sorriso. – Ficamos conhecendo todas as áreas de finanças pessoais, de negócios bancários a cotas de fundo fiduciário e seguro de vida.

– E como vocês adquirem todo esse conhecimento?

– Ah, simplesmente aprendemos ao longo do caminho – digo suavemente.

Sabe do que mais? Isso está bem divertido, agora que estou relaxada. *Vocês não sabem quem eu sou!* Sinto vontade de cantar. *Vocês não sabem quem eu sou!* E Derek Smeath não é nada ameaçador em carne e osso. Na realidade, é acolhedor e amável, como um bom tio de seriado de TV.

– Muitas vezes pensei – diz Erica Parnell – que eles deviam fazer um documentário instrutivo sobre um banco. – Ela me lança um olhar de expectativa e eu aceno com vigor.

– Boa ideia! – digo. – Acho que seria fascinante.

– Você devia *ver* alguns dos personagens com que temos de lidar! Pessoas que não têm absolutamente nenhuma ideia sobre suas finanças. Não é, Derek?

– Você ficaria pasma – diz Derek. – Absolutamente estupefata. A que ponto as pessoas chegam só para evitar pagar suas contas garantidas! Ou até mesmo falar conosco!

– Verdade? – digo, como se estivesse surpresa.

– Você não acreditaria! – diz Erica. – Às vezes penso...

– Rebecca! – Uma voz explode atrás de mim e me viro, chocada, ao ver Philip segurando uma taça de champanhe e sorrindo para mim. O que ele está fazendo aqui?

– Ah, ótimo! – digo, e tomo um gole de champanhe. – Este são Derek e Erica... este é meu editor, Philip Page.

– Endwich Bank, hein? – diz Philip olhando para o crachá de Derek Smeath. – Então você deve conhecer Martin Gollinger.

– Nós não somos do escritório central, lamento – diz Derek, com um leve sorriso. – Sou o gerente da filial de Fulham.

– Fulham! – diz Philip. – O corredor da moda.

E de repente um sininho de alerta toca em minha cabeça. Dong-dong-dong! Preciso fazer algo. Preciso dizer algo, mudar o assunto. Mas é tarde demais. Sou um espectador na montanha, observando os trens colidirem no vale abaixo.

– Rebecca mora em Fulham – diz Philip. – Qual é o seu banco, Rebecca? Provavelmente você é um dos clientes de Derek! – Ele ri alto de sua própria piada, e Derek ri educadamente também.

Mas eu não consigo rir. Estou congelada no meu lugar, observando a expressão de Erica Parnell mudar à medida que a percepção surge lentamente. Ela encontra meu olhar e sinto um frio subir pela minha espinha.

– Rebecca Bloom – diz ela, numa voz bem diferente. – Eu *achei* que conhecia esse nome. Você mora na Burney Road, Rebecca?

– Muito bem! – diz Philip. – Como soube disso? – E toma outro gole de champanhe.

Cale-se, Philip, penso ansiosamente. *Cale-se.*

– Afinal, mora ou não mora? – Sua voz é doce mas fria. Ai, meu Deus, agora Philip está me olhando, aguardando minha resposta.

– Sim – digo, numa voz estrangulada, consciente de que meu rosto está em brasa.

– Derek, você percebeu quem ela é? – diz Erica num tom de prazer. – Esta é Rebecca Bloom, uma de nossas clientes. Acho que você falou com ela outro dia. Lembra-se? – Sua voz endurece. – Aquela do cachorro morto?

Faz-se silêncio. Eu não ouso olhar para o rosto de Derek Smeath. Não ouso olhar para nada exceto o chão.

– Mas que coincidência! – diz Philip. – Alguém quer mais champanhe?

– Rebecca Bloom – diz Derek Smeath. E seu rosto fica branco. – Não acredito.

– Sim! – digo, tomando o pouco que resta de meu champanhe. – Hahaha! É uma cidade pequena. Bem, preciso ir andando e entrevistar alguns outros...

– Espere! – diz Erica, sua voz soando como um punhal. – Estávamos querendo ter uma pequena reunião com você, Rebecca. Não é mesmo, Derek?

– Claro que sim – confirma Derek Smeath. Olho para ele, encontro seu olhar e sinto um repentino pingo de medo. Esse homem não parece mais com um tio simpático de seriado de TV. Ele é como um assustador inspetor de provas que acabou de pegar você colando. – Isto é – acrescenta ele, severamente –, presumindo que suas pernas estejam ambas intactas e que você não esteja sofrendo de nenhuma alergia terrível?

O que é isso? – diz Philip num tom alegre.

– Como *vai* a perna, por falar nisso? – diz Erica docemente.

– Bem – murmuro. – Bem, obrigada. – Sua sacana imbecil.

– Bom – diz Derek Smeath. – Então, digamos segunda-feira às 9h30, está bem? – Ele olha para Philip. – Não vai se importar se Rebecca for nos encontrar para uma reunião rápida na segunda-feira de manhã, não é?

– Claro que não! – diz Philip.

– E se ela não aparecer – diz Derek Smeath –, saberemos onde achá-la, não é? – Ele me dirige um olhar lancinante, e sinto meu estômago contrair de medo.

– Rebecca vai aparecer! – diz Philip. – E se ela não for, vai ter problema! – Ele dá um sorriso brincalhão, levanta sua taça e se afasta. Meu Deus, penso em pânico. Não me deixe sozinha com eles.

– Bem, aguardo ansioso por esse encontro – diz Derek Smeath. Ele faz uma pausa e me dá um olhar lacrimejante. – E se me lembro bem de nossa conversa ao telefone, no outro dia, até lá já terá recebido certa quantia em dinheiro.

Merda. Pensei que ele tinha esquecido aquilo.

– Isso mesmo – confirmo após uma pausa. – Claro. O dinheiro de minha tia. Bem lembrado! Minha tia me deixou algum dinheiro recentemente – explico a Erica Parnell.

Erica Parnell não parece impressionada.

– Bem – diz Derek Smeath. – Então espero você na segunda-feira.

– Certo – confirmo e sorrio para ele mais confiante ainda – Já estou ansiosa!

OCTAGON
Talento... estilo... visão
Departamento de Serviços Financeiros
Oitavo andar
Tower House
London Road
Winchester SO44 3DR

Srta. Rebecca Bloom   Número do Cartão 7854 4567
Apto. 2
4 Burney Rd
Londres SW6 8FD

20 de março de 2000

Prezada Srta. Bloom:

ÚLTIMO AVISO

Reiterando nosso comunicado de 3 de março, há ainda um importante saldo de 245,57 libras no seu Cartão Octagon. Caso o pagamento não seja efetuado dentro dos próximos sete dias, sua conta será bloqueada e uma ação posterior será adotada.

Fiquei feliz em saber que encontrou o Senhor e aceitou Jesus Cristo como seu salvador; porém, infelizmente, isso não influi no problema.

Aguardo ansiosamente o recebimento de seu pagamento em breve.

Atenciosamente,
Grant Ellesmore
Gerente de Finanças

13

Ah, Deus. Isso é ruim. Quero dizer, não estou sendo paranoica, estou? Isso é muito ruim.

Quando sento no metrô, no caminho de casa, olho para minha imagem no espelho: por fora calma e relaxada. Mas, por dentro, minha cabeça mais parece uma aranha encurralada tentando achar uma saída. Busca, busca, busca, as pernas oscilando, sem escapatória... Tudo bem, para. Para! Acalme-se e vamos examinar as opções mais uma vez.

Opção Um: Ir à reunião e dizer a verdade.

Não posso. Simplesmente não posso. Eu *não posso* ir até o banco na segunda-feira e admitir que não existem as mil libras da minha tia e que nunca haverá. O que eles vão fazer comigo? Ficarão muito sérios, não é? Vão me sentar numa cadeira, examinar todos os meus gastos e... Ah, Deus, fico doente só de pensar. Não posso fazer isso. Não posso ir. Fim da história.

Opção Dois: Ir à reunião e mentir.

Posso dizer a eles que as mil libras estão a caminho e que outras quantias virão em breve. Hum. Pode ser. O problema é que não acho que eles vão acreditar. E então ainda ficarão muito sérios, me sentarão numa cadeira e me darão um sermão. Não. Nem pensar.

Opção Três: Não ir à reunião.

Mas se eu não for, Derek Smeath telefonará para Philip e eles começarão a conversar. Talvez toda a verdade venha à tona e ele descubra que na realidade não quebrei minha perna. Ou não tive febre ganglionar. E, depois disso, eu não poderei jamais voltar a entrar no escritório. Ficarei desempregada. Minha vida terminará aos 25 anos. Mas então, talvez esse seja um preço que valha a pena pagar.

Opção Quatro: Ir à reunião com um cheque de mil libras.

Perfeito. Entrar feliz, entregar o cheque, dizer "Algo mais?" e sair feliz outra vez. Perfeito.

Mas como vou arranjar mil libras até segunda-feira de manhã? Como?

Opção Cinco: Fugir.

O que seria muito infantil e imaturo. Não vale a pena considerar.

Fico imaginando para onde eu poderia ir. Talvez algum lugar no exterior. Las Vegas. Sim, eu poderia ganhar uma fortuna nos cassinos. Um milhão de libras ou algo assim. Até mais, talvez. E depois, sim, depois eu mandaria um fax para Derek Smeath, dizendo que estou fechando minha conta bancária em virtude de sua falta de confiança em mim.

Deus, sim! Isso não seria fantástico?

> – Prezado Sr. Smeath, fiquei um pouco surpresa com sua sugestão recente de que eu tenha fundos insuficientes para cobrir minha conta garantida e também por seu jeito sarcástico. Como este cheque de 1,2 milhão demonstra, tenho fundos suficientes ao meu dispor e que dentro em breve estarei mudando para um de seus concorrentes. Talvez eles me tratem com mais respeito. PS: estou enviando uma cópia desta carta para seus superiores.

Gosto tanto da ideia que me deixo levar por ela, corrigindo diversas vezes a carta em minha cabeça. "Prezado Sr. Smeath, como procurei informá-lo discretamente em nosso último encontro, sou de fato uma milionária. Se ao menos o senhor tivesse confiado em mim, o histórico com o banco poderia ter sido diferente."

Deus, ele vai se lamentar, não? Isso vai ensiná-lo. Ele provavelmente vai me telefonar e se desculpar. E não adianta se rastejar e dizer que não tinha intenção de me ofender. Porque será tarde demais. *Muito tarde*. Hahahaha...

Droga. Perdi minha estação.

QUANDO CHEGO EM CASA, Suze está sentada no chão rodeada de revistas.

– Oi! – diz ela radiante. – Adivinhe o quê? Vou aparecer na *Vogue*!

– O quê? – digo sem acreditar. – Você foi pega na rua ou algo assim? – Depois percebo que não devia parecer tão surpresa. Quero dizer, Suze tem um corpo excelente. Ela poderia facilmente ser modelo. Mas... *Vogue*!

– Não eu, boba! – diz ela. – Minhas molduras.

– Suas *molduras* vão aparecer na *Vogue*? – Agora eu realmente não acredito.

– Na edição de junho! Vou aparecer numa matéria intitulada "Relaxe – *designers* estão trazendo de volta a diversão para os interiores." Legal, não é? O único problema é que até agora só fiz duas molduras, portanto preciso fazer um pouco mais para o caso de quererem comprá-las.

– Certo – digo, tentando organizar minhas ideias com tudo isso. – E então, como a *Vogue* está fazendo um artigo sobre você? Eles... ouviram falar de você?

Como eles podem ter *ouvido falar* dela? Estou pensando. Quero dizer, ela só começou a fazer molduras quatro dias atrás!

– Não, boba! – diz ela e ri. – Telefonei para Lally. Você conheceu a Lally? – Balanço minha cabeça indicando que não. –

Bem, ela é editora de moda da *Vogue* e falou com Perdy, que é o editor de interiores, e Perdy me ligou de volta. E quando eu disse a ela como eram minhas molduras, ela ficou louca.

– Nossa – digo. – Muito bom.

– Ela me explicou o que devo falar na minha entrevista também – acrescenta Suze e limpa sua garganta de um jeito importante. – Quero criar espaços para as pessoas se divertirem, não para admirarem. Há um pouco de criança em todos nós. A vida é curta demais para minimalismos.

– Ah, certo – digo. – Fantástico!

– Não, espere, havia outra orientação também. – Suze franze a testa pensativa. – Ah, sim, que meus desenhos são inspirados no espírito imaginativo de Gaudi. Vou telefonar para Charlie agora – ela acrescenta entusiasmada. – Tenho *certeza* de que ele é algo na *Tatler*.

– Fantástico – digo novamente.

E é fantástico.

Estou realmente feliz por Suze. Claro que estou.

Mas há uma parte de mim que está pensando como tudo acontece tão fácil para ela? Aposto que nunca teve de encarar um gerente de banco desagradável na vida. E aposto que tampouco nunca terá. Desanimada, sento no chão e começo a folhear uma revista.

– Por falar nisso – diz Suze, olhando para mim do telefone. – Tarquin ligou há mais ou menos uma hora para combinar a saída. – Ela sorri maliciosa. – Você está ansiosa?

– Ah – digo, com ar de tédio. – Claro que sim.

Eu havia me esquecido disso, para ser sincera. Mas tudo bem, só vou esperar até amanhã de tarde e dizer que estou com cólica menstrual. Fácil. Ninguém jamais questiona isso, especialmente os homens.

– Ah, sim – diz Suze, apontando para uma *Harpers & Queen* aberta no chão. – E olha quem acabei de encontrar agorinha na lista dos Cem Solteiros Mais Ricos! Ah, olá, Charlie – diz ela ao telefone. – É Suze! Ouça..

Olho para a *Harpers & Queen* aberta e gelo. Luke Brandon está me olhando da página, com um sorriso tranquilo no rosto. *Número 31*, diz a legenda. *Idade: 32. Fortuna estimada: 10 milhões de libras. Empresário de uma inteligência assustadora. Mora em Chelsea; atualmente namorando Sacha de Bonneville, filha do bilionário francês.*

Não quero saber disso. Por que eu estaria interessada em quem Luke Brandon está namorando? Ruidosamente viro para as páginas e começo a ler sobre o Número 17, que parece muito melhor. *Dave Kington. Idade: 28. Fortuna estimada: 20 milhões de libras. Anteriormente jogador do Manchester United, agora é guru de administração e empresário de roupas esportivas. Mora em Hertfordshire; recentemente separou-se da namorada, a modelo Cherisse.*

E de qualquer modo, Luke Brandon é chato. Todo mundo diz isso. Só faz trabalhar. Obcecado por dinheiro, provavelmente.

Número 16. Ernest Flight. Idade: 52. Fortuna estimada: 22 milhões de libras. Diretor e acionista majoritário da empresa de alimentos Flight. Mora em Nottinghamshire; recentemente divorciado de sua terceira esposa Susan.

Eu nem acho que ele é tão bonito assim. Alto demais. E provavelmente não frequenta uma academia ou algo assim. Ocupado demais. Ele deve ser horrível sem roupa.

Número 15. Tarquin Cleath-Stuart. Idade: 26. Fortuna estimada: 25 milhões. Dono de terras desde que herdou o enorme patrimônio da família aos 19 anos de idade. Muito tímido quanto à publicidade. Mora em Perthshire e Londres com uma velha babá; atualmente solteiro.

Além do mais, que tipo de homem compra malas de presente? Quero dizer, uma *valise*, pelo amor de Deus, quando ele tinha a Harrods inteira para escolher. Ele poderia ter comprado para a namorada um colar ou umas roupas. Ou poderia ter... Ele poderia ter...

Espera um momento, que foi isso?

O que foi isso?

Não. Não pode ser. Claro que não...

Ah, meu Deus.

E de repente não consigo respirar. Não consigo me mexer. Minha estrutura toda está concentrada na foto não muito nítida na minha frente. Tarquin Cleath-Stuart? Tarquin, primo de Suze? *Tarquin?*

Tarquin... tem... 25... milhões... de libras?

Acho que vou desmaiar, se eu não puder tirar minha mão desta página. Estou olhando para o 15º solteiro mais rico da Inglaterra e eu o conheço.

Não só o conheço, mas ele me convidou para sair.

Vou jantar com ele amanhã à noite.

AI-MEU-DEUS.

Vou ser uma milionária. Uma multimilionária. Eu sabia. Eu não sabia? Eu *sabia*. Tarquin vai se apaixonar por mim e me pedir em casamento e nós vamos nos casar num belo castelo escocês exatamente como em *Quatro Casamentos e um Funeral* (só que ninguém vai morrer no nosso). E eu terei 25 milhões de libras.

E o que Derek Smeath vai dizer *depois?* Aha!

– Quer uma xícara de chá? – pergunta Suze, desligando o telefone. – Charlie é um doce. Ele vai me levar no programa "Novos Talentos da Inglaterra".

– Excelente – digo vagamente, e limpo minha garganta. – Só... só estava olhando para Tarquin aqui.

Preciso verificar. Preciso verificar se não há algum outro Tarquin Cleath-Stuart, algum primo que eu não tenha ouvido falar. Por favor, Deus, por favor, deixe-me sair com o rico.

– Ah, sim – diz Suze casualmente. – Ele sempre está nessas matérias. – Ela passa os olhos pelo texto e balança a cabeça. – Deus, eles sempre exageram tudo. Vinte e cinco milhões de libras!

– Então ele não tem 25 milhões de libras? – digo, parecendo desinteressada.

– Ah, não! – Ela ri como se a ideia fosse ridícula. – O patrimônio vale uns... Ah, não sei. Uns 18 milhões de libras.

– Essas revistas! – digo, revirando meus olhos solidária.

– Chá Earl Grey? – pergunta Suze levantando-se. – Ou normal?

– Earl Grey – digo, apesar de, na verdade, preferir Typhoo. Porque é melhor eu começar a agir como uma aristocrata, não é, se vou ser a namorada de Tarquin Cleath-Stuart.

Rebecca Cleath-Stuart.

Becky Cleath-Stuart.

Olá, aqui fala Rebecca Cleath-Stuart. Sim, a esposa de Tarquin. Nos conhecemos na... sim, eu estava usando Chanel. Como você é esperta!

– Por falar nisso – acrescento –, Tarquin disse onde devo encontrá-lo?

– Ah, ele vem buscá-la – diz Suze.

Mas claro que vem. O 15º solteiro mais rico da Inglaterra não se encontra com você na estação do metrô, não é? Ele não diz simplesmente "Encontro você debaixo do Big Ben, na Waterloo". Ele vem até sua casa e pega você.

Ah, é isso. É isso! Minha nova vida finalmente começou.

EU NUNCA PASSEI tanto tempo me arrumando para um encontro na minha vida. Nunca. O processo começa às 8 horas de sábado de manhã – quando olho para meu guarda-roupas aberto e percebo que não tenho uma *única* roupa para usar – e só termina às 19h30 quando passo nos cílios outra camada de rímel, me borrifo de Coco Chanel e vou até a sala para o veredito de Suze.

– Uau! – diz ela, olhando para mim de uma moldura que está forrando de brim desbotado. – Você está... simplesmente incrível!

E devo dizer, concordo. Estou toda de preto, mas preto caro. O tipo de preto profundo e suave que encanta. Um vestido simples sem manga, da Whistles, o mais alto dos sapatos da Jimmy Choos e um par de brincos estonteantes de ametista não lapidada. E, por favor, não me pergunte quanto tudo custou, porque é irrelevante. É uma compra de investimento. O maior investimento da minha vida.

Não comi nada o dia todo, portanto estou linda e magra, e desta vez pelo menos meu cabelo ficou ótimo. Eu estou... bem, nunca estive melhor em toda a minha vida.

Mas, claro, a aparência é apenas parte do pacote, não é? Por isso, eu astutamente parei na livraria Waterstone's, no caminho para casa, e comprei um livro sobre Wagner. Li a tarde inteira, enquanto esperava minhas unhas secarem, e até decorei algumas pequenas passagens para soltar na conversa.

Não sei bem o que Tarquin gosta além de Wagner. Mesmo assim, isso deve ser suficiente para sustentar a conversa. E, de qualquer modo, espero que ele esteja planejando levar-me a algum lugar realmente glamoroso com uma banda de jazz, portanto estaremos muito ocupados dançando de rosto colado para poder conversar.

A campainha da porta toca e eu começo a me movimentar. Devo admitir, meu coração está batendo forte de nervoso. Mas, ao mesmo tempo, me sinto estranhamente calma. É isso. Aqui começa minha nova existência de multimilhões de libras. Luke Brandon: morda-se.

– Vou atender – diz Suze, sorrindo para mim, e desaparece no hall. Um instante depois ouço-a dizer: – Tarkie!

– Suze!

Me olho no espelho, respiro fundo e viro para a porta, justamente quando Tarquin aparece. Sua cabeça está ossuda como sempre e ele está usando outro de seus ternos antigos e estranhos. Mas, de algum modo, nada disso parece importar agora. Na realidade, sua aparência não está me mobilizando. Só estou olhando para ele. Olhando e olhando para ele, incapaz de falar, incapaz de ter qualquer pensamento exceto *25 milhões de libras.*

Vinte e cinco milhões de libras. O tipo de pensamento que faz você se sentir tonta e estimulada, como numa montanha-russa. De repente, quero correr pela sala, gritando "Vinte e cinco milhões! Vinte e cinco milhões!" jogando notas no ar como se eu fosse uma dessas dançarinas de comédia hollywoodiana.

Mas não faço isso. Claro que não. Digo "Oi, Tarquin" e dirijo-lhe um sorriso radiante.

– Oi, Becky – diz ele. – Você está linda.

– Obrigada – digo, e abaixo o olhar recatado para meu vestido.

– Vocês querem ficar para um titchi? – pergunta Suze, que está muito afetuosa como se fosse minha mãe e esta fosse minha noite de formatura e eu estivesse saindo com o garoto mais popular da escola.

– Hum... não, acho que vamos indo – diz Tarquin, encontrando meu olhar. – O que acha, Becky?

– Claro – digo. – Vamos.

14

Um táxi com o motor ligado está esperando na rua, e Tarquin me ajuda a entrar. Para ser sincera, estou um pouco desapontada por não ser uma limusine com chofer, mas tudo bem. Isto também é bom. Ser retirada de um táxi por um dos solteiros mais cobiçados da Inglaterra para... quem sabe onde? O Savoy? O Claridges? Dançar no Annabel's? Tarquin ainda não me contou onde estamos indo.

Ah, Deus, talvez seja um desses lugares luxuosíssimos onde tudo é servido sob um abafador de prata, com um milhão de facas e garfos, e garçons esnobes observando, só esperando para pegar você cometendo alguma gafe. Mas tudo bem. Desde que eu não entre em pânico. Só mantenha a calma e lembre as regras. Certo. Quais são elas mesmo? Talheres: começar pelos de fora e ir passando para os de dentro. Pão: não fatiar o pãozinho, só quebrar em pequenos pedaços e colocar manteiga em cada um, individualmente. *Ketchup*: não pedir em nenhuma circunstância.

E se for lagosta? Nunca comi lagosta na minha vida. Merda. Vai ser lagosta, não vai? E eu não vou saber o que fazer, e será terrivelmente embaraçoso. Por que eu nunca comi lagosta? Por quê? É tudo culpa dos meus pais. Eles deviam ter me levado a restaurantes caros desde criança para que eu desenvolvesse uma habilidade natural com as comidas complicadas.

– Pensei em jantar num lugar gostoso e calmo – diz Tarquin, olhando para mim.

– Ótimo – digo. – Um jantar gostoso e calmo.

Graças a Deus. Isso provavelmente significa que não vamos enfrentar lagostas e abafadores de prata. Vamos para algum lugar pequeno e escondido que quase ninguém conhece. Algum pequeno clube privê numa rua discreta, onde é preciso bater numa porta de aparência normal e sem letreiro, mas quando se entra está cheio de celebridades sentadas em sofás, comportando-se como pessoas normais. Sim! E talvez Tarquin conheça-as todas!

Mas claro que ele conhece todas. Ele é um multimilionário, não é?

Olho pela janela e vejo que estamos passando pela Harrods. E só por um momento meu estômago aperta de dor quando me recordo da última vez que estive ali. Malditas malas. Maldito Luke Brandon. Ah! Na verdade, eu queria que ele estivesse passando por nós bem agora, para eu poder fazer um despreocupado aceno com a mão, como quem diz estou-com-o-15º-homem-mais-rico-da-Inglaterra.

– Ok – diz Tarquin repentinamente para o motorista. – Pode nos deixar aqui. – Sorri para mim. – Praticamente na entrada.

– Ótimo – digo e alcanço a porta do táxi.

Praticamente na entrada do quê? Quando saio do táxi, olho à volta, imaginando onde estamos indo. Estamos perto do Hyde Park. O que há no Hyde Park? Viro-me lentamente e vejo uma placa e, de repente, percebo o que está acontecendo. Estamos indo para o Lanesborough!

Uau. Quanta classe! Jantar no Lanesborough. Mas claro. Onde mais alguém iria numa primeira saída?

– Então – diz Tarquin, surgindo ao meu lado. – Só pensei que podíamos beliscar algo e depois... veríamos.

– Parece bom – digo quando começamos a andar.

Excelente! Jantar no Lanesborough e depois sair para alguma discoteca charmosa. Isto está ficando maravilhoso.

Passamos direto pela entrada do Lanesborough, mas isso não me perturba. Todo mundo sabe que os VIPs entram pela porta dos fundos para evitar os *paparazzi*. Não que eu esteja vendo algum *paparazzi* por aqui, mas provavelmente isso se torna um hábito. Vamos mergulhar por alguma ruela e entrar pela cozinha, enquanto os *chefs* fingem não nos ver, e depois aparecemos no *foyer*. Isso é tão legal.

– Estou certo de que você já esteve aqui antes – diz Tarquin se desculpando. – Não é a escolha mais original.

– Não seja bobo! – digo quando paramos e nos voltamos para umas portas envidraçadas. – Eu simplesmente adoro…

Espera aí, onde estamos? Isto não é a entrada dos fundos de lugar nenhum. Isto é…

Pizza Express.

Tarquin está me levando para o Pizza Express. Não acredito. O 15º homem mais rico do país está me levando para uma droga de pizzaria.

– … pizza – termino a frase baixinho. – Adoro isso.

– Ah, que bom! – diz Tarquin. – Achei que nós não íamos querer nenhum lugar muito badalado.

– Ah, não. – Faço o que acredito ser uma expressão convincente. – Odeio lugares badalados. É muito melhor comermos juntos uma pizza gostosa num lugar calmo.

– Foi o que pensei – diz Tarquin, virando-se para me olhar. – Mas agora me sinto um pouco mal. Você se vestiu tão bonita… – ele faz uma pausa em dúvida, olhando para minha roupa. (E é bom que o faça. Não gastei uma fortuna na Whistles só para ser levada ao Pizza Express.) – Quero dizer, se você quisesse, poderíamos ir a algum lugar um pouco mais sofisticado. O Lanesborough é logo depois da esquina…

Ele levanta os olhos questionando, e eu quase digo "Ah sim, por favor!" quando, de repente, num *flash* inconsciente, percebo o que está acontecendo. Isso é um teste, não é? É como escolher entre três cofres no conto de fadas. Todo mundo conhece as regras. Você *nunca* escolhe o dourado que brilha. Ou mesmo o de prata, cuja beleza também impressiona. O que deve fazer é escolher o pequeno, feinho, de chumbo e então faz-se um clarão de luz e o cofrinho feio se transforma numa montanha de joias. Então é isso. Tarquin está me testando, para ver se gosto dele por ele mesmo ou se estou apenas atrás de seu dinheiro.

O que, francamente, eu considero bastante insultante. Quero dizer, quem ele pensa que sou?

– Não, vamos ficar aqui – digo e toco seu braço de leve. – É muito mais informal. Muito mais... divertido.

O que é bem verdade mesmo. E eu gosto mesmo de pizza. E aquele pão de alho delicioso. Hum. Sabe, agora que estou pensando nisto, esta é uma boa escolha.

QUANDO O GARÇOM nos entrega os cardápios, dou uma olhada superficial na lista, mas já sei o que quero. É o que sempre peço quando vou ao Pizza Express: Fiorentina. A que leva espinafre e ovo. Sei que soa estranho, mas, honestamente, é deliciosa.

– Gostariam de um aperitivo? – pergunta o garçom, e estou quase dizendo o que geralmente digo, que é "Ah, vamos tomar uma garrafa de vinho", quando decido não fazer nada disso. Estou jantando com um multimilionário. Vou mesmo é tomar gim-tônica.

– Um gim-tônica – digo firme e olho para Tarquin, desafiando-o a ficar chocado. Mas ele sorri para mim e diz:

– A não ser que queira champanhe?

– Ah – digo, completamente aterrorizada.

– Sempre acho que champanhe e pizza são uma boa combinação – diz ele e olha para o garçom. – Uma garrafa de Moët, por favor.

Bem, isso faz mais o meu gênero. Isto faz muito mais o meu gênero. Champanhe e pizza. E Tarquin está de fato agindo bem normal.

O champanhe chega, nós brindamos e tomamos uns goles. Estou realmente começando a me divertir. Depois vejo a mão ossuda de Tarquin aproximando-se lentamente da minha sobre a mesa. E num reflexo, completamente sem intenção, afasto meus dedos fingindo precisar coçar a orelha. Um lampejo de desapontamento passa por seu rosto e eu me vejo provocando uma tosse sem graça e realmente fingida, olhando atenta para um quadro na parede à minha esquerda.

Ah, Deus. Por que tive de fazer isso? Se vou me casar com o cara, preciso fazer muito mais do que segurar sua mão.

Posso fazer isso, digo a mim mesma com firmeza. *Posso* sentir-me atraída por ele. É só uma questão de autocontrole e, possivelmente também, de ficar muito bêbada. Assim, levanto minha taça e tomo vários goles grandes. Posso sentir as bolhas fluindo para minha cabeça, cantando feliz, "Vou ser a mulher de um milionário! Vou ser a mulher de um milionário!". E, quando olho de volta para Tarquin, ele já parece um pouco mais atraente (numa maneira fuinha de ser). O álcool obviamente vai ser a chave de nossa felicidade conjugal.

Minha cabeça está tomada pela visão feliz do dia do nosso casamento. Eu num vestido maravilhoso de algum costureiro famoso; meus pais sentindo-se orgulhosos. Nunca mais problemas de dinheiro. *Nunca mais.* O 15º homem mais rico do país. Uma casa na Belgrávia. Sra. Tarquin

Cleath-Stuart. Só de imaginar, já me sinto quase desmaiar de vontade.

Ah, Deus, tudo isso poderia ser meu. *Pode* ser meu.

Sorrio o mais suavemente que posso para Tarquin, que hesita – depois sorri de volta. Ufa. Não estraguei tudo. Ainda está de pé. Agora só precisamos descobrir que somos verdadeiras almas gêmeas com muito, muito e muito em comum.

– Adoro o... – digo.

– Você...

Ambos falamos ao mesmo tempo.

– Desculpe – digo. – Continue.

– Não, continue *você* – diz Tarquin.

– Ah – digo. – Bem... Eu só ia dizer outra vez quanto adorei o quadro que você deu a Suze. – Não faz mal cumprimentar seu gosto novamente. – *Adoro* cavalos – acrescento como boa medida.

– Então deveríamos cavalgar juntos – diz Tarquin. – Conheço uma cocheira de aluguel muito boa, perto do Hyde Park. Não é o mesmo que no campo, claro...

– Que ideia maravilhosa! – digo. – Seria muito divertido!

Não há a menor possibilidade de alguém me fazer montar num cavalo. Nem no Hyde Park. Mas tudo bem, só continuarei com o plano e depois, no dia, direi que torci meu pé ou algo assim.

– Você gosta de cachorro? – pergunta Tarquin.

– Adoro cachorro – respondo confiante.

Que é mais ou menos verdade. Não gostaria de fato de *ter* um cachorro – dá trabalho demais e pelos por toda parte. Mas gosto de ver labradores correndo pelo parque. E filhotes fofinhos. Esse tipo de coisa.

Entramos num silêncio e eu tomo uns goles de champanhe.

– Você gosta do seriado *EastEnders*? – pergunto finalmente. – Ou você é uma pessoa… do tipo *Coronation Street*?

– Creio que nunca assisti a nenhum dos dois – diz Tarquin se desculpando. – Tenho certeza de que são muito bons.

– Bem… são razoáveis – digo. – Às vezes são realmente bons e outras vezes… – diminuo o tom no fim e sorrio para ele. – Você sabe.

– Claro – exclama Tarquin, como se eu tivesse dito algo realmente interessante.

Dá-se um outro silêncio estranho. Isso está ficando um pouco sem graça.

– Onde você mora na Escócia há boas lojas? – finalmente pergunto. Tarquin faz uma pequena careta.

– Eu não saberia. Quando posso, não me aproximo de lojas.

– Ah, certo – digo, e tomo um gole bem grande de champanhe. – Não, eu… eu também odeio lojas. Não *aguento* fazer compras.

– Verdade? – exclama Tarquin surpreso. – Pensei que todas as mulheres adorassem fazer compras.

– Não eu! – digo. – Eu preferiria mil vezes estar… no campo, cavalgando. Com uns dois cachorros correndo atrás.

– Parece perfeito – diz Tarquin sorrindo para mim. – Vamos ter de fazer isso algum dia.

Agora está ficando bom! Interesses comuns. Objetivos compartilhados.

Tudo bem, talvez eu não tenha sido totalmente honesta, talvez eles não sejam exatamente meus interesses no presente. Mas poderiam ser. Eles *podem* ser. Eu posso facilmente começar a gostar de cachorros e cavalos, se precisar.

– Ou… ou ouvir Wagner, claro – digo casualmente. Ah! De gênio!

– Você realmente aprecia Wagner? – diz Tarquin. – Não é todo mundo que gosta.

– Eu *adoro* Wagner – insisto. – É meu compositor favorito. – Tudo bem, rápido – o que o livro dizia? – Adoro os... er... elementos melódicos que se entrelaçam no Prelúdio.

– No Prelúdio a quê? – pergunta Tarquin interessado.

Ah, merda. Há mais de um Prelúdio? Tomo um gole de champanhe, ganhando tempo, desesperadamente procurando me lembrar de mais alguma informação do livro. Mas a única outra parte que consigo lembrar é "Richard Wagner nasceu em Leipzig".

– Todos os prelúdios – digo finalmente. – Acho que todos eles são... fabulosos.

– Certo – diz Tarquin, parecendo um pouco surpreso.

Ah, Deus. Não foi a coisa certa a dizer, foi? Mude de assunto. Mude de assunto.

Por sorte, naquele momento um garçom se aproxima com nosso pão de alho, e nós saímos do tema Wagner. E Tarquin pede mais champanhe. De algum modo, acho que iremos precisar da bebida.

O que significa que, quando chego na metade da minha Fiorentina, já bebi quase uma garrafa inteira de champanhe e estou... Bem, francamente, estou completamente bêbada. Meu rosto está formigando, meus olhos estão brilhando e meus gestos estão muito mais descontrolados do que o usual. Mas isso não importa. Na verdade, ficar bêbada é algo *bom* – porque significa que estou também encantadoramente vivaz e alegre e estou mais ou menos levando a conversa sozinha. Tarquin também está alto, mas não tanto quanto eu. Ele foi ficando cada vez mais quieto e meio pensativo. E continua me olhando.

Quando termino meu último pedaço de pizza e me reclino no encosto da cadeira confortavelmente, ele olha para mim em silêncio por um instante, depois leva a mão ao bolso e traz uma caixinha.

– Aqui – diz ele. – Isso é para você.

Devo admitir, por um momento o coração parou e eu pensei... Chegou a hora! Ele está me propondo casamento! (Curiosamente, o pensamento que passa pela minha cabeça logo a seguir é "Graças a Deus Poderei Pagar Meu Cheque Especial". Hum. Quando ele me propuser de verdade, preciso pensar em algo um pouco mais romântico.)

Mas claro, ele não está me pedindo em casamento, está? Está só me dando um presente.

Eu sabia.

Então abro e encontro uma caixa de couro, tendo dentro um pequeno broche no formato de um cavalo. Muitos detalhes finos, lindamente trabalhado. Uma pequena pedra verde (esmeralda?) nos olhos.

Realmente não é o tipo de presente de que eu gosto.

– É lindo – digo, meio espantada. – Absolutamente... estupendo.

– É bem bonito, não é? – diz Tarquin. – Achei que gostaria.

– Eu *adorei*. – Viro-o entre os dedos (tem selo – bom) depois olho para ele e pisco umas duas vezes com olhos umedecidos. Deus, como estou bêbada. Acho que na verdade estou *vendo* através do champanhe. – Foi tão gentil de sua parte – murmuro.

Além do mais eu não uso broches. Quero dizer, onde se deve prendê-los? No meio de um top lindo? Quero dizer, cá para nós. E os furos sempre deixam enormes buracos em todo lugar.

– Vai ficar lindo em você – diz Tarquin após uma pausa, e de repente percebo que ele está esperando que eu o coloque.

Aaargh! Vai destruir meu lindo vestido da Whistles! E quem quer um cavalo galopando entre os peitos, afinal?

– *Preciso* colocá-lo – digo e abro o fecho. Com muito cuidado coloco o broche e aperto o fecho, já sentindo-o repuxar o vestido. E agora, estou parecendo muito idiota?

– Está lindo – diz Tarquin, encontrando meu olhar. – Mas... você sempre está linda.

Meu estômago dá um nó quando o vejo inclinar-se na minha direção. Ele vai tentar segurar minha mão de novo, não vai? E provavelmente vai me beijar. Dou uma olhada para os lábios de Tarquin – separados e levemente úmidos – e sinto um tremor involuntário. Ah, Deus. Não estou bem pronta para isso. Quero dizer, obviamente eu *quero* beijar Tarquin, claro que sim. De fato, acho-o incrivelmente atraente. Só que... acho que, antes, preciso de um pouco mais de champanhe.

– Aquela echarpe que você estava usando na outra noite – diz Tarquin. – Estava simplesmente deslumbrante. Olhei para você nela e pensei...

Agora posso ver sua mão dirigindo-se para a minha.

– Minha echarpe Denny and George? – interrompo vivaz, antes que ele diga algo mais. – Sim, é linda, não é? Foi da minha tia, mas ela morreu. Foi muito triste, mesmo.

Simplesmente continue falando, penso. Continue falando radiante e gesticule muito.

– Mas de qualquer modo, ela me deixou sua echarpe – continuo depressa. – Portanto, sempre me lembrarei dela por causa disso. Pobre tia Ermintrude.

– Sinto muito mesmo – diz Tarquin, parecendo sem ação. – Eu não sabia.

– Não. Bem... sua lembrança permanece por meio de suas boas obras – digo e abro um leve sorriso. – Ela era uma mulher muito caridosa. Muito... generosa.

– Existe alguma espécie de fundação em seu nome? – pergunta Tarquin. – Quando meu tio morreu...

– Sim! – respondo agradecida. – Exatamente isso. A… a Fundação Ermintrude Bloom para… violinistas – improviso ao visualizar um cartaz de uma noite musical. – Violinistas em Malauí. Aquela era sua causa.

– Violinistas em Malauí? – repete Tarquin.

– Ah, sim! – ouço-me murmurar. – Há uma escassez desesperadora de músicos clássicos lá. E a cultura é tão enriquecedora, independentemente das circunstâncias materiais.

Não consigo *acreditar* que estou surgindo com todo esse disparate. Olho apreensiva para Tarquin e, para minha total descrença, ele parece realmente interessado.

– Então, o que exatamente a fundação pretende fazer? – pergunta ele.

Ah, Deus. Em que estou me metendo aqui?

– É… financiar seis professores de violino por ano – respondo após uma pausa. – Claro, eles precisam de treinamento especializado, além de violinos para levarem para lá. Mas os resultados valerão a pena. Eles irão ensinar as pessoas como fazer violinos também, portanto se tornarão autossuficientes e não dependerão do Ocidente.

– Verdade? – A sobrancelha de Tarquin franze. Eu disse algo que não faz sentido?

– De qualquer modo. – Dou uma risadinha. – Chega de falar de mim e de minha família. Você viu algum filme bom recentemente?

Isso é bom. Podemos falar sobre filmes e depois a conta virá, e depois...

– Espere – diz Tarquin. – Diga-me, como está indo o projeto até agora?

– Ah – digo. – Ahn… muito bem. Considerando que não me mantive a par de seu progresso recentemente. Você sabe, isso é sempre...

– Eu realmente gostaria de contribuir de algum modo – diz ele me interrompendo.

O quê?

Ele gostaria de fazer o *quê*?

– Você sabe a quem devo dirigir o cheque? – pergunta ele, alcançando o bolso da jaqueta. É à Fundação Bloom?

Enquanto olho, paralisada de surpresa, ele tira do bolso um talão de cheques do Coutts.

Um talão de cheques cinza pálido do Coutts.

O 15º homem mais rico do país.

– Não… não estou bem certa – ouço-me dizer, como se minha voz estivesse muito distante. – Não sei bem as palavras *exatas*.

– Bem, farei o cheque pagável a você, então, está bem? – diz ele. – E você poderá passá-lo adiante. – Alegre, ele começa a escrever:

Pagar a Rebecca Bloom
A quantia de
5…

Quinhentas libras. Deve ser. Ele não daria só cinco míseras...

mil libras,

T.A.J. Cleath-Stuart

Não consigo acreditar no que estou vendo. Cinco mil libras, num cheque nominal a mim. Cinco mil libras que pertencem à tia Ermintrude e aos professores de violino de Malauí.

Se eles existissem.

– Tome – diz Tarquin, e me entrega o cheque. Como num sonho, vejo-me pegando o cheque.

Pagar a Rebecca Bloom a quantia de 5 mil libras.

Leio as palavras outra vez, lentamente, e sinto uma onda de alívio tão forte que me faz querer cair em lágrimas. A quantia de 5 mil libras. Mais do que minhas dívidas no cheque especial e no cartão VISA juntas. Este cheque resolveria todos os meus problemas, não é? Ele resolveria todos os meus problemas de uma só vez E, tudo bem, não sou exatamente um violinista do Malauí, mas Tarquin nunca saberia a diferença, não é? Ele nunca iria apurar. Ou se o fizesse, eu poderia surgir com alguma história.

De qualquer modo, o que são 5 mil libras para um multimilionário como Tarquin? Ele provavelmente nem iria perceber se depositei ou não o cheque. Uma ninharia de 5 mil libras, quando ele tem 25 milhões! Se você transforma numa fração de sua riqueza é... Bem, é de fazer rir, não é? É o equivalente a uns 50 centavos para as pessoas normais. Estou falando de roubar 50 centavos. Por que estou hesitante?

– Rebecca?

Tarquin está me olhando, e eu percebo que minha mão está ainda a muitos centímetros do cheque. *Vamos, pegue,* oriento a mim mesma com firmeza. *É seu. Pegue o cheque e guarde-o na bolsa.* Com um esforço heroico, estico mais a mão, querendo segurar o cheque. Estou chegando mais perto... mais perto... quase lá... meus dedos estão tremendo do esforço...

Não dá, não consigo. Eu simplesmente não posso fazer isso. Não posso pegar seu dinheiro.

– Não posso ficar com ele – digo rápido. Afasto minha mão e sinto-me enrubescer. – Quero dizer... não tenho certeza se a fundação já está aceitando doações.

– Ah, está bem – diz Tarquin, parecendo um pouco surpreso.

– Vou informar-lhe a quem dirigir o cheque quando tiver mais detalhes – digo e tomo um grande gole de champanhe. – É melhor rasgá-lo.

Quando ele lentamente rasga o papel, não consigo olhar. Desvio os olhos para minha taça de champanhe, sentindo vontade de chorar. Cinco mil libras. Teriam mudado minha vida. Teriam resolvido tudo. Tarquin pega a caixa de fósforos na mesa, põe fogo nos pedaços de papel no cinzeiro, e nós dois observamos enquanto queimam.

Depois ele coloca os fósforos na mesa, sorri para mim e diz:

– Me dá licença um minuto.

Tarquin se levanta da mesa e se dirige para o fundo do restaurante enquanto eu tomo outro gole de champanhe. Depois apoio minha cabeça nas mãos e dou um soluço. Ah, bem, penso, procurando ser filosófica. Talvez eu ganhe 5 mil libras numa rifa ou algo assim. Talvez o computador de Derek Smeath estrague e ele seja forçado a cancelar todas as minhas dívidas e a começar tudo de novo. Talvez algum completo estranho realmente *pague* minha conta do VISA por engano.

Talvez Tarquin volte do banheiro e me peça para casar com ele.

Levanto os olhos e eles recaem com uma curiosidade inócua no talão de cheques do Coutts que Tarquin deixou sobre a mesa. É o talão de cheques do 15º homem mais rico do país. Uau. Imagino como deve ser por dentro. Ele provavelmente faz cheques enormes o tempo todo, não é? Ele provavelmente gasta mais dinheiro num dia do que eu gasto num ano.

Num impulso, puxo o talão de cheques na minha direção e abro. Não sei exatamente o que estou procurando, estou apenas esperando encontrar alguma quantia exageradamente grande. Mas o primeiro canhoto é só de 30 libras. Patético! Folheio o talão um pouco e acho 520 libras. Pagável a Arundel & Son, seja lá quem for. Depois, um pouco mais tarde, há um de 7.515 libras para o American Express. Bem, agora sim! Mas, na realidade, não é a leitura mais excitante do mundo. Este poderia ser o talão de cheques de qualquer pessoa. Poderia quase ser meu.

Fecho-o e empurro-o de volta para o lugar dele e olho para cima. Quando faço isso, meu coração para de bater. Tarquin está olhando direto para mim.

Ele está em pé no bar, sendo orientado para o outro lado do restaurante por um garçom. Mas não está olhando para o garçom. Está olhando para mim. Quando nossos olhos se encontram, sinto um aperto no estômago. Que droga.

Droga. O que será que ele viu exatamente?

Rapidamente tiro a mão do seu talão de cheques e tomo um gole de champanhe. Depois olho e finjo vê-lo pela primeira vez. Dou um sorriso e depois de uma pausa ele sorri de volta. Depois desaparece novamente e eu afundo na cadeira, meu coração batendo forte.

Tudo bem, não entre em pânico, oriento a mim mesma. Apenas comporte-se com naturalidade. Ele provavelmente nem mesmo a viu. E se viu, não é o maior crime do mundo, é, olhar seu talão de cheques? Se ele me perguntasse o que eu estava fazendo, eu diria que estava... verificando se ele preencheu o canhoto corretamente. Sim. É o que direi que estava fazendo se ele perguntar.

Mas ele não pergunta. Retorna à mesa, silenciosamente guarda no bolso o talão de cheques e diz educadamente:

– Você já terminou?

– Sim – digo. – Já sim, obrigada.

Estou procurando soar o mais natural possível – mas tenho consciência de que minha voz está cheia de culpa, e meu rosto está quente.

– Está bem – diz ele. – Bem, já paguei a conta... vamos indo?

E terminou. É o fim do encontro. Com uma cortesia impecável, Tarquin me leva até a porta do Pizza Express, para um táxi e paga ao motorista pela corrida de volta a Fulham. Não me atrevo a perguntar-lhe se gostaria de voltar ou sair para um drinque em algum outro lugar. Sinto um frio em minha coluna que me impede de pronunciar as palavras. Assim, nos beijamos no rosto e ele me diz que teve uma noite encantadora, e eu agradeço a ele novamente pela noite maravilhosa.

Durante todo o caminho de volta a Fulham sinto o meu estômago tenso, imaginando o que ele viu exatamente.

QUANDO O TÁXI para em frente ao nosso prédio, digo boa-noite ao motorista e apanho minhas chaves. Estou pensando que vou entrar e preparar um banho quente de banheira e, calmamente, procurar entender o que aconteceu lá de fato. Será que Tarquin realmente me viu bisbilhotando seu talão de cheques? Talvez ele tenha apenas me visto colocá-lo de volta no seu lugar. Ou, quem sabe, não tenha visto nada.

Mas então por que de repente ficou tão frio e distante? Deve ter visto algo, suspeitado de algo. E depois, deve ter percebido a maneira que fiquei vermelha e não consegui olhar nos seus olhos. Ah, Deus, por que sempre tenho de parecer tão culpada? Eu nem estava *fazendo* nada. Só estava curiosa. Isso é um crime tão grave assim?

Talvez eu devesse ter dito algo logo, ter feito uma piada sobre o assunto. Ter transformado o ocorrido num incidente leve e divertido. Mas que tipo de piada se pode fazer sobre bisbilhotar o talão de cheques de alguém? Ah, Deus, eu sou tão *burra*. Por que fui tocar no maldito talão? Eu devia ter ficado sentada apenas, quieta, tomando meu drinque.

Mas em minha defesa... ele o deixou sobre a mesa, não deixou? Ele não pode ser tão reservado sobre isso. E eu não tenho *certeza* de que ele me viu examinando o talão, tenho? Talvez não tenha visto. Talvez eu só esteja paranoica.

Quando coloco minha chave na fechadura, na verdade estou me sentindo bem positiva. Tudo bem, então Tarquin não estava tão amável no fim, mas devia estar se sentindo doente ou algo assim. Ou talvez não estivesse querendo me pressionar. Amanhã vou mandar um bilhete para ele agradecendo o jantar e sugerindo uma saída para assistir a um concerto de Wagner juntos. Excelente ideia. E vou estudar um pouco sobre os Prelúdios para que, se ele me perguntar qual outra vez, eu saiba exatamente o que dizer. Sim! Assim tudo vai ficar bem. Nunca precisava ter me preocupado.

Abro a porta, desabotoando meu mantô e então meu coração dá um nó. Suze está me esperando no hall. Ela está sentada na escada, me esperando e com uma expressão estranha no rosto.

– Ah, Bex – diz ela, e balança a cabeça repreensiva. – Acabei de falar com Tarquin.

– Ah, bem – digo, procurando parecer natural, mas ciente de que minha voz parece um guincho amedrontado. Viro-me para o outro lado, pego meu mantô e lentamente desfaço minha echarpe, ganhando tempo. – O que exatamente ele lhe disse?

– Acho que não tem sentido perguntar a você *por quê*? – diz ela após uma pausa.

– Bem – gaguejo, sentindo-me enjoada. Deus, um cigarro cairia bem.

– Não estou *culpando* você, ou algo assim. Só achei que deveria... – Ela balança a cabeça e suspira. – Você não poderia tê-lo rejeitado de um modo mais gentil? Ele parecia bastante chateado. O pobre estava mesmo entusiasmado, você sabe.

Isso não está fazendo sentido. Rejeitá-lo mais gentilmente?

– O que exatamente... – umedeço os lábios secos. – O que exatamente ele disse?

– Bem, ele só estava telefonando realmente para dizer que você esqueceu seu guarda-chuva – diz Suze. – Aparentemente um dos garçons veio correndo atrás de vocês com ele. Mas naturalmente perguntei-lhe como tinha sido a noite...

– E... e o que ele disse?

– Bem – diz Suze, e encolhe um pouco os ombros. – Ele disse que vocês tinham se divertido muito, mas que você tinha deixado claro que não queria vê-lo novamente.

– Ah!

Deslizo para o chão me sentindo meio fraca. Então foi isso. Tarquin me viu mesmo folheando seu talão de cheques. Acabei com minhas chances com ele completamente.

Mas ele não disse a Suze o que eu tinha feito. Protegeu-me. Fingiu que tinha sido decisão minha não continuar. Foi um cavalheiro.

Na verdade, ele foi um cavalheiro a noite toda, não foi? Foi gentil, charmoso e educado comigo. E tudo o que fiz durante a noite toda foi contar-lhe mentiras.

De repente tenho vontade de chorar.

– Só acho uma pena – diz Suze. – Quero dizer, sei que a escolha é sua e tudo mais, mas ele é um cara tão gentil. E gosta de você há séculos! Vocês dois seriam perfeitos juntos. – Ela me lança um olhar adulador. – Não há a menor chance de você sair com ele de novo?

– Eu... eu honestamente acho que não – digo numa voz arranhada. – Suze... estou um pouco cansada. Acho que vou para a cama.

E, sem encontrar seus olhos, levanto-me e lentamente caminho pelo corredor em direção ao quarto.

BANK OF LONDON
London House
Mill Street EC3R 4DW

Srta. Rebecca Bloom
Apto. 2
4 Bruney Rd
Londres SW6 8FD

23 de março de 2000

Prezada Srta. Bloom:

Muito obrigado por sua solicitação de um Empréstimo Fone Fácil no Bank of London.

Infelizmente "comprar roupas e maquiagem" não foi considerado um objetivo adequado para um empréstimo tão substancial, e sua solicitação foi rejeitada pela nossa equipe de crédito.

Muito obrigada por considerar o Bank of London.

Atenciosamente,
Margaret Hopkins
Consultora de Empréstimos

ENDWICH BANK
Agência Fulham
3 Fulham Rd
Londres SW6 9JH

Srta. Rebecca Bloom
Apto. 2
4 Burney Rd
Londres SW6 8FD

24 de março de 2000

Prezada Srta. Bloom·

Estou escrevendo para confirmar nosso encontro às 9h30 na segunda-feira, 27 de março, aqui em nosso escritório de Fulham. Por favor, mencione meu nome na recepção.

Aguardo ansiosamente por revê-la.

Subscrevo-me.

Atenciosamente,
Derek Smeath
Gerente

ENDWICH – PORQUE NOS IMPORTAMOS

15

Em toda a minha vida, nunca me senti tão mal quanto agora que estou acordando na manhã seguinte. Nunca.

A primeira sensação do dia é dor. Faíscas de dor explodindo quando tento mexer minha cabeça; quando tento abrir os olhos; quando tento desvendar alguns dados básicos como: Quem sou eu? Que dia é hoje? A esta hora, eu já deveria estar em algum outro lugar?

Durante algum tempo fico deitada, quieta, ofegante pelo esforço de simplesmente estar viva. De fato, meu rosto está ficando vermelho e estou quase começando a hiperventilar, então me forço a relaxar e respirar pausadamente. *Inspiro... expiro, inspiro... expiro.* Tento convencer-me de que logo voltarei ao normal e me sentirei melhor. *Inspiro... expiro, inspiro... expiro.*

Tudo bem... Rebecca. É isso mesmo. Sou Rebecca Bloom, não sou? *Inspiro... expiro, inspiro... expiro.*

Que mais? Jantar. Jantei com alguém na noite passada. *Inspiro... expiro, inspiro... expiro.*

Pizza. Comi pizza. E com quem eu estava mesmo? *Inspiro... expiro, inspiro...*

Tarquin.

Expiro.

Ah, Deus. Tarquin.

Folhear o talão de cheques. Tudo arruinado. Tudo minha culpa.

Uma onda familiar de desespero me inunda e fecho os olhos, procurando acalmar minha cabeça latejante. Ao mesmo tempo, me recordo de que na noite passada, quando voltei para o meu quarto, achei a meia garrafa de uísque com que a Scottish Prudential havia me presenteado, ainda pousada sobre a minha penteadeira. Abri – apesar de não gostar de uísque – e bebi... bem, certamente alguns bons goles. O que talvez possa explicar por que estou me sentindo tão mal agora.

Lentamente faço um enorme esforço para ficar sentada e tento ouvir algum barulho de Suze, mas não consigo ouvir nada. O apartamento está vazio. Só eu.

Eu e meus pensamentos

Que, para ser sincera, não consigo aguentar. Minha cabeça está latejando e eu me sinto pálida e trêmula – mas preciso ir andando: distrair-me. Vou sair, tomar uma xícara de café em algum lugar quieto e procurar me refazer.

De algum modo consigo sair da cama, cambalear até minha cômoda e me olhar no espelho. Não gosto do que vejo. Minha pele está verde, minha boca está seca e meu cabelo está grudado na pele em partes. Mas pior que tudo é a expressão do meu olhar: vago, miseravelmente repugnante. Na noite passada eu recebi uma chance, uma oportunidade fantástica, numa bandeja de prata. E joguei tudo no lixo. Deus, sou um desastre. Não mereço viver.

Dirijo-me à King's Road, para me perder no alvoroço anônimo. O ar está frio, e enquanto ando pela rua, é quase impossível esquecer a noite passada. Quase, mas não propriamente.

Entro na Aroma, peço um cappuccino grande e procuro tomá-lo normalmente. Como se tudo estivesse bem e eu fosse só mais uma garota que sai num domingo para umas compras. Mas não consigo. Não consigo fugir dos meus pensamentos. Eles giram dentro da minha cabeça como um disco que não para, tocando ininterruptamente.

Se pelo menos eu não tivesse pego seu talão de cheques. Se pelo menos eu não tivesse sido tão *burra*. Tudo estava indo tão bem. Ele realmente gostava de mim. Nós estávamos de mãos dadas. Ele estava planejando me chamar para sair de novo. Ah, Deus, se eu pudesse voltar atrás, começar tudo de novo...

Não pense nisso. Não pense sobre o que poderia ter sido. É intolerável demais. Se eu tivesse agido certo, provavelmente estaria sentada aqui tomando café com Tarquin, não é? Provavelmente estaria a caminho de me tornar a 15ª mulher mais rica do país.

Mas em vez disso... o quê?

Tenho dívidas até o pescoço. Tenho uma reunião com o gerente do meu banco na segunda-feira cedo. Não tenho a menor ideia do que farei. Nenhuma ideia mesmo.

Miseravelmente, tomo um gole de café e desembalo meu pequeno chocolate. Não estou em clima de chocolate, mas o coloco na boca assim mesmo.

O pior de tudo – o pior mesmo – é que eu estava realmente começando a gostar de Tarquin. Talvez ele não seja uma dádiva de Deus no quesito beleza, mas é muito gentil, e até engraçado ao seu modo. E aquele broche foi mesmo um toque muito carinhoso.

E o cuidado dele em não contar a Suze o que tinha me visto fazer. E a forma como ele *acreditou em mim* quando contei que gostava de cachorros e de Wagner e dos malditos violinistas de Malauí. O jeito dele tão completa e absolutamente sem malícia.

Ah, Deus, agora eu realmente vou começar a chorar.

Abruptamente, enxugo os olhos, esvazio minha xícara e me levanto. Já na rua eu hesito, depois começo a andar rápido.

Talvez a brisa sopre esses pensamentos insuportáveis para longe da minha cabeça. Talvez eu me sinta melhor daqui a pouco.

Mas ando muito e ainda não me sinto melhor. Minha cabeça está doendo e meus olhos estão vermelhos. Um drinque realmente poderia me fazer bem. Só algum negocinho, para me fazer sentir um pouco melhor. Um drinque, um cigarro, ou...

Olho e estou na frente da Octagon. A loja que mais amo neste mundo. Três andares de roupas, acessórios, móveis, presentes, cafés, sucos naturais e um florista que faz você querer encher sua casa de flores.

Minha bolsa está comigo.

Só algum negocinho para me alegrar. Uma camiseta ou algo assim. Ou até mesmo sais de banho. Eu *preciso* comprar algo para mim. Não vou gastar muito. Só vou entrar e...

Já estou empurrando a porta de entrada. Ah, Deus, o alívio. O calor, a luz. É a este lugar que eu pertenço. Este é meu hábitat natural.

SÓ QUE, mesmo quando me dirijo para as camisetas, não estou tão feliz quanto deveria. Examino as prateleiras procurando recriar a alegria que geralmente sinto ao comprar para mim um pequeno presente – mas, de algum modo, hoje me sinto um pouco vazia. Ainda assim, escolho um top curtinho com uma estrela prateada no meio e o coloco sobre o braço, dizendo a mim mesma que já me sinto melhor. Depois vejo uma prateleira de robes. Um robe novo me faria bem, de fato.

Quando passo os dedos num lindo robe de flanela branco, ouço uma vozinha no fundo da minha cabeça, como um rádio baixo. *Não faça isso. Você está endividada. Não faça isso. Você está endividada.*

Sim, bem, talvez eu esteja.

Mas, francamente, o que isso importa agora? Já é tarde demais para fazer alguma diferença. Já estou devendo, posso muito bem ficar devendo um pouco mais. Quase como um bárbaro, tiro o robe da prateleira e coloco-o sobre o braço. Depois pego os chinelos de flanela combinando. Não faz sentido comprar um sem o outro.

O balcão de saída fica bem à minha esquerda, mas eu o ignoro. Ainda não terminei. Dirijo-me à escada rolante e subo para o andar de artigos para casa. Está na hora de comprar um edredom novo. Branco, para combinar com meu robe novo. E um par de travesseiros gigantes.

Toda vez que acrescento algum item à minha pilha, sinto um pequeno arrepio de prazer, como no momento de soltar fogos. E, por um instante, tudo está bem. Mas depois, aos poucos, a luz e os brilhos desaparecem e fica só a escuridão fria novamente. E então eu procuro alucinadamente em volta por algo mais. Uma enorme vela aromatizada. Um conjunto de gel de banho e creme hidratante Jo Malone. Uma bolsa de *pot-pourri* feita à mão. À medida que acrescento cada peça, sinto um arrepio – e depois escuridão. Mas os arrepios estão ficando cada vez mais fracos. Por que será que o prazer não permanece? Por que não me sinto mais feliz?

– Posso ajudá-la? – diz uma voz, interrompendo meus pensamentos. Uma jovem vendedora, usando a roupa da Octagon – blusa branca e calças de linho –, aproximou-se e está olhando para minha pilha de compras no chão. – Quer que eu separe alguns enquanto você continua comprando?

– Ah – digo sem expressão, e olho para o que acumulei. A pilha já está imensa. – Não, não se preocupe. Só vou... só vou pagar estas coisas.

De algum modo conseguimos arrastar todas as minhas compras pelo chão de madeira até o caixa elegante de granito no meio da loja e a vendedora começa a registrar tudo. O preço dos travesseiros foi reduzido, o que eu nem tinha percebido e, enquanto ela está verificando o preço exato, uma fila começa a se formar atrás de mim.

– São 370,56 libras – diz ela finalmente e sorri para mim. – Como gostaria de pagar?

– Hum... cartão Switch – digo e pego minha bolsa. Enquanto ela está passando o cartão, olho para minhas sacolas de compra e fico imaginando como vou levar tudo isso para casa.

Mas imediatamente meus pensamentos vão embora. Não quero pensar na minha casa. Não quero pensar em Suze, Tarquin, ou a noite passada. Ou qualquer lembrança relativa a isso.

– Sinto muito – diz a garota, se desculpando –, mas há algum problema com seu cartão. A compra não foi autorizada. – Ela o devolve. – Tem algum outro?

– Ah – digo, levemente sem jeito. – Bem... aqui está meu cartão VISA.

Que vergonha. E afinal, o que há de errado com meu cartão? Preciso reclamar com o banco sobre isso.

O banco. Encontro amanhã, com Derek Smeath. Ah, Deus. Não pense nisso. Rápido, pense em algo além. Olho para o chão. Dou uma olhada pela loja. Uma fila de pessoas, razoavelmente grande, já se formou atrás de mim e ouço tosses e pigarros. Todos estão me aguardando. Quando olho para a mulher atrás de mim, sorrio sem graça.

– Não – diz a moça. – Este também não serve.

O quê? Eu me viro em estado de choque. Como pode meu cartão VISA não servir? É meu cartão *VISA*, pelo amor de Deus. Aceito no mundo inteiro. O que está acontecendo? Não faz nenhum sentido. Não faz nenhum...

Meus pensamentos são interrompidos por uma terrível sensação fria que começa a tomar conta de mim. Todas essas cartas. Essas cartas que tenho guardado na gaveta da cômoda. Certamente elas não podem...

Não. Não diga que cancelaram meu cartão. Eles não podem ter feito isso.

Meu coração começa a disparar de pânico. Sei que não tenho sido muito boa em pagar minhas contas, mas preciso do meu cartão VISA. *Preciso* dele. Eles não podem simplesmente cancelá-lo assim sem mais nem menos. De repente, sinto-me um pouco trêmula.

– Há outras pessoas esperando – diz a garota, apontando para a fila. – Portanto, se não puder pagar...

– Claro que posso pagar – digo com firmeza, consciente de que meu rosto já está queimando de vermelho. Com as mãos tremendo, procuro na bolsa e acabo achando meu cartão prateado da Octagon. Estava escondido sob os outros, portanto não devo tê-lo usado por algum tempo. – Aqui – digo. – Comprarei tudo com ele.

– Está bem – diz a garota num tom rude e, num golpe, pega o cartão.

Somente quando estamos aguardando em silêncio pela autorização, começo a pensar se realmente paguei minha conta da Octagon. Enviaram-me uma carta malcriada algum tempo atrás, não foi? Algo a respeito de uma dívida pendente. Mas tenho certeza de que paguei tudo, séculos atrás. Ou pelo menos, uma parte. Não paguei? Tenho certeza de que eu...

– Vou precisar dar um rápido telefonema – diz a vendedora, olhando para a tela à sua frente. Ela pega o fone próximo à caixa registradora e disca um número.

– Olá – diz ela. – Sim, gostaria que verificasse um número de conta...

Atrás de mim, alguém suspira alto. Posso sentir meu rosto ficando cada vez mais quente. Não ouso olhar em volta. Não ouso me mover.

– Entendo – diz a vendedora finalmente e coloca o fone no gancho. Olha para mim e, só de ver a expressão em seu rosto, meu estômago dá um nó. Sua expressão deixou de ser polida. É claramente hostil.

– Nosso departamento financeiro pede que a senhora entre em contato com eles com urgência – diz ela num tom áspero. – Vou lhe dar o número.

– Está bem – digo, procurando parecer calma. Como se isso fosse um pedido razoavelmente normal. – Está bem, vou fazer isso. Obrigada. – Estendo a mão para receber meu cartão. Não estou mais interessada nas minhas compras. Tudo o que desejo fazer é sair daqui o mais rápido possível.

– Sinto muito, creio que sua conta foi bloqueada – diz a vendedora, sem abaixar a voz. – Vou ter de ficar com seu cartão.

Olho para ela sem acreditar, sentindo meu rosto pinicar de choque. Atrás de mim há um burburinho e os demais clientes começam a cutucar-se uns aos outros.

– Portanto, a não ser que tenha outro meio de pagar... – ela acrescenta, olhando para minha pilha de coisas no balcão. Meu robe de flanela. Meu edredom novo. Minha vela aromática. Uma enorme, notável pilha de compras. De repente, a visão daquilo tudo faz-me sentir enjoada.

Num estado de torpor, balanço a cabeça. Sinto-me como se tivesse sido pega roubando.

– Elsa – chama a vendedora. – Você pode cuidar disso, por favor? A cliente não vai fazer a compra afinal. – Ela aponta para a pilha de itens e a outra vendedora empurra a pilha pelo balcão, para fora do caminho, com o rosto deliberadamente inexpressivo.

– Próximo, por favor.

A mulher atrás de mim dá um passo à frente, evitando meu olhar, e, lentamente, eu me viro para o outro lado. Nunca me senti tão humilhada em toda a minha vida. O andar inteiro parece estar olhando para mim – os clientes, os vendedores, todos sussurrando e se cutucando. *Você viu? Viu o que aconteceu?*

Com as pernas cambaleantes, me afasto, sem olhar para os lados. Isso é um pesadelo. Só preciso sair, o mais rápido possível. Preciso sair da loja e ir para a rua e ir...

Ir para onde? Para casa, eu suponho.

Mas não posso voltar e encarar Suze e ouvi-la continuar falando sobre quanto Tarquin é gentil. Ou até pior, arriscar dar de cara com ele. Ah, Deus. Só de pensar fico enjoada.

O que vou fazer? Para onde vou?

Tremendo, começo a andar pela calçada, desviando o olhar das vitrines que parecem estar zombando de mim. O que posso fazer? Para onde posso ir? Sinto-me vazia, quase desmaiando de pânico.

Paro numa esquina, espero o sinal fechar e olho sem expressão para os coletes de *cashmere* numa vitrine à minha esquerda. E de repente, ao ver um colete de golfe vermelho Pringle, lágrimas de alívio brotam em meus olhos. Há um lugar para onde posso ir. Um lugar para onde sempre posso ir.

A casa de meus pais.

16

Quando apareço na casa dos meus pais naquela tarde, sem nenhum aviso, dizendo que quero ficar por alguns dias, não posso dizer que parecem chocados ou mesmo surpresos.

Na verdade, parecem tão pouco surpresos que começo a pensar se estiveram esperando por esta eventualidade o tempo todo, desde que me mudei para Londres. Será que, a cada semana, ficaram esperando que eu chegasse na porta de casa sem bagagem e com os olhos vermelhos? Certamente estão tão calmos quanto uma equipe de médicos experientes atuando num procedimento de emergência.

Exceto que certamente a equipe de médicos não ficaria o tempo todo debatendo sobre a melhor maneira de ressuscitar o paciente. Depois de alguns minutos, sinto vontade de ir lá fora e tocar a campainha de novo enquanto eles decidem sobre seu plano de ação.

– Vá lá para cima e tome um bom banho quente – diz mamãe, assim que coloco no chão minha bagagem de mão. – Imagino que esteja exausta!

– Ela não precisa tomar um banho se não quiser! – retruca papai. – Quem sabe prefere um drinque! Quer um drinque, minha querida?

– Isso *tem cabimento*? – pergunta mamãe, com um olhar significativo de "E Se Ela For Uma Alcoólatra?" que, supostamente, eu não deveria perceber.

– Não quero um drinque, obrigada – digo. – Mas adoraria uma xícara de chá.

– Claro! – diz mamãe. – Graham, vá até a cozinha e ponha a chaleira no fogo. -- E envia-lhe um outro olhar significativo. Logo que ele desaparece na cozinha, ela se aproxima de mim e diz, numa voz mais baixa,

– Você está bem, querida? Tem algo... errado?

Ah, Deus, não há nada como a voz preocupada de nossa mãe quando nos sentimos deprimidos para nos fazer cair no choro.

– Bem – digo, numa voz levemente insegura. – Já estive melhor. Só estou... numa situação um pouco difícil no momento. Mas vai ficar tudo bem no fim. – Encolho um pouco os ombros e desvio o olhar.

– Porque... – ela abaixa a voz mais ainda. – Seu pai não é tão antiquado quanto parece. E eu sei que se fosse o caso de nós cuidarmos de um... um bebê, enquanto você prossegue na sua carreira...

O quê?

– Mamãe, não se preocupe! – exclamo prontamente. – Não estou grávida!

– Eu nunca disse que estava – diz ela e cora um pouco. – Só queria oferecer nosso apoio a você.

Droga, viu como são meus pais? Eles assistem a novelas demais, esse é o problema. De fato, é provável que estivessem *ansiosos* para eu estar grávida. Do meu amante malvado e casado a quem eles poderiam então matar e enterrar no jardim.

E que negócio é esse de "oferecer a você nosso apoio", afinal? Minha mãe nunca diria isso antes de ter começado a assistir Ricki Lake todas as tardes.

– Bem, vamos – diz ela. – Vamos sentar e tomar uma boa xícara de chá.

E assim eu a sigo em direção à cozinha e nós todos sentamos para uma boa xícara de chá. E, devo dizer, é muito bom. Chá quente forte e um biscoito de *bourbon* com chocolate. Perfeito. Fecho meus olhos e tomo alguns goles, depois abro-os novamente, para ver ambos me observando com uma curiosidade visível. Imediatamente minha mãe dá um sorriso e meu pai finge tossir, mas posso ver que eles estão *se contendo* para não perguntar o que há de errado.

– Então – digo cautelosa, e ambos levantam a cabeça. – Vocês dois estão bem, não é?

– Ah, sim – diz minha mãe. – Sim, *nós* estamos bem.

Segue-se um silêncio.

– Becky? – diz meu pai com voz grave, e mamãe e eu nos viramos para fitá-lo. – Você está com algum problema de que deveríamos saber? Só nos diga se quiser – ele logo acrescenta. – E quero que saiba: estamos do seu lado.

Essa é outra droga que viram na TV também. Meus pais deviam realmente sair um pouco mais.

– Você está bem, querida? – diz mamãe suavemente, e soa tão doce e compreensiva que, involuntariamente, me vejo apoiando a caneca na mesa com a mão trêmula e dizendo:

– Para falar a verdade, estou numa situação difícil. Não queria preocupar vocês, por isso não disse nada até agora... – Posso sentir as lágrimas correndo no meu rosto.

– O que está havendo? – pergunta mamãe numa voz de pânico. – Ah, Deus, você não está usando drogas, está?

– Não, não estou usando drogas! – exclamo. – Só estou... É só que eu... Eu... – Tomo um bom gole de chá. Anda, Rebecca, simplesmente *diga*.

Fecho os olhos e comprimo as mãos com força em torno da caneca.

– A verdade é... – digo lentamente.

– Sim? – diz mamãe.

– A verdade é... – Abro os olhos. – Estou sendo perseguida. Por um homem chamado... Derek Smeath.

Faz-se silêncio até que meu pai suspira ruidosamente.

– Eu sabia! – diz minha mãe numa voz aguda e frágil. – Eu sabia! Eu sabia que havia algo errado!

– Nós todos sabíamos que havia algo errado! – diz meu pai e apoia os cotovelos fortemente sobre a mesa. – Há quanto tempo isso está acontecendo, Becky?

– Ah, hum... há meses – digo, olhando para minha caneca de chá. – Está só... me incomodando, na verdade. Não é nada tão sério assim. Mas eu simplesmente não conseguia mais lidar com isso.

– E quem é esse Derek Smeath? – pergunta papai. – Nós o conhecemos?

– Creio que não. Eu o conheci... eu o conheci através do trabalho.

– Claro que sim! – diz mamãe. – Uma garota jovem e bonita como você, com uma carreira de sucesso... Eu sabia que isso iria acontecer!

– Ele é jornalista também? – pergunta papai, e eu balanço a cabeça.

– Trabalha para o Endwich Bank. Faz negócios como... como ligar e fingir que é responsável pela minha conta no banco. Ele é realmente convincente.

Ficamos em silêncio enquanto meus pais digerem o que acabei de dizer e eu como outro chocolate com *bourbon.*

– Bem – diz mamãe, finalmente. – Acho que devemos ligar para a polícia.

– Não! – exclamo, cuspindo restos pela mesa toda. – Não quero a polícia! Ele nunca me ameaçou ou algo assim. Na realidade, não é um invasor de forma alguma. Ele só é um saco. Achei que se eu desaparecesse por algum tempo...

– Entendo – diz papai e olha para mamãe. – Bem, isso faz sentido.

– Então o que sugiro – digo, entrelaçando as mãos sobre o colo – é que se ele telefonar, vocês digam que viajei para o exterior e vocês não têm um número de onde estou. E... se alguém mais ligar, digam o mesmo. Até Suze.

– Tem certeza? – pergunta mamãe, franzindo a sobrancelha. – Não seria melhor ir à polícia?

– Não! – digo rápido. – Isso só o faria sentir-se importante. Só quero desaparecer por um tempo.

– Está bem – diz papai. – Da minha parte, você não está aqui.

Ele estende a mão por cima da mesa e aperta a minha. E quando vejo a preocupação em seu rosto, me odeio pelo que estou fazendo. Sinto-me tão culpada que, por um instante, acho que poderia simplesmente cair no choro e dizer-lhes tudo, de verdade.

Mas... não posso fazer isso. Simplesmente não posso contar aos meus pais, gentis e amorosos, que sua filha tida como tão bem-sucedida com seu dito emprego de alto nível é, na realidade, uma desorganizada, uma... fraude, com dívidas até o pescoço.

E ASSIM, jantamos (empadão da Cumberland Waitrose) e assistimos juntos a uma adaptação de Agatha Christie. Depois, subo as escadas em direção ao meu antigo quarto, visto uma camisola velha e vou para a cama. E quando acordo na manhã seguinte, me sinto feliz e descansada como não me sentia há semanas.

Acima de tudo, olhando para o teto de meu velho quarto, sinto-me segura. Isolada do mundo, embrulhada em lã de algodão, como num casulo. Ninguém pode me pegar aqui. Ninguém nem *sabe* que estou aqui. Eu não vou receber nenhuma carta malcriada e não vou receber visitas desagradáveis. É como um santuário. Toda a responsabilidade foi tirada dos meus ombros. Sinto-me como se tivesse 15 anos novamente, sem ter nada com que me preocupar exceto meu dever de casa (e eu nem tenho um).

Já passa das 9 horas quando acordo e levanto da cama. Ao fazê-lo lembro que a muitos quilômetros dali, em Londres, Derek Smeath está esperando que eu chegue para uma reunião daqui a meia hora. Sinto uma leve dorzinha no estômago e por um instante penso em telefonar para o banco e dar alguma desculpa. Mas, mesmo enquanto penso nisso, sei que não vou fazê-lo. Nem quero me lembrar da existência do banco. Quero esquecer tudo.

Nada disso existe mais. Nem o banco, nem o VISA, nem a Octagon. Tudo eliminado da minha vida, num piscar de olhos.

O único telefonema que dou é para o escritório, pois não quero que eles me demitam na minha ausência. Telefono às 9h20 – antes de Philip chegar – e falo com Mavis, na recepção.

– Alô, Mavis? – digo grasnando. – Aqui é Rebecca Bloom. Pode dizer ao Philip que estou doente?

– Ah, coitada! – diz Mavis. – É bronquite?

– Não estou bem certa – resmungo. – Tenho uma hora no médico mais tarde. Preciso ir. Tchau.

E pronto. Um telefonema e estou livre. Ninguém suspeita de nada, por que deveriam? Sinto-me leve de alívio. É tão fácil escapar. Tão simples. Eu devia ter feito isso há muito tempo.

No fundo da minha mente, como um pequeno *gremlin* mau, está a consciência de que não poderei ficar aqui para sempre. De que, mais cedo ou mais tarde, as pendências começarão a me pegar.

Mas, pelo menos, não vai ser agora. Não por um bom tempo ainda. E, por enquanto, não vou pensar nisso. Só vou tomar uma boa xícara de chá, assistir ao programa *Morning Coffee* e esvaziar minha cabeça completamente.

Quando entro na cozinha, papai está sentado à mesa, lendo o jornal. Há um aroma de torrada no ar e o rádio está ligado ao fundo. Exatamente como quando eu era mais jovem e morava em casa. A vida era simples, naquela época. Era tão fácil. Nenhuma conta, nenhuma exigência, nenhuma carta ameaçadora. Uma enorme onda de nostalgia me domina e me afasto para encher a chaleira, piscando levemente.

– Notícia interessante – comenta papai, apontando para o *Daily Telegraph*.

– Ah, é? – digo, introduzindo um saquinho de chá numa caneca. – Do que se trata?

– A Scottish Prime assumiu o controle da Flagstaff Life.

– Ah, sim – digo vagamente. – Isso mesmo. Acho que já tinha ouvido falar que isso ia acontecer.

– Todos os investidores da Flagstaff Life vão receber bonificação. A maior já recebida, aparentemente.

– Minha nossa – digo, procurando parecer interessada. Pego um exemplar da *Good Housekeeping*, abro e começo a ler meu horóscopo.

Mas algo está perturbando minha mente. Flagstaff Life. Por que soa tão familiar? Com quem eu estava falando sobre...

– Martin e Janice da casa ao lado! – exclamo de repente. – Eles têm Flagstaff Life! Há 15 anos.

– Então vão se dar bem – diz papai. – Quanto mais tempo, mais dinheiro a receber, aparentemente.

Ele vira a página com um estalo e eu me sento à mesa com minha caneca de chá e a *Good Housekeeping* aberta num artigo sobre como fazer bolos de Páscoa. Não é justo, me percebo pensando ressentida. Por que eu não posso receber um pagamento de bonificação? Por que o Endwich Bank não muda de dono? Aí eles poderiam me pagar uma bonificação suficientemente grande para saldar minha dívida com o cheque especial. E, de preferência, demitir Derek Smeath ao mesmo tempo.

– Algum plano para hoje? – pergunta papai olhando para mim.

– Não exatamente – digo e tomo um gole de chá.

Algum plano para o resto da minha vida? Não exatamente.

FINALMENTE, passo uma manhã agradável e sem desafios ajudando mamãe a separar uma pilha de roupas para um bazar, e às 12h30 entramos na cozinha para fazer um sanduíche. Quando olho para o relógio, o fato de que eu deveria estar no Endwich Bank três horas atrás passa num *flash* pela minha cabeça – mas muito longe, como um som distante. Toda minha vida em Londres parece remota e irreal agora. É *aqui* o meu lugar. Longe da multidão enlouquecida, em casa com meus pais, vivendo um período calmo e sem complicações.

Após o almoço, passeio pelo jardim com um dos catálogos de compras pelo correio de minha mãe e vou me sentar no banco sob a macieira. Um instante depois, ouço uma voz do outro lado da cerca e olho. É Martin da casa ao lado. Hum. Não me sinto muito inclinada a conversar com o Martin no momento.

– Olá, Becky – diz ele suavemente. – Você está bem?

– Estou bem, obrigada – respondo logo. *E não gosto de seu filho*, sinto vontade de acrescentar.

– Becky – diz Janice, aparecendo ao lado de Martin, com uma espátula nas mãos. E me dirige um olhar preocupado. – Soubemos de seu... *perseguidor* – murmura ela.

– É criminoso – comenta Martin irritado. – Essas pessoas deveriam estar atrás das grades.

– Se houver algo que possamos fazer – diz Janice. – Qualquer coisa. É só nos informar.

– Estou bem, realmente – digo eu, levemente mais suave com eles. – Só quero ficar aqui por um tempo. Sair disso tudo.

– Claro que sim – diz Martin. – Garota esperta.

– Eu estava dizendo ao Martin esta manhã – diz Janice – que você deveria contratar um segurança.

– Cuidado nunca é demais – diz Martin. – Não nos dias de hoje.

– O preço da fama – diz Janice, balançando a cabeça penalizada. – Preço da fama.

– Bem – digo eu, procurando me afastar do assunto do meu perseguidor. – Como estão passando?

– Ah, estamos bem – diz Martin. – Eu suponho. – Para minha surpresa, há uma alegria levemente forçada na sua voz. Faz-se uma pausa e ele olha para Janice, que franze a sobrancelha e balança ligeiramente a cabeça.

– De qualquer modo vocês devem estar contentes com as notícias – digo alegre. – Sobre a Flagstaff Life.

Faz silêncio.

– Bem – diz Martin. – Estaríamos.

– Ninguém poderia saber – diz Janice, encolhendo os ombros. – É uma dessas coisas. Foi jogar com a sorte.

– O que é? – digo confusa. – Pensei que vocês estavam recebendo alguma bonificação enorme.

– Parece... – Martin coça o rosto. – Parece que não no nosso caso.

– Mas... mas por quê?

– Martin telefonou para eles esta manhã – diz Janice. –

 Para ver quanto nós receberíamos. Eles estavam dizendo

nos jornais que os investidores antigos receberiam *milhares de libras*. Mas... – Ela olha para Martin.

– Mas o quê? – pergunto, sentindo uma pontada de alarme.

– Aparentemente não temos mais direito – diz Martin numa voz estranha. – Desde que mudamos nosso investimento. Nosso fundo antigo teria se qualificado, mas... – ele tosse. – Quero dizer, vamos receber *alguma* quantia, mas serão apenas umas 100 libras.

Olho para ele estupefata.

– Mas vocês só trocaram...

– Duas semanas atrás – diz ele. – Essa é a ironia. Se tivéssemos segurado só um pouquinho mais... Ainda assim, o que está feito está feito. Não tem cabimento lamentar sobre isso. – Ele encolhe os ombros indicando resignação, e sorri para Janice, que sorri de volta.

E eu desvio o olhar e mordo meu lábio.

Uma sensação fria e desagradável sobe pelas minhas costas. Eles tomaram a decisão de trocar seu investimento baseados na minha orientação, não foi? Eles me perguntaram se deveriam trocar de fundos, e eu disse vá em frente. Mas agora que estou pensando nisso... eu já não tinha ouvido um boato sobre essa fusão? Ah, Deus. Eu já sabia? Eu poderia ter evitado isso?

– Nós não poderíamos jamais ter sabido que essas bonificações iriam acontecer – diz Janice e deita sua mão confortadora sobre o braço dele. – Eles mantêm essas informações em segredo até o último minuto, não é assim, Becky?

Minha garganta está muito apertada para eu responder. Agora consigo me lembrar de tudo. Foi Alicia quem primeiro mencionou a fusão. No dia anterior à minha vinda para cá. E depois Philip disse algo sobre isso no escritório. Algo sobre acionistas com vantagens indo bem. Exceto... que na verdade eu não estava ouvindo. Acho que estava fazendo minhas unhas naquele momento.

– Eles calculam que nós teríamos recebido 20 mil libras se tivéssemos permanecido com eles – diz Martin, inconsolável. – Fico doente só de pensar. Mas, mesmo assim, Janice está certa. Não poderíamos ter sabido. Ninguém sabia.

Ah, Deus. É tudo minha culpa. Se pelo menos eu tivesse usado meu cérebro e *pensado* pelo menos uma vez na vida...

– Ah, Becky, não fique com essa cara desconcertada! – diz Janice. – Isso não é culpa sua! Você não sabia! Ninguém sabia! Nenhum de nós poderia...

– Eu sabia – ouço-me dizer miserável.

Há um silêncio de surpresa.

– O quê? – diz Janice quase sem voz.

– Eu não *sabia* exatamente – digo, olhando para o chão. – Mas ouvi um boato sobre isso um tempo atrás. Eu deveria ter dito algo quando me perguntaram. Deveria tê-los avisado para aguardarem. Mas eu simplesmente... não pensei. Eu não me lembrei. – Forço-me a olhar para eles e encontrar o olhar espantado de Martin. – Eu... realmente sinto muito. Foi tudo minha culpa.

Faz-se um silêncio, durante o qual Janice e Martin se olham e eu curvo os ombros, me odiando. Dentro da casa posso ouvir o telefone tocando e os passos de alguém que se encaminha para atender.

– Compreendo – diz Martin finalmente. – Bem... não é para se preocupar. Essas situações acontecem.

– Não se culpe, Becky – diz Janice gentilmente. – Foi nossa decisão trocar de fundos, não sua.

– E lembre-se, você tem estado sob muita pressão recentemente – acrescenta Martin, mostrando compreensão com a mão sobre meu braço. – E esse negócio desagradável de perseguição.

Agora eu realmente acho que vou chorar. Não mereço a bondade dessas pessoas. Acabei de levá-las a um prejuízo de 20 mil libras, só por ser preguiçosa demais para me manter em dia com os acontecimentos que deveria saber. Sou uma jornalista de economia, pelo amor de Deus.

E de repente, ali de pé no jardim dos meus pais, caio na maré mais baixa de minha vida. O que tenho a meu favor? Nada. Nadinha. Não consigo controlar meu dinheiro, não consigo fazer meu trabalho e não tenho um namorado. Feri minha melhor amiga, menti para os meus pais e agora arruinei meus vizinhos. Eu devia desistir e ir para um mosteiro budista ou algo assim.

– Becky?

A voz de meu pai nos interrompe e eu olho para ele surpresa. Ele vem caminhando pela grama na nossa direção, com uma expressão perturbada no rosto.

– Becky, não fique alarmada – diz ele –, mas acabei de falar com aquele camarada, Derek Smeath, ao telefone.

– O quê? – digo, sentindo meu rosto transtornar-se de horror.

– O perseguidor? – exclama Janice, e papai acena sobriamente que sim.

– Um camarada bem desagradável, eu diria. Foi realmente bem agressivo comigo.

– Mas como ele sabe que Becky está aqui? – pergunta Janice.

– Obviamente só estava jogando com a sorte – diz papai. – Eu fui bastante civilizado, simplesmente disse a ele que você não estava aqui e que eu não tinha ideia de onde estava.

– E... e o que ele disse? – pergunto numa voz estrangulada.

– Veio com uma história de uma reunião que você teria marcado com ele. – Papai balança a cabeça. – O camarada está obviamente enganado.

– Você deveria trocar o número do seu telefone – aconselha Martin. – Ficar fora da lista.

– Mas de onde ele estava telefonando? – pergunta Janice, elevando a voz alarmada. – Ele pode estar em qualquer lugar! – Ela começa a olhar agitada pelo jardim como se esperando que ele surgisse por trás de um arbusto.

– Exatamente – diz papai. – Portanto, Becky, acho que talvez você devesse entrar agora. Nunca se sabe o que pode acontecer com esses tipos.

– Está bem – digo quase sem voz. Quase não consigo acreditar que isso está acontecendo. Olho para o rosto gentil e preocupado de papai e de repente sinto vontade de desmoronar em lágrimas. Ah, *por que* não contei a ele e à mamãe a verdade? Por que me deixei entrar nesta situação?

– Você parece bastante aturdida, querida – diz Janice e me acaricia batendo de leve no ombro. – Vá e tome uma boa xícara de chá.

– Sim – concordo. – Sim, acho que irei.

E papai me leva gentilmente em direção à casa, como se eu fosse uma inválida.

A SITUAÇÃO ESTÁ FICANDO fora de controle. Agora, não só me sinto um fracasso absoluto, como não me sinto mais segura. Não me sinto isolada e segura, sinto-me exposta e atemorizada. Sento-me no sofá ao lado de minha mãe, tomando chá e assistindo a *Countdown*, e toda vez que ouço um barulho lá fora, dou um pulo de nervoso.

E se Derek Smeath está a caminho daqui? Quanto tempo ele levaria para vir de Londres até aqui dirigindo? Uma hora e meia? Duas, se o trânsito estiver ruim?

Ele não faria isso. É um homem ocupado.

Mas *poderia*.

Ou poderia mandar os agentes da polícia atrás de mim. Ah, Deus. Homens ameaçadores em jaquetas de couro. Meu estômago está apertado de medo. Estou começando a me sentir como se tivesse mesmo um perseguidor.

Quando o intervalo comercial começa, minha mãe pega um catálogo de material de jardinagem.

– Olhe esta linda banheira de passarinho – diz ela. – Vou comprar uma para o jardim.

– Ótimo – murmuro, incapaz de me concentrar.

– Eles também têm umas jardineiras fantásticas – diz ela. – Você poderia colocar umas nas janelas do seu apartamento.

– Sim – digo. – Talvez.

– Devo escrever que estou encomendando duas? Não são caras.

– Não, não precisa.

– Pode pagar com cheque, ou VISA... – acrescenta ela, virando a página.

– Não, realmente, mãe – digo, com a voz já levemente irritada.

– Você poderia simplesmente telefonar para seu cartão VISA e pedir que entreguem...

– Mãe, para! – grito. – Não quero, está bem?

Minha mãe me olha com uma expressão surpresa e meio reprovadora e vira a página do catálogo. E eu olho para ela de volta, com uma sensação sufocante de pânico. Meu cartão VISA não funciona. Meu cartão Switch não funciona. Nada funciona. E ela não tem a menor ideia.

Não pense nisso. Não pense nisso. Pego um exemplar antigo da *Radio Times* na mesa de centro e começo a folheá-lo sem ver nada.

– Foi uma pena o que aconteceu com os pobres Martin e Janice, não é? – diz minha mãe olhando para mim. – Imagina, trocar de fundo duas semanas antes da fusão! Que azar!

– Eu sei – murmuro, olhando para a revista. Não quero ser lembrada do que aconteceu com Martin e Janice.

– Parece uma terrível coincidência – diz mamãe balançando a cabeça. – Que a empresa tenha lançado esse novo fundo logo antes da fusão. Você sabe, deve haver muitas pessoas que fizeram exatamente o mesmo que Martin e Janice, que perderam tudo isso. Lastimável, realmente. – Ela olha para a televisão. – Vejam, está começando de novo.

A música alegre do *Countdown* começa a tocar e aplausos ruidosos soam da televisão. Mas não estou ouvindo nem prestando qualquer atenção às vogais e consoantes. Estou pensando sobre o que minha mãe acabou de dizer. Uma terrível coincidência – mas não foi exatamente uma coincidência, foi? O banco escreveu mesmo para Janice e Martin sugerindo que eles trocassem de fundo. Chegaram a oferecer um incentivo, não foi? Um relógio de parede.

Por que fizeram isso?

De repente, sinto-me alerta. Quero ver a carta da Flagstaff Life e descobrir exatamente quanto tempo antes da fusão eles a mandaram.

– "TÉRMINO" – diz mamãe, olhando para a tela. – São sete. Oh, há um S. Pode ser "TÉRMINOS"?

– Só vou... dar um pulo no vizinho – digo e me levanto. – Não vou demorar nada.

Quando Martin abre a porta, percebo que ele e Janice também estavam na frente da televisão assistindo a *Countdown*.

– Olha – digo, meio envergonhada. – Eu estava pensando... nós poderíamos conversar um pouquinho?

– Claro! – diz Martin. – Entre! Quer um *sherry*?

– Hã? – digo, um pouco surpresa. Quero dizer, não que eu seja contra bebida, claro, mas ainda não são 17 horas. – Bem, está bem então.

– Nunca é cedo demais para um *sherry*! – diz Martin.

– Eu aceito um também, obrigada, Martin – surge a voz de Janice vinda da sala de estar.

Quem diria. Eles são um casal de alcoólatras!

Ah, Deus, talvez isso também seja culpa minha. Talvez seu infortúnio financeiro os tenha levado a buscar abrigo no álcool e na televisão.

– Eu só estava pensando – digo nervosa enquanto Martin entorna um *sherry* marrom-escuro num copo. – Só por curiosidade, será que eu poderia dar uma olhada naquela carta que vocês receberam da Flagstaff Life sugerindo que trocassem de fundo? Eu estava procurando descobrir quando eles a enviaram.

– Chegou no dia em que nos encontramos – diz Martin. – Por que quer vê-la? – Ele levanta o copo. – À sua saúde.

– Tintim. – Saúdo e tomo um gole. – Só estava pensando...

– Venha até a sala – ele interrompe e me leva pelo hall. – Aqui está ela, minha querida – acrescenta ele e entrega a Janice seu *sherry*. – Vamos virar os copos!

– Sssh – retruca ela. – Está na hora do jogo de números! Preciso me concentrar.

– Pensei que eu poderia investigar isso um pouco – sussurro para Martin enquanto o relógio *Countdown* bate. – Sinto-me tão mal quanto a isso.

– Cinquenta vezes 4, 200 – diz Janice de repente. – Seis menos 3, 3; vezes 7, 21; e assim por diante.

– Muito bem, amor! – diz Martin enquanto revira tudo no aparador entalhado em carvalho. – Aqui está a carta – diz ele. – E então, você quer escrever algum artigo ou algo assim?

– Possivelmente – digo. – Você não se importaria, não é?

– Me importar? – E encolhe os ombros. – Não, acho que não.

– Sssh! – diz Janice. – Está no desafio do *Countdown.*

– Está bem – sussurro. – Bem, eu só... eu só vou levar isto, posso?

– Explicar! – diz Janice. – Não, explorar.

– E... obrigada pelo *sherry*. – Tomo um gole grande e estremeço com seu gosto exageradamente doce, depois tiro meus óculos e saio da sala na ponta dos pés.

MEIA HORA DEPOIS, sentada no meu quarto e depois de ler a carta da Flagstaff Life várias vezes, chego à conclusão de que há algo suspeito com relação a ela. Quantos investidores devem ter trocado de fundo depois de receberem essa oferta vagabunda do relógio de parede, perdendo a bonificação a que teriam direito? Mais precisamente, quanto a Flagstaff Life deve ter economizado? De repente, eu realmente quero saber. E mais que isso, eu realmente quero escrever a respeito. Pela primeira vez na minha vida, estou realmente *interessada* numa história da área financeira.

E eu não quero simplesmente escrevê-la para a porcaria da *Successful Saving* tampouco.

O cartão de Eric Foreman ainda está na minha bolsa com o número de seu telefone direto impresso na parte de cima. Olho para ele por um instante, depois me dirijo ao telefone e rapidamente teclo o número antes que eu mude de ideia.

– Eric Foreman, *Daily World* – sua voz ressoa do outro lado da linha.

Ah, Deus. Eu estou realmente fazendo isso?

– Oi – digo nervosa. – Não sei se você se lembra de mim. Rebecca Bloom, da *Successful Saving*. Nos encontramos na entrevista coletiva da Administradora de Bens Sacrum.

– Isso mesmo, nos encontramos sim – diz ele alegremente. – Como vai você, meu anjo?

– Estou bem – respondo, e aperto bem a mão em torno do fone. – Muito bem. Ahn... eu só estava pensando, vocês ainda estão publicando aquela série intitulada "Deve-se Confiar nos Agentes Financeiros?"

– Estamos sim, sempre que possível – responde Eric Foreman. – Por quê?

– É que... – engulo. – É que eu acho que tenho uma história que poderia interessar a vocês.

17

Eu nunca trabalhei com tanto empenho num artigo antes. Nunca.

Note bem, nunca tinham me pedido para escrever em tão pouco tempo. Na *Successful Saving*, temos um mês inteiro para escrever nossos artigos e reclamamos disso. Quando Eric Foreman perguntou "Você pode escrevê-lo até amanhã?", de início achei que estava brincando. Alegremente respondi "Claro!", e quase acrescentei "Na verdade, eu vou mandá-lo para você em cinco minutos!" Depois, *bem* a tempo, percebi que ele falava sério. Caramba!

Sendo assim, bem cedo na manhã seguinte, a primeira atitude que tomo é ir à casa de Martin e Janice com um gravador e anotar exatamente tudo sobre seu investimento e sobretudo os detalhes mais dolorosos, conforme a orientação do Eric.

– Precisamos enfatizar o elemento humano – ele me disse pelo telefone. – Nada de suas reportagens financeiras chatas aqui. Faça-nos lamentar por eles. Faça-nos chorar. Um casal trabalhador, comum, que pensou que poderia confiar em algumas aplicações para assegurar sua velhice. Enganados por empresários gananciosos. Como é a casa deles?

– Hã... uma casa de quatro quartos em Surrey.

– Bem, por Cristo não inclua isso! – berrou. – Quero pessoas honestas, pobres e trabalhadoras. Nunca pediram um centavo ao governo, trabalharam duro e economizaram. Confiaram numa instituição financeira respeitável. E tudo o que ela fez foi dar-lhes um chute no traseiro. – Fez uma pausa e soou como se estivesse palitando os dentes. – Esse tipo de história. Acha que consegue fazer?

– Eu... hã... sim! Claro! – gaguejo.

Ah, Deus, pensei quando coloquei o fone no gancho. Ah, Deus, no que eu fui me meter?

Mas é tarde demais para mudar de ideia agora. Portanto, a próxima atitude a tomar é convencer Janice e Martin da importância de aparecer no *Daily World*. O problema é que não é exatamente o *Financial Times*, é? Ou mesmo o *Times*. (Ainda assim, como lembro a eles, poderia ser muito pior. Poderia ser o *Sun* – e eles terminariam espremidos entre uma modelo de *topless* e uma foto de *paparazzi* borrada de uma das Spice Girls.)

Contudo, eles estão tão perplexos por eu estar fazendo todo este esforço em seu benefício que não parecem se importar para que jornal estou escrevendo. E quando ouvem dizer que um fotógrafo virá tirar uma foto sua ao meio-dia, você pensaria que a rainha está vindo fazer-lhes uma visita.

– Meus cabelos! – diz Janice apavorada, olhando para o espelho. – Será que dá tempo para a Maureen me fazer uma escova?

– Não exatamente. E ele está lindo – digo tranquilizando-a. – De qualquer modo, eles querem que você esteja o mais natural possível. Só... uma pessoa honesta, comum.

Examino a sala de estar procurando distinguir detalhes pungentes para incluir no meu artigo.

Um cartão de aniversário de seu filho enfeita orgulhosamente a lareira. Mas este ano não haverá celebração para Martin e Janice Webster.

– Preciso telefonar para Phyllis! – diz Janice. – Ela não vai acreditar!

– Você nunca foi soldado ou algo assim? – pergunto a Martin, pensativa. – Ou... bombeiro? Algo do gênero. Antes de tornar-se um agente de viagens.

– Não, querida – diz Martin, enrugando a sobrancelha. – Só um cadete na escola.

– Ah, está bem. Isso pode servir.

Martin Webster alisa com os dedos o distintivo de cadete que tanto se orgulhava de usar na juventude. Sua vida foi de trabalho árduo e de servir aos outros. Agora, na aposentadoria, ele deveria estar aproveitando as recompensas que merece.

Mas os empresários gananciosos o enganaram e o arrancaram de seu ninho de segurança. O Daily World *pergunta...*

– Eu tirei cópias de todos os documentos para você – diz Martin. – Toda a papelada. Não sei se terá alguma utilidade...

– Ah, obrigada – agradeço, pegando a pilha de papéis com ele. – Farei uma boa leitura disso.

Quando o honesto Martin Webster recebeu uma carta da Flagstaff Life convidando-o para trocar de fundo de investimento, ele confiou que os agentes financeiros saberiam o que era melhor para ele.

Duas semanas mais tarde, descobriu que eles o tinham traído e perdeu uma bonificação de 20 mil libras.

– Minha esposa está doente em consequência disso – disse ele. – Estou muito preocupado.

Hum.

– Janice? – digo olhando para ela casualmente. – Você está se sentindo bem? Não está... mal, ou algo assim?

– Um pouco nervosa, para ser sincera, querida – diz ela olhando em volta, ao desviar o olhar do espelho. – Nunca saí muito bem em fotografias.

– Meus nervos estão em frangalhos – disse a Sra. Webster numa voz cansada. – Nunca me senti tão traída em toda a minha vida.

– Bem, acho que tenho o suficiente agora – afirmo, levantando e desligando meu gravador. – Talvez eu precise sair *um pouquinho* do que está na fita, só para fazer a história funcionar. Vocês não se importam, não é?

– Claro que não! – diz Janice. – Escreva o que quiser, Becky! Confiamos em você.

– E então o que vai acontecer agora? – pergunta Martin.

– Vou precisar falar com a Flagstaff Life – digo. – Ouvir o que eles têm a dizer em sua defesa.

– Que defesa? – diz Martin. – Não há defesa para o que eles nos fizeram!

– Eu sei – digo e sorrio para ele. – Exatamente.

Quando volto para casa e subo para o meu quarto, estou cheia de adrenalina, feliz. Tudo o que preciso fazer é conseguir uma declaração da Flagstaff Life e posso começar a escrever a matéria. Não tenho muito tempo: o artigo precisa estar pronto até as 14 horas se vai estar na edição de amanhã. Deus, isso é excitante. Por que o trabalho nunca tinha parecido tão estimulante antes disso?

Rapidamente pego o fone e disco o número da Flagstaff – só para ouvir da telefonista que todas as perguntas da imprensa são tratadas fora da empresa. Ela me dá um número que me parece bastante familiar e eu faço uma careta para ele por um instante, depois disco.

– Alô – diz uma voz suave. – Brandon Communications.

Ah, Deus, claro. De repente sinto-me um pouco trêmula. A palavra "Brandon" me bateu fundo no estômago como um soco. Eu havia me esquecido completamente de tudo a respeito de Luke Brandon. Para ser sincera, tinha me esquecido de tudo a respeito do resto da minha vida. E, francamente, não quero me lembrar disso.

Mas, está bem, não preciso falar com ele pessoalmente, não é?

– Olá – digo. – Aqui é Rebecca Bloom. Ermm... Eu só queria falar com alguém sobre a Flagstaff Life.

– Deixe-me verificar... – diz a voz. – Sim, é cliente de Luke Brandon. Vou colocá-la em contato com sua assistente... – E some antes que eu possa dizer alguma palavra.

Ah, Deus.

Ah, Deus, não posso fazer isso. Não posso falar com Luke Brandon. Minhas perguntas estão escritas num pedaço de papel, na minha frente, mas olho para elas e não as consigo ler. Estou relembrando a humilhação que senti naquele dia na Harrods. Aquele soco horrível no meu estômago quando ouvi o tom de superioridade na voz dele e de repente percebi o que pensava de mim. Uma brincadeira. Uma nada.

Tudo bem, eu *consigo* fazer isso, digo a mim mesma com firmeza. Consigo fazer isso. Só serei muito séria e profissional, farei minhas perguntas e...

– Rebecca! – surge uma voz no meu ouvido. – Como vai! Aqui é Alicia.

– Ah! – digo surpresa. – Pensei que iria falar com Luke. É sobre a Flagstaff Life.

– Sim, bem – diz Alicia. – Luke Brandon é um homem muito ocupado. Tenho certeza de que posso responder a qualquer pergunta que você tenha para fazer.

– Ah, claro – digo e faço uma pausa. – Mas eles não são seus clientes, são?

– Tenho certeza de que isso não importa neste caso – diz ela e dá uma risadinha. – O que você queria saber?

– Certo – digo e olho para minha lista. – Foi uma política deliberada da Flagstaff Life convidar seus investidores a trocarem de fundos logo antes de anunciarem as bonificações? Algumas pessoas perderam muito dinheiro, você sabe.

– Certo... – diz ela. – Obrigada, Camilla, vou querer salmão defumado com salada.

– O quê? – digo.

– Desculpe, sim, estou ouvindo – diz ela. – Só estou tomando nota... Creio que vou precisar de um tempo para te dar esta resposta.

– Bem, eu preciso de uma resposta logo! – digo. – Meu prazo é de algumas horas apenas.

– Entendi – diz Alicia. De repente sua voz fica abafada. – Não, salmão defumado. Está bem, então frango chinês. Sim. – O abafado desaparece. – Então, Rebecca, tem outras perguntas? Olha, não seria melhor eu lhe mandar nosso último *kit* da imprensa? Ele deve responder a qualquer outra dúvida. Ou você poderia enviar suas perguntas por fax.

– Está bem – digo bruscamente. – Está bem, eu farei isso. – E coloco o fone no gancho.

Por um momento olho para a frente num silêncio melancólico. Sua estúpida, metida a superior. Nem se dá o trabalho de levar a sério as minhas perguntas.

Depois, aos poucos, percebo que essa é a forma que sempre sou tratada quando telefono para as assessorias de imprensa. Ninguém jamais tem pressa em responder a minhas perguntas, tem? As pessoas sempre me deixam esperando, dizem que vão me telefonar mais tarde e não se preocupam. Eu nunca me importei com isso – na verdade, até gostei de ficar esperando no telefone ouvindo a música *Greensleeves* (pelo menos é melhor do que trabalhar). Nunca me importei antes se as pessoas me levavam a sério ou não.

Mas hoje eu me importo. Hoje o que estou fazendo *realmente* parece importante, e eu *quero* ser levada a sério.

Bem, vou mostrar a ela, penso com raiva. Vou mostrar a todos eles, incluindo Luke Brandon. Vou mostrar-lhes que eu, Rebecca Bloom, não sou uma piada.

Com uma repentina determinação, pego a máquina de escrever do meu pai. Coloco o papel, ligo meu gravador, respiro fundo e começo a datilografar.

REBECCA BLOOM
The Pines
43 Elton Road
Oxshott
Surrey

Mensagem de fax para Eric Foreman
Daily World
de Rebecca Bloom

28 de março de 2000

Prezado Eric:

Envio anexo meu artigo de 950 palavras sobre a Flagstaff Life e as bonificações perdidas. Espero sinceramente que você goste.

Atenciosamente,
Rebecca Bloom
Jornalista de economia

18

No dia seguinte, acordo às seis da manhã. É patético, eu sei, mas estou tão animada quanto uma criança no dia de Natal (ou como eu no dia de Natal, para ser totalmente honesta).

Fico na cama, dizendo a mim mesma para agir como adulta, permanecer deitada e não pensar nisso, mas simplesmente não consigo resistir. Minha mente está tomada pelas imagens das pilhas de jornais em todas as bancas do país. De todos os exemplares do *Daily World* sendo deixados nos tapetes de entrada das pessoas nesta manhã, todas as pessoas que vão estar abrindo seus jornais, bocejando, imaginando quais serão as notícias do dia.

E o que elas verão?

Elas vão ver o meu nome! Rebecca Bloom impresso no *Daily World*! Minha primeira matéria assinada num jornal de circulação nacional. "Por Rebecca Bloom." Não soa legal? "Por Rebecca Bloom."

Sei que o artigo entrou na edição de hoje porque Eric Foreman me telefonou ontem à tarde e me contou que o editor estava realmente satisfeito com ele. E o puseram numa página colorida, portanto o retrato de Janice e Martin estará em cores. Realmente importante. Não consigo acreditar. O *Daily World*!

Enquanto ainda estou deitada, me ocorre que já deve haver uma pilha de *Daily Worlds* no jornaleiro da esquina. Uma pilha inteira de exemplares intocados, fechados. E o jornaleiro abre às... a que horas? Às 6 horas, se não me falha a memória. E são 6h05. Portanto, teoricamente, eu poderia ir lá e comprar um agora mesmo, se quisesse. Eu poderia simplesmente levantar, vestir uma roupa, ir até a banca e comprar um exemplar.

Não que eu fosse, claro. Não estou tão triste e desesperada para correr lá assim que a loja abre, só para ver meu nome. Quero dizer, por quem você me toma? Não, eu vou apenas passear até lá, casualmente, mais tarde – lá para as 10 ou 11 horas –, pegar o jornal e dar uma olhada e depois andar calmamente de volta para casa. Provavelmente nem vou me preocupar em comprar um exemplar. Quero dizer, já vi meu nome impresso antes, não vi? Não é anormal. Não é razão para se compor uma música e sair dançando.

Vou virar para o outro lado e voltar a dormir. Não posso entender por que acordei tão cedo. Devem ser os passarinhos ou algo assim. Hum... fecho os olhos, afofo o travesseiro, penso em além disso... fico pensando o que comerei no café da manhã quando levantar algo.

Mas nunca vi meu nome no *Daily World*, vi? Diz uma vozinha na minha cabeça. Nunca o vi num jornal de circulação nacional.

Oh, Deus, isto está me matando. Não consigo esperar mais, *preciso* ver.

Subitamente levanto da cama, jogo uma roupa no corpo e desço a escada na ponta dos pés. Quando fecho a porta, sinto-me como uma adolescente saindo escondida de casa. Lá fora o ar está fresco e revigorante, e a rua está absolutamente quieta. Nossa, é bom estar de pé cedo. Por que eu não levanto às 6 horas com mais frequência? Eu deveria fazer isso todos os dias. Uma caminhada energizante antes do café, como as pessoas fazem em Nova York. Queimar muitas calorias e depois voltar para casa e tomar um café da manhã saudável de aveia e suco de laranja fresco espremido na hora. Perfeito. Esta será minha nova rotina.

Mas quando chego ao pequeno corredor de lojas, meu coração começa a bater forte e, sem querer, diminuo as passadas para um passo de funeral. Agora que estou aqui, começo a me sentir um pouco nervosa. Não estou realmente certa de que quero ver meu nome impresso. Talvez eu só compre uma barra de chocolate e volte para casa. Ou uma caixa de Mentos, se tiver.

Com cautela, empurro a porta e recuo ao som do "ping!" quando abre. Eu realmente não quero chamar atenção para mim esta manhã. E se o rapaz atrás do balcão leu meu artigo e achou um lixo? Ah, Deus, isso está acabando com os meus nervos. Eu nunca deveria ter me tornado jornalista. Eu deveria ter sido uma esteticista, como sempre quis. Talvez não seja tarde demais. Vou fazer um outro curso, abrir minha própria loja...

– Olá, Becky!

Olho e sinto meu rosto repuxar de surpresa. Martin Webster está de pé ao lado do balcão, segurando um exemplar do *Daily World*.

– Eu estava acordado, por acaso – explica ele meio embaraçado. – Pensei em vir até aqui, dar uma olhadinha...

– Ah – digo. – Hum... eu também. – Encolho os ombros mostrando indiferença. – Já que estava mesmo acordada...

Meus olhos caem no jornal e sinto meu estômago virar. Ah, Deus. Vou morrer de nervoso. Por favor, pelo menos que eu morra depressa.

– E então, que tal... que tal está? – digo numa voz estrangulada.

– Bem – diz Martin, olhando para a página como que perplexo. – É mesmo grande. – Ele vira o jornal ao contrário de modo que a página fique de frente para mim, e eu quase caio de joelhos. Ali, bem colorida, está uma foto de Martin e

Janice, olhando para a câmera com uma expressão desolada, logo abaixo do título CASAL ROUBADO POR EMPRESÁRIOS GANANCIOSOS DA FLAGSTAFF LIFE.

Um pouco trêmula, pego o jornal de Martin. Meus olhos correm pela página até a primeira coluna de texto... e lá está! "Por Rebecca Bloom." É o meu nome! Sou eu!

Há um "ping" na porta da loja e nós dois olhamos. E, para meu completo espanto, lá está papai.

– Ah – diz ele e tosse embaraçado. – Sua mãe quis que eu comprasse um exemplar. E já que eu estava mesmo acordado...

– Eu também estava – concorda Martin.

– Sim, e eu também – digo.

– Bem – diz papai. – E então, saiu a matéria?

– Ah, sim – digo. – Está aqui. – Viro o jornal de modo que ele possa ver.

– Nossa! – diz ele. – É grande, não é?

– A fotografia está boa, não acha? – diz Martin entusiasmado. – Realça bem as flores das cortinas.

– Sim, a foto está ótima – concordo.

Não vou me rebaixar perguntando o que achou do artigo. Se ele quiser elogiar o que escrevi, vai fazê-lo. Se não, então realmente não importa. O que importa é que *eu estou* orgulhosa do que escrevi.

– E Janice está muito bem, eu achei – diz Martin, ainda admirando a fotografia.

– Muito bem – concorda papai. – Talvez um pouco melancólica.

– Sabe, esses profissionais, eles sabem como iluminar uma foto – diz Martin. – A maneira como a luz do sol cai exatamente aqui, no seu...

– E o meu artigo? – resmungo. – Você gostou?

– Ah, está muito bom! – diz Martin. – Desculpe, Becky, eu devia ter dito! Ainda não li todo, mas parece ter captado a situação muito bem. Faz de mim um herói! – Ele franze a testa. – Apesar de nunca ter lutado nas Falklands, você sabe.

– Ah, tá – digo apressada. – Bem, na verdade, isso não vem ao caso.

– Então você escreveu tudo isso ontem? – diz papai. – Naquela máquina de escrever? – Ele parecia boquiaberto.

– Sim – respondo satisfeita. – Parece bom, não é? Já viu meu nome nos créditos? "Por Rebecca Bloom."

– Janice vai vibrar de emoção – diz Martin. – Vou comprar dois exemplares.

– Eu vou comprar três – diz papai. – Sua avó vai adorar ver isto.

– E eu vou comprar um – digo. – Ou dois, talvez. – Displicentemente pego um monte e os jogos no balcão.

– Seis exemplares? – diz o vendedor. – Tem certeza?

– Preciso deles para meus arquivos – digo e coro levemente.

Quando chegamos em casa, minha mãe e Janice estão esperando na nossa porta de entrada, desesperadas para ver um exemplar.

– Meu cabelo – lamenta Janice logo que vê a fotografia. – Parece horrível! O que fizeram com ele?

– Não parece não, amor! – protesta Martin. – Você está muito bem.

– Suas cortinas estão lindas, Janice – diz minha mãe, olhando por cima do ombro.

– Estão mesmo, não é? – diz Martin ansioso. – É justamente o que eu disse.

Desisto. Que espécie de família tenho eu, que está mais interessada em cortinas do que em jornalismo econômico de alto nível? Mesmo assim, não me importo. Estou hipnotizada pelo meu nome nos créditos. "Por Rebecca Bloom." "Por Rebecca Bloom."

Depois de todos terem olhado para o jornal por um bom tempo, minha mãe convida Janice e Martin para tomarem o café da manhã conosco, e papai serve o café. Há uma atmosfera um pouco festiva pelos acontecimentos, e todos ficam rindo muito. Acho que nenhum de nós consegue realmente acreditar que Janice e Martin estão no *Daily World*. (E eu, claro. "Por Rebecca Bloom.")

Às 10 horas, dou uma fugida e telefono para Eric Foreman. Só casualmente, você sabe. Para ele saber que eu vi.

– Parece bom, não é? – diz ele alegre. – O editor está realmente interessado nesta série, portanto, se você tiver alguma outra história como esta é só me dizer. Gosto de seu estilo. Perfeito para o *Daily World*.

– Excelente – digo, apesar de não estar bem certa se aquilo é um elogio ou não.

– Ah, e antes que desligue – acrescenta –, é melhor você me dar seus dados bancários.

Meu estômago dá um nó desagradável. Por que Eric Foreman quer meus dados bancários? Merda, ele vai examinar se minhas próprias finanças estão em ordem ou algo assim? Ele vai avaliar meu crédito?

– Hoje em dia tudo é feito por transferência – diz ele. – Quatrocentas libras. Está bem?

O quê? O que ele...

Ah, meu Deus, ele vai me *pagar*. Mas claro que vai. Claro que vai!

– Está bem – ouço-me dizer. – Nenhum problema. Já vou, hã... lhe dar o número da minha conta, certo?

Quatrocentas libras!, penso confusa enquanto procuro meu talão de cheques. Num piscar de olhos! Quase não acredito.

– Excelente – diz Eric Foreman, anotando os detalhes. – Vou preparar isso para você com a contabilidade. – Depois faz uma pausa. – Diga-me, você estaria disponível para escrever reportagens mais gerais? Histórias de interesse humano, esse tipo de reportagem?

Se eu estaria disponível? Ele está brincando?

– Claro – digo, procurando não parecer entusiasmada demais. – Na realidade... é provável que eu prefira isso a finanças.

– Ah, certo – diz ele. – Bem, vou ficar de olho em temas que possam adequar-se a você. Como eu disse, acho que você tem o estilo certo para nós.

– Ótimo – digo. – Obrigada.

Quando coloco o fone no gancho, tenho um enorme sorriso no rosto. Tenho o estilo certo para o *Daily World*! Ah! Finalmente descobri meu lugar!

O telefone toca outra vez, e eu atendo, achando que já é Eric Foreman me oferecendo mais um trabalho.

– Alô Rebecca Bloom – digo numa voz profissional.

– Rebecca – diz a voz rude de Luke Brandon, e meu coração gela. – Você poderia, por favor, me dizer que diabos está acontecendo?

Merda.

Merda, ele parece realmente zangado. Por um momento estou paralisada. Minha garganta está seca, minha mão está suando em volta do fone. Ah, Deus. O que vou dizer? O que vou dizer a ele?

Mas espera aí. *Eu* não fiz nada de errado.

– Não sei do que você está falando – digo, ganhando tempo. Fique calma, digo a mim mesma. Calma e fria.

– Sua tentativa espalhafatosa no *Daily World* – diz ele sarcástico. – Sua historinha tendenciosa, desequilibrada, provavelmente difamatória.

Por um segundo fico tão chocada que não consigo falar. Tendenciosa? Difamatória?

— Não é tendenciosa! — digo finalmente. — É um bom artigo. E certamente não é difamatório. Posso provar tudo o que disse.

— E suponho que ouvir o outro lado da história teria sido inconveniente — ele vocifera. — Imagino que você estava ocupada demais escrevendo sua prosa brilhante para procurar a Flagstaff Life e pedir sua versão dos fatos. Preferiu ter uma boa história do que estragá-la com uma visão equilibrada.

— Eu *tentei* ouvir o outro lado da história! — exclamo furiosa. — Telefonei para sua estúpida empresa de RP ontem e disse a eles que estava escrevendo o artigo!

Faz-se silêncio.

— Com quem você falou? — pergunta Luke.

— Com Alicia — respondo. — Fiz a ela uma pergunta clara sobre a política da Flagstaff de trocar de fundos, e ela me afirmou que retornaria. Eu *disse* a ela que tinha um prazo urgente.

Luke dá um suspiro impaciente.

— Que merda você estava fazendo falando com Alicia? A Flagstaff é minha cliente, não dela.

— Eu sei! Eu expus isso a ela! Mas ela argumentou que você era um homem muito ocupado e que ela mesma poderia responder a minhas perguntas.

— Você comentou que estava escrevendo para o *Daily World*?

— Não — respondo eu, e sinto-me ruborizar levemente. — Não especifiquei para quem eu estava escrevendo. Mas teria informado a ela se tivesse me perguntado. Ela simplesmente não ligou. Simplesmente deduziu que eu não poderia jamais estar fazendo algo importante. — Sem querer, minha voz se eleva de emoção. — Bem, ela estava errada, não estava? Vocês todos estavam errados. E talvez agora comecem a tratar as pessoas com um pouco mais de respeito. E não apenas as pessoas que *vocês* acham que são importantes.

Termino, um pouco ofegante, e faz-se um silêncio desconcertante.

– Rebecca – diz Luke finalmente –, se isso tudo tem a ver com o que aconteceu entre nós naquele dia, se isso é alguma espécie de vingança mesquinha...

Deus, agora eu realmente vou explodir.

– Não se atreva a me insultar! – grito. – Não tente inventar que isso é algo pessoal, droga! Não tem nada a ver com aquilo! A incompetência da sua empresa é que deve ser responsabilizada! Eu fui absolutamente profissional. Dei a vocês todas as chances de dar seu lado da história. *Todas* as chances. E se vocês estragaram tudo, a culpa não é minha.

E sem dar a ele a chance de responder, bati o telefone.

SINTO-ME BASTANTE trêmula quando volto para a cozinha. Pensar que já gostei de Luke Brandon. Pensar que fui à mesa dele no Terrazza. Pensar que deixei ele me emprestar 20 libras. Ele é um arrogante, egocêntrico, chauvinista...

– Telefone! – diz mamãe. – Devo atender?

Ah, Deus. Deve ser ele de novo, não é? Telefonando de volta para se desculpar. Bem, ele não precisa pensar que me vence tão facilmente. Afirmo cada palavra que eu disse. E vou dizer-lhe isto. De fato, vou acrescentar que...

– É para você, Becky – diz minha mãe.

– Está bem – digo calma e me dirijo ao telefone. Não me apresso, não entro em pânico, sinto-me completamente controlada.

– Alô? – digo.

– Rebecca? Eric Foreman.

– Ah! – respondo surpresa. – Oi!

– Algumas novidades sobre seu artigo.

– Ah, sim? – digo, procurando soar calma. Mas meu estômago está agitado. E se Luke Brandon falou com ele? E se eu *fiz* realmente algo errado? Ah, merda, eu averiguei todos os fatos, não foi?

– Acabei de falar com o *Morning Coffee* ao telefone – diz ele. – Você sabe, o programa de televisão? Rory e Emma. Estão interessados na sua reportagem.

– O quê? – digo meio boba.

– Eles estão fazendo uma nova série sobre finanças. "Administrando seu Dinheiro." Toda semana recebem um especialista financeiro, dizem aos telespectadores como controlar suas finanças. – Eric Foreman abaixa a voz. – Francamente, eles estão ficando sem assunto. Já fizeram hipotecas, cartões de lojas, aposentadorias, todos os assuntos normais...

– Certo – digo, procurando soar inteligente. Mas enquanto vou digerindo lentamente suas palavras, começo a sentir-me um pouco perplexa. Rory e Emma leram meu artigo? Rory e Emma de verdade? Tenho uma visão repentina deles segurando o jornal juntos, empurrando-se um ao outro para terem uma boa visão.

Mas claro, isso é tolice, não é? Cada um teria um exemplar.

– Portanto – continua Eric –, de qualquer modo, eles querem ter você no programa amanhã de manhã para falar sobre essa história de bonificação, avisar aos telespectadores para tomarem cuidado. Está interessada? Se não estiver, posso facilmente dizer a eles que está muito ocupada.

– Não! – digo rapidamente. – Não. Diga-lhes que estou... – engulo em seco – interessada.

Quando desligo, sinto que estou quase desmaiando. Não posso acreditar. Vou aparecer na televisão.

Bank of Helsinki
Helsinki House
124 lombard st
Londres EC2D 9YF

Rebecca Bloom
a/c William Green Recrutamento
39 Farringdon Square
Londres EC4 7TD

27 de março de 2000

Hyvä Rebecca Bloom:

Oli erittäin hauska tavata teidät viime viikolla, vaikka tapaaminen jäikin lyhyeksi. Olitte selvästi hermostunut, mikä on aivan ymmärrettääv. Siitä huolimatta minä ja kollegani ihailimme tavallisuudesta poikkeavaa luonteenlaatuanne. Olemme varmoja, että teistä olisi yhtiöllemme paljon hyötyä, ja mielellämme tapaisimme teidät uudestaan, ehkä lounaan merkeissä.

Haluaisin onnitella teitä suurenmoisesta artikkelistanne "Daily World" – lehdessä. Olette selvästi taitava ilmaisemaan ajatuksianne, ja on suuri ilo päästä pian keskustelemaan kanssanne äidinkielelläni. Toivoisin että ottaisitte minuun yhteyttä yllä mainitulla osoitteella.

Parhain terveisin
Ystävällisesti
Jan Virtanen

19

O carro que me levará ao estúdio de televisão chega prontamente às 7h30 da manhã seguinte. Quando a campainha toca, mamãe, papai e eu pulamos, apesar de já estarmos esperando num silêncio tenso há dez minutos.

– Bem – diz papai num tom áspero, olhando para seu relógio. – Eles estão aqui.

Desde ontem, quando lhe contei sobre o *Morning Coffee*, meu pai havia previsto que o carro não apareceria e que ele teria de me levar aos estúdios ele mesmo. Até planejou um caminho ontem à noite e telefonou para tio Malcolm ficar de sobreaviso. (Para ser sincera, acho que ele estava torcendo para que isso acontecesse.)

– Ah, Becky – diz mamãe numa voz trêmula. – Boa sorte, querida. – Ela olha para mim, depois balança a cabeça. – Nossa pequena Becky, na televisão. Não consigo acreditar.

Começo a me levantar, mas papai estica um dos braços me contendo.

– Antes de abrir a porta, Becky – diz ele. – Você tem certeza, não é? Sobre o risco que está correndo. – Ele olha para mamãe, que morde o lábio.

– Vou ficar bem! – digo, procurando soar o mais calma possível. – Honestamente, pai, já conversamos sobre tudo isso.

Na noite passada, de repente ocorreu a meu pai que, se eu aparecesse na televisão, meu perseguidor saberia onde eu estava. A princípio ele estava inflexível, querendo que eu desmarcasse tudo – e custou-me um bocado de persuasão para convencer meus pais de que eu estaria perfeitamente segura nos estúdios da TV. Falaram até em contratar um segurança, dá para acreditar? Quero dizer, o que ia parecer, eu chegando lá com um segurança?

Na verdade, eu ia parecer bem superior e misteriosa, não é? Droga. Isso poderia ter sido uma boa ideia.

A campainha toca novamente e eu logo me levanto.

– Bem – diz papai. – Tenha cuidado.

– Pode deixar, pai, não se preocupe! – digo, pegando minha bolsa. Ando para a porta calma, procurando não demonstrar quanto estou me sentindo nervosa. Mas por dentro me sinto leve como uma bolha.

Só não posso acreditar como tudo está indo tão bem. Não só estarei na televisão, mas todos estão sendo maravilhosos comigo! Ontem tive várias conversas ao telefone com uma assistente de produção do *Morning Coffee*, uma garota realmente muito simpática chamada Zelda. Repassamos exatamente o que eu iria dizer no programa, depois ela destacou um carro para vir me pegar e quando eu lhe disse que estava na casa dos meus pais, sem nenhuma das minhas roupas à mão, ela falou que eu poderia escolher algo do guarda-roupa deles para vestir. Ora, não é legal? Escolher qualquer roupa de que eu goste do guarda-roupa deles! Espero que eles me deixem ficar com a roupa depois.

Quando abro a porta da frente, meu estômago dá um pulo de nervoso. Lá, aguardando na rua, está um homem grande, de meia-idade, vestindo um blazer azul e um chapéu, de pé ao lado de uma limusine. Meu motorista particular! Isso está ficando cada vez melhor.

– Srta. Bloom? – diz o motorista.

– Sim – respondo, incapaz de parar de sorrir para ele, maravilhada. Estou quase alcançando a maçaneta da porta, mas ele chega antes de mim, abre a porta do carro com um gesto floreado e fica ali de pé, atencioso, aguardando que eu entre. Deus, isto é como uma estrela de cinema!

Olho de volta para a casa e vejo mamãe e papai na porta de entrada, os dois olhando totalmente pasmos.

– Bem, tchau então! – digo, procurando soar indiferente, como se eu sempre andasse em carros dirigidos por motoristas. – Até mais tarde!

– Becky, é você? – vem uma voz da casa ao lado, e Janice aparece do outro lado da cerca no seu *robe de chambre*. Seus olhos aumentam quando veem o carro, e ela olha para minha mãe, que levanta os ombros, como quem diz: "Eu sei, não é inacreditável?"

– Bom dia, Janice – diz papai.

– Bom dia, Graham – diz Janice estupefata. – Ah, Becky! Nunca vi nada assim. Em todos esses anos... Se Tom pudesse ver você... – ela interrompe e olha para mamãe. – Vocês tiraram alguma fotografia?

– Não! – diz mamãe apavorada. – Não nos ocorreu. Graham, rápido, vá pegar a máquina.

– Não, espera, vou pegar nossa filmadora! – diz Janice. – Vou levar um segundo. Podíamos ter o carro chegando na rua e Becky saindo da porta da casa... e talvez pudéssemos usar *As Quatro Estações* como fundo musical e depois cortar direto para...

– Não! – digo apressada, vendo o olhar divertido do motorista. Deus, isto é embaraçoso. E eu estava indo tão bem na minha aparência displicente e profissional. – Não temos tempo para fotografias. Tenho de chegar no estúdio!

– Sim – diz Janice, de repente parecendo ansiosa. – Sim, você não quer se atrasar. – Olha para o relógio temerosa de que o programa já tenha começado. – Vai ao ar às 11 horas, não é?

– Às 11 horas o programa começa – diz papai. – Programe o vídeo para gravar a partir das 10h55, é o que estamos dizendo às pessoas.

– É o que faremos – diz Janice. – Para garantir. – Ela dá um pequeno suspiro. – Não ousarei ir ao banheiro a manhã toda, só para garantir que não vou perder nada!

Todos me olham com admiração quando entro no carro. O motorista fecha bem a porta, depois dá a volta até a porta do motorista. Aperto o botão para abaixar minha janela e sorrio para meus pais.

– Becky, querida, o que fará depois? – diz mamãe. – Voltará aqui ou retornará para seu apartamento?

Imediatamente sinto meu sorriso hesitar, e olho para baixo, fingindo brincar com os controles. Não quero pensar no depois.

Na realidade, não consigo sequer visualizar o depois. Vou estar na televisão... e só vai até aí. O resto da minha vida está seguramente trancada numa caixa no fundo da minha cabeça e eu não quero lembrar que está lá.

– Eu... não tenho certeza – digo. – Vou ver o que acontece.

– Eles provavelmente a levarão para almoçar depois – diz papai com ar de quem sabe do que está falando. – Esse pessoal do *showbiz* está sempre almoçando junto.

– Refeições líquidas – diz Janice e dá uma risadinha.

– No Ivy – diz mamãe. – É lá que os atores se encontram, não é?

– O Ivy saiu de moda! – retruca meu pai. – Eles a levarão para o Groucho Club.

– O Groucho Club! – diz Janice, batendo palmas. – Não é esse que Kate Moss frequenta?

Isso está ficando ridículo.

– É melhor irmos andando – digo, e o motorista acena concordando.

– Boa sorte, querida – grita papai. Fecho a janela e recosto no banco, enquanto o carro se afasta da casa ronronando.

POR ALGUM TEMPO viajamos em silêncio. Fico olhando a todo momento pela janela, para ver se alguém está olhando para mim no meu carro com motorista e imaginando quem eu sou (aquela garota nova do *EastEnders*, talvez). Apesar de que estamos passando na pista dupla tão rápido que é mais provável que eu pareça um borrão.

– E então – diz o motorista após algum tempo. – A senhora vai aparecer no *Morning Coffee*, não é?

– Sim, vou – digo, e imediatamente sinto um sorriso de alegria envolver meu rosto. Deus, preciso *parar* com isso. Aposto que Jeremy Paxman não começa a rir toda vez que alguém lhe pergunta se ele vai aparecer no *University Challenge*. Ele provavelmente só dá um olhar de desprezo, como que para dizer *Claro que vou aparecer no* University Challenge, *seu desmiolado...*

– E então, vai aparecer para quê? – pergunta o motorista, interrompendo meus pensamentos.

Estou quase respondendo "Para ser famosa e talvez ganhar umas roupas de graça" quando percebo o que ele quer dizer.

– Uma matéria sobre finanças – digo calma. – Escrevi um artigo no *Daily World*, os produtores leram e querem que eu vá ao programa.

– Já apareceu na televisão antes?

– Não – admito, um pouco relutante. – Não apareci.

Paramos num sinal e o motorista vira-se para trás para me examinar.

– Ficará bem – diz ele. – Só não deixe que o nervosismo a domine.

– Nervoso? – digo, e dou uma risadinha. – Não estou nervosa! Estou... ansiando por isto.

– Fico feliz em saber – diz o motorista virando-se novamente. – Então ficará bem. Algumas pessoas sentam-se naquele sofá acreditando que estão bem, relaxadas, felizes como um passarinho... depois veem aquela luz vermelha e se dão conta de que 2,5 milhões de pessoas em todo o país estão assistindo. Umas entram em pânico. Não sei por quê.

– Ah – digo após uma pequena pausa. – Bem... não sou como elas! Ficarei calma!

– Bom – diz o motorista.

– Bom – repito, um pouco menos certa, e olho pela janela.

Ficarei calma. Claro que sim. Nunca fiquei nervosa na minha vida, e certamente não vou começar...

Dois milhões e meio de pessoas.

Nossa. Quando se pensa nisso – é um bocado, não é? Dois milhões e meio de pessoas, todas sentadas em casa olhando para a tela. Olhando para mim. Esperando para ouvir o que vou dizer.

Ah, Deus. Está bem, não pense nisso. O importante é lembrar sempre que estou muito bem preparada. Ensaiei durante séculos na frente do espelho, ontem à noite, e decorei quase tudo o que vou dizer.

É preciso falar tudo de um modo muito básico e simples, disse Zelda – porque, aparentemente, 76 por cento da audiência do *Morning Coffee* é constituída de donas de casa cuidando de seus bebês, portanto com uma capacidade de atenção muito limitada. Ela ficou se desculpando pelo que chamou de "efeito emburrecedor" e dizendo que uma especialista financeira como eu deve sentir-se realmente frustrada com isso e, claro, concordei com ela.

Mas, para ser sincera, estou bastante aliviada. De fato, por mim, quanto mais emburrecida for a audiência, melhor. Afinal, escrever um artigo para o *Daily World* com base em uma entrevista informal com meus vizinhos foi um desafio, mas responder a perguntas maliciosas ao vivo, na televisão, é outro bem maior. (Um pensamento ameaçador, na verdade – não que eu tenha dito isso a Zelda. Não quero que ela pense que sou uma total idiota.)

Como eu ia falando, vou começar dizendo "Se oferecessem a você a chance de escolher entre um relógio de parede e 20 mil libras, qual deles escolheria?" Rory ou Emma responderão "Vinte mil libras, claro!" e eu confirmarei "Exatamente, 20 mil libras." Farei uma breve pausa, para deixar esse número entrar na mente do público e depois direi: "Infelizmente, quando a Flagstaff Life ofereceu a seus clientes um relógio de parede para transferirem suas economias, não lhes informaram que, se fizessem isso, *perderiam* uma bonificação de 20 mil libras!"

Soa bastante bem, não acha? Rory e Emma farão algumas perguntas fáceis, como "O que as pessoas podem fazer para se protegerem?", e eu darei respostas simples e objetivas. E já no fim, só para manter tudo bem leve, vamos falar sobre todas as diferentes compras que se poderia refazer com 20 mil libras.

Na verdade, esta é a parte que estou aguardando com mais ansiedade. Já pensei em um monte delas. Você sabia que com 20 mil libras pode-se comprar 52 relógios Gucci e ainda sobra dinheiro para uma bolsa?

Os estúdios do *Morning Coffee* ficam em Maida Valley, e quando nos aproximamos dos portões, que são bem familiares porque aparecem na abertura do programa, sinto uma certa excitação. Estou mesmo aqui. E vou mesmo aparecer na televisão!

O porteiro acena para nós, paramos na frente de um par de portas enormes e o motorista abre a porta do carro para mim. Quando saio, minhas pernas estão levemente trêmulas, mas me forço a subir confiante as escadas que levam ao hall da recepção e me aproximo do balcão.

– Estou aqui para o *Morning Coffee* – digo e dou uma risadinha quando percebo o que acabei de dizer. – Quero dizer...

– Sei o que quer dizer – diz a recepcionista gentil mas cansada. Vê meu nome numa lista, digita um número e diz: – Jane? Rebecca Bloom está aqui. – Depois ela aponta para uma fila de cadeiras confortáveis e diz: – Alguém estará com você num instante.

Dirijo-me às cadeiras e sento-me em frente a uma mulher de meia-idade com o cabelo preto desgrenhado e um enorme colar de âmbar no pescoço. Está acendendo um cigarro e, apesar de eu na verdade não fumar mais, de repente me sinto com vontade de fumar um também.

Não que eu esteja nervosa ou algo assim. Só estou querendo um cigarro.

– Desculpe-me – grita a recepcionista. – Esta é uma área de não fumantes.

– Droga – diz a mulher numa voz irritada. Dá uma tragada forte, depois apaga o cigarro num cinzeiro e sorri para mim conspirando. – Você é uma convidada do programa? – pergunta ela.

– Sim – digo. – E você?

A mulher acena que sim. – Promovendo meu novo romance, *Pôr do sol vermelho sangue*. Ela abaixa a voz para um tom emocionante. – Uma história quente de amor, ambição e morte, passada no mundo implacável dos lavadores de dinheiro da América do Sul.

– Nossa – digo. – Parece realmente...

– Vou lhe dar um exemplar – interrompe a mulher, que leva a mão para uma maleta Mulberry ao seu lado e tira um livro de capa dura de cores bem vivas. – Qual é mesmo o seu nome?

Qual é mesmo, como se ela soubesse!

– É Rebecca – digo. – Rebecca Bloom.

– Para Becca – a mulher diz alto enquanto escreve na página da frente. – Com amor e muito afeto. Ela assina com um floreio e me entrega o livro.

– Puxa – digo. – Obrigada... – Rapidamente olho para a capa e vejo o nome da autora: "Elisabeth".

Elisabeth Plover. Para ser sincera, nunca ouvi falar nela.

– Deve estar imaginando como cheguei a saber tanto sobre um mundo tão violento e perigoso – diz Elisabeth. Inclina-se para mim e me olha com grandes olhos verdes. – A verdade é que vivi durante três longos meses com um homem que lavava dinheiro. Eu o amava e aprendi com ele... e depois o traí. – Sua voz morre para um sussurro trêmulo. – Ainda me lembro do olhar que me deu quando a polícia o levou. Ele soube o que eu tinha feito. Soube que eu era seu Judas Iscariotes. E mesmo assim, numa maneira estranha de ser, acho que me amou por isso.

– Uau – digo, impressionada sem querer. – Isso tudo aconteceu na América do Sul?

– Em Hove – diz ela, após uma breve pausa. – Mas os lavadores de dinheiro são iguais no mundo todo.

– Rebecca? – diz uma voz, antes que eu pense numa resposta, e nós duas olhamos e vemos uma garota de cabelos escuros e macios, vestindo uma calça jeans e uma camisa preta de gola, vindo em nossa direção em passos rápidos. – Sou Zelda. Nos falamos ontem?

– Zelda! – exclama Elisabeth, se levantando. – Como tem estado, minha querida? – Abre os braços, e Zelda fixa o olhar nela.

– Sinto muito – diz ela. – Nós já... – Ela para quando seu olhar cai sobre minha cópia de *Pôr do sol vermelho sangue*. – Ah, sim, tem razão, Elisabeth Plover. Um de nossos pesquisadores virá procurá-la num instante. Enquanto isso, sirva-se de café. – Ela abre um sorriso, depois vira-se para mim. – Rebecca, está pronta?

– Sim! – digo ansiosa, pulando da cadeira. (Devo admitir, sinto-me bastante lisonjeada por ver Zelda vir me encontrar pessoalmente. Quero dizer, ela obviamente não faz isso com todos.)

– Prazer em conhecê-la – diz Zelda, apertando minha mão. – Que bom tê-la no programa. Agora, como sempre, estamos completamente enlouquecidos, portanto se estiver bom para você, pensei que podíamos ir direto para a sala de cabelo e maquiagem e conversar no caminho.

– Claro – digo, procurando não parecer ansiosa demais. – Boa ideia.

Cabelo e maquiagem! Isso é superlegal!

– Houve uma pequena mudança de planos e preciso colocá-la a par – diz Zelda. – Nada com que deva se preocupar... Já tem alguma notícia de Bella? – acrescenta dirigindo a palavra à recepcionista.

A recepcionista balança a cabeça negativamente e Zelda murmura algo que soa como "Sacana imbecil".

– Está bem, vamos – diz ela, encaminhando-se na direção de um par de portas giratórias. – Temo que hoje tudo esteja mais louco do que o normal. Um de nossos funcionários nos deu um bolo, portanto estamos procurando um substituto, e aconteceu um acidente na cozinha... – Ela empurra a porta giratória e agora estamos andando por um corredor acarpetado de verde, cheio de gente. – E ainda temos o *Heaven Sent 7* hoje no programa – acrescenta. – O que significa que a mesa telefônica fica congestionada com os fãs telefonando, e que nós precisamos achar espaço no vestiário para sete egos enormes.

– Certo – digo mostrando desinteresse. Mas, de repente, não consigo respirar. *Heaven Sent 7*? Mas... Eles são realmente famosos! E eu vou aparecer no mesmo programa que eles! Vou conhecê-los e tudo, não vou? Talvez depois a gente saia para um drinque e nos tornemos muito bons amigos. Eles todos são um pouco mais novos que eu, mas isso não importa. Serei como sua irmã mais velha.

Ou talvez eu *saia* com um deles! Deus, sim. Aquele bonitinho com os cabelos pretos. Nathan. (Ou é Ethan? Seja lá qual for o nome dele.) Ele vai me notar depois do programa e, tranquilamente, vai me convidar para jantar sem os outros. Iremos a algum restaurante pequeno e, no início, tudo será bem calmo e discreto, mas depois a imprensa vai descobrir e nos tornaremos um desses casais muito famosos que vão às *premières* o tempo todo. E eu vou usar...

– Bem, é aqui – diz Zelda, e eu olno encantada.

Estamos na entrada de uma sala revestida de espelhos e refletores. Três pessoas estão sentadas em cadeiras na frente dos espelhos, usando robes, e a maquiagem está sendo feita por garotas usando jeans supermodernos; outra pessoa está secando os cabelos com o secador. Ouve-se uma música ao fundo e um burburinho de conversa amigável, e no ar há uma mistura de cheiros de spray de cabelo, pó de arroz e café.

É basicamente a minha ideia de céu.

– Então – diz Zelda, levando-me na direção de uma garota com cabelo vermelho. – Chloe vai fazer sua maquiagem e depois vamos encaminhá-la ao guarda-roupa. Está bem?

– Tudo bem – digo, incapaz de impedir um sorriso maravilhado espalhar-se pelo meu rosto ao ver a coleção de maquiagem de Chloe. Há dezenas de pincéis, potes e tubos espalhados pela bancada à nossa frente, todos de marcas muito boas como Chanel e MAC.

Deus, que emprego fantástico. Eu sempre soube que deveria ter me tornado uma maquiadora.

– Agora, sobre a sua parte – continua Zelda quando me sento numa cadeira giratória. – Como disse, adotamos um formato um pouco diferente do que havíamos comentado previamente...

– Zelda! – chama a voz de um homem. – Bella está na linha para você!

– Ah, merda – diz Zelda. – Olha, Rebecca, tenho de ir atender essa chamada, mas voltarei logo que puder, está bem?

– Claro! – digo feliz, enquanto Chloe joga uma capa ao redor do meu pescoço e prende meus cabelos para trás com uma ampla faixa atoalhada. Ao fundo, o rádio toca minha música favorita de Lenny Kravitz. Isto não poderia ser mais perfeito.

– Vou só limpar e tonificar, e depois cobrir com uma base – explica Chloe. – Se puder fechar os olhos...

Fecho os olhos e, depois de alguns segundos, sinto um líquido frio e cremoso sendo massageado no meu rosto. É a sensação mais deliciosa do mundo. Eu poderia ficar sentada ali o dia inteiro.

– E então – diz Chloe depois de algum tempo. – O que você vai fazer no programa?

– Hum... finanças – respondo bastante vaga. – Uma parte sobre finanças.

Para ser sincera, me sinto tão relaxada que mal consigo lembrar o que estou fazendo aqui.

– Ah, sim – diz Chloe, espalhando eficientemente a base pelo meu rosto. – Estavam falando mais cedo sobre algo da área financeira. – Ela pega uma palheta de sombras para os olhos, mistura duas cores, depois pega um pincel. – Então você é uma especialista em finanças?

– Bem – digo, e encolho os ombros indicando modéstia. – Você sabe.

– Uau – diz Chloe, começando a aplicar sombra nas minhas pálpebras. – Não entendo nada de dinheiro.

– Nem eu! – opina uma garota de cabelos escuros do outro lado da sala. – Meu contador desistiu de tentar me explicar aquilo tudo. Assim que começa a falar de "ano fiscal", e "imposto retido na fonte", minha mente trava.

Estou quase dizendo solidariamente, "Eu também!" e começando um papo gostoso feminino. Mas justo a tempo percebo que poderia não soar muito bem. Em princípio, sou uma especialista financeira, afinal.

– É tudo bem simples, na verdade – acabo dizendo, e abro um sorriso confiante. – Quando se pega o gancho dos três princípios básicos.

– Verdade? – diz a garota de cabelos pretos e para com o secador na mão. – Quais são eles, então?

– Ah – digo, limpando a garganta. – Hum, bem, o primeiro é... – Paro e esfrego o nariz. Deus, minha mente está completamente vazia.

– Desculpe, Rebecca – diz Chloe – Vou precisar interromper. – Graças a Deus por isso. – Agora, eu estava pensando num vermelho-cereja para os lábios. Está bem para você?

Com toda essa conversa, não prestei muita atenção ao que ela estava fazendo no meu rosto. Mas quando olho bem para minha imagem no espelho, não consigo acreditar. Meus olhos estão grandes; de repente tenho bochechas incrivelmente salientes... sinceramente, pareço uma pessoa diferente. Por que não uso maquiagem assim todos os dias?

– Uau! – exclamo. – Está fantástico!

– Está mais fácil porque você está muito calma – observa Chloe, levando a mão ao estojo preto. – Às vezes temos de maquiar pessoas que não conseguem parar de tremer de nervoso. Até celebridades. Quase não conseguimos fazer sua maquiagem.

– Verdade? – digo e me inclino para a frente, pronta para ouvir mais fofocas do meio. Mas a voz de Zelda nos interrompe.

– Com licença, Rebecca! – exclama ela. – Certo, como estamos indo? A maquiagem parece boa. E o cabelo?

– Está bem cortado – diz Chloe, pegando uns chumaços do meu cabelo e depois deixando-os cair novamente. Só vou fazer uma escova para dar mais brilho.

– Está bem – diz Zelda. – E depois vamos levá-la ao guarda-roupa. – Ela olha para algo na sua prancheta e depois senta-se numa cadeira giratória ao meu lado. – Está bem, então, Rebecca, precisamos falar sobre sua parte.

– Excelente – digo, num tom profissional como o dela. – Bem, preparei tudo exatamente como você queria. Realmente simples e direto.

– Sim – diz Zelda. – Bem, é sobre isso que eu queria falar. Tivemos uma reunião ontem, e você ficará feliz em saber que, afinal, não precisaremos ser tão básicos. – Ela sorri. – Você poderá ser tão técnica quanto desejar! Gráficos... números...

– Ah, certo – digo, surpresa. – Bem... que bom! Ótimo! Ainda assim talvez eu mantenha o assunto num nível relativamente simples.

– Queremos evitar usar uma linguagem demasiadamente simplificada. Afinal, os espectadores não são débeis mentais! – Zelda abaixa a voz levemente. – Além disso, fizemos uma nova pesquisa de audiência ontem e, aparentemente, 80 por cento sentem-se diminuídos com alguns ou todos os conteúdos do programa. Basicamente, precisamos retificar esse equilíbrio. Por isso tivemos uma mudança total de planos para sua parte! – Ela sorri para mim. – Em vez de uma entrevista simples, pensamos em ter um debate acalorado.

– Um debate acalorado? – repito, procurando não parecer tão alarmada quanto estou me sentindo.

– Claro! – diz Zelda. – O que queremos é realmente uma discussão apaixonada! Opiniões sendo emitidas, vozes se elevando. Algo assim.

Opiniões? Mas eu não tenho nenhuma opinião.

– E então, está bem? – pergunta Zelda franzindo a testa para mim. – Você parece um pouco...

– Estou bem! – digo, forçando um sorriso. – Só... estou ansiosa para chegar o momento! Um debate acalorado. Ótimo! – Limpo a garganta. – E... com quem estarei debatendo?

– Um representante da Flagstaff Life – diz Zelda triunfante. – Frente a frente com o inimigo. Será um grande *show*!

– Zelda! – surge uma voz de fora da sala. – Bella novamente!

– Ah, pelo amor de Deus! – diz Zelda, levantando-se de um pulo. – Rebecca, estarei de volta num segundo.

– Certo – consigo responder. – Vejo você num minuto.

– Tudo bem – diz Chloe com uma expressão satisfeita. – Enquanto ela está lá, deixe-me colocar aquele batom. – Ela pega um pincel comprido e começa a pintar meus lábios, e eu olho para minha imagem no espelho, tentando ficar calma; tentando não entrar em pânico. Mas meu coração está batendo forte e minha garganta está tão apertada que não consigo engolir. Nunca senti tanto medo em toda a minha vida.

Não posso falar num debate acalorado! Simplesmente não posso. Não tenho nenhuma opinião, não tenho nenhum número, não sei nada...

Ah, Deus, *por que* eu quis aparecer na televisão?

– Rebecca, pode tentar manter seus lábios quietos? – diz Chloe com uma expressão intrigada. – Eles estão tremendo muito.

– Desculpe – murmuro, olhando minha imagem como um coelho congelado. Ela está certa, estou tremendo toda. Ah, Deus, isto não é bom. Preciso me acalmar. Pensar zen. Pensar em algo alegre.

Num esforço para me distrair, focalizo a atenção em minha imagem no espelho. Ao fundo, posso ver Zelda em pé no corredor, falando ao telefone com uma expressão furiosa no rosto.

– Hã – posso ouvi-la dizendo num tom áspero. – Hã. Mas o problema, Bella, é que pagamos a você uma taxa para *ficar* disponível. Que diabos eu devo fazer agora? – Ela levanta os olhos e cumprimenta alguém com uma das mãos. – Tudo bem, Bella, eu entendo...

Uma mulher loura e dois homens aparecem no corredor, e Zelda acena para eles com a cabeça se desculpando.

Não consigo ver seus rostos, mas estão usando sobretudos elegantes e segurando pastas, e um dos homens tem um arquivo inchado de tanto papel. O mantô da mulher loura é bem bonito, fico pensando. E ela está com uma maleta de pele de pônei Fendi. Quem será?

– Hã-hã – Zelda está dizendo. – Hã-hã. Bem, se *você* puder sugerir um tema alternativo para ligações...

Ela levanta as sobrancelhas para a mulher loura, que encolhe os ombros e se vira para olhar um cartaz na parede. E quando faz isso, meu coração quase para de funcionar.

Porque a reconheço. É Alicia. É Alicia, da Brandon Communications, em pé, a cinco metros de distância de mim.

Quase tenho vontade de rir da incongruência disso tudo. O que ela está fazendo aqui? O que Alicia Sacana Pernas Compridas está fazendo aqui, pelo amor de Deus?

Um dos homens se vira para dizer algo a ela e quando vejo seu rosto, acho que o reconheço também. Ele faz parte do grupo da Brandon Communications, não é? Um desses jovens ansiosos com rosto de bebê.

Mas que diabos eles estão fazendo aqui? O que está acontecendo? Certamente não pode ser...

Eles não podem estar todos aqui por causa de...

Não. Ah, não. De repente, me sinto com frio.

– Luke! – vem a voz de Zelda do corredor, e meu estômago começa a se agitar. – Estou *muito* feliz por você ter podido vir. Sempre adoramos ter você no programa. Sabe, não tinha a menor ideia de que você representava a Flagstaff Life, até Sandy dizer...

No espelho, posso ver meu rosto perdendo a cor.

Isto não está acontecendo. Por favor, diga-me que isto não está acontecendo.

– A jornalista que escreveu o artigo já está aqui – Zelda está dizendo – e já a informei do que iremos fazer. Acho que vai ser excelente ter um debate entre vocês dois no programa!

Ela começa a andar pelo corredor e, pelo espelho, vejo Alicia e o jovem ansioso começarem a segui-la. Depois o terceiro homem de sobretudo começa a aparecer. E apesar de meu estômago estar doloridamente agitado, não consigo evitar. Lentamente giro minha cabeça quando ele passa pela porta.

Encontro os olhos graves e escuros de Luke Brandon e ele encontra os meus e, por alguns segundos, nós nos olhamos. Depois, repentinamente ele desvia o olhar e se distancia no corredor. E eu fico ali, sem ação, olhando para minha imagem pintada, sentindo-me doente de pânico.

CONSELHOS FINANCEIROS SIMPLES E BÁSICOS

1. Prefere relógio/20 mil libras? Óbvio.
2. Flagstaff Life enganou clientes inocentes. Cuidado.

Hum...

3. Sempre tenha cuidado com seu dinheiro.
4. Não coloque tudo num só investimento, diversifique.
5. Não perca por engano.
6. Não.

COISAS QUE SE PODE COMPRAR COM VINTE MIL LIBRAS

1. Um bom carro, por exemplo, um BMW pequeno
2. Colar de pérolas e brilhante da Asprey's mais um grande anel de brilhante
3. 3 vestidos de noite de alta-costura, por exemplo, de John Galliano
4. Um excelente piano Steinway
5. 5 lindos sofás de couro da loja Conran
6. 52 relógios Gucci mais uma bolsa
7. Flores entregues todo mês durante 42 anos
8. 55 filhotes de labrador com *pedigree*
9. 80 coletes de *cashmere*
10. 668 sutiãs lindos da marca Wonderbras
11. 454 potes de creme hidratante Helena Rubinstein
12. 800 garrafas de champanhe
13. 2.860 pizzas Fiorentina
14. 15.384 tubos de batatas Pringles
15. 90.909 pacotinhos de balas de caramelo
16.

20

Às 11h25, estou sentada numa poltrona marrom, numa sala de espera. Estou usando um tailleur Jasper Conran azul-noite, meias de seda e um par de sapatos de salto alto de camurça. Quanto à maquiagem e aos cabelos depois da escova, nunca fiquei tão bonita em toda a minha vida. Mas não posso desfrutar de minha aparência. Não posso aproveitar nada disso. Só consigo pensar no fato de que, dentro de 15 minutos, precisarei sentar num sofá e discutir altas finanças com Luke Brandon, ao vivo na televisão.

Só de pensar nisso sinto vontade de chorar. Ou de rir. Quero dizer, é como numa brincadeira de mau gosto. Luke Brandon contra mim. Luke Brandon, com seu QI de gênio e sua maldita memória fotográfica, contra mim. Ele vai me derrotar facilmente. Vai me *massacrar*.

– Querida, coma um *croissant* – diz Elisabeth Plover, que está sentada na minha frente, mastigando um *pain au chocolat*. – São simplesmente sublimes. Cada mordida é como um raio de sol campestre.

– Não, obrigada – digo. – Eu... não estou com muita fome.

Não entendo como ela consegue comer. Eu sinceramente me sinto como se estivesse a ponto de vomitar a qualquer momento. Como é que as pessoas podem aparecer na televisão todos os dias? Como Fiona Phillips faz isso? Não é para menos que são tão magros.

– A seguir... – ouve-se a voz de Rory do monitor de televisão no canto da sala, e nós duas automaticamente giramos a cabeça para ver na tela uma cena de praia ao pôr do sol. – Como é viver com um gângster e depois arriscar tudo traindo-o? Nossa próxima convidada escreveu um romance explosivo baseado na sua experiência sombria e perigosa...

– ... E apresentamos uma nova série de discussões profundas – exclama Emma. A cena muda para uma chuva de moedas caindo no chão, e meu estômago dá um nó. – *Morning Coffee* chama atenção sobre o tema do escândalo financeiro, com dois especialistas importantes do setor, frente a frente num debate.

Isso sou eu? Ah, Deus, não quero ser uma especialista importante do setor. Quero ir para casa e tomar uma boa xícara de chá.

– Mas antes! – diz Rory alegre. – Scott Robertson está se animando na cozinha.

O quadro muda rapidamente para um homem com um chapéu de cozinheiro sorrindo e segurando um maçarico. Olho para ele por alguns momentos, depois desço o olhar novamente, apertando as mãos cerradas sobre o colo. Não consigo acreditar que dentro em breve serei eu a estar naquela tela. Sentada no sofá. Tentando pensar em algo inteligente para dizer.

Para me distrair, desenrolo pela milionésima vez minha folha A4 amassada e leio minhas anotações insignificantes. Talvez não seja tão ruim, me vejo pensando esperançosa, enquanto meus olhos passam mais uma vez pelas mesmas frases. Talvez eu esteja me preocupando sem razão. Provavelmente nós vamos manter tudo no nível de uma conversa casual. Mantê-la simples e amigável. Afinal...

– Bom dia, Rebecca – ouço uma voz que vem da porta.

 Lentamente olho para cima e sinto meu coração afundar.

Luke Brandon está em pé na porta. Está usando um terno escuro imaculado, seus cabelos estão brilhando e seu rosto está bronzeado pela maquiagem. E não há um grama de amabilidade no seu rosto. O maxilar está cerrado, os olhos estão duros e com um ar profissional. Quando encontram os meus, nem vacilam.

Por alguns instantes nos olhamos sem falar. Posso ouvir meu coração batendo alto e sentir meu rosto queimando por debaixo da maquiagem. Depois, juntando todas as minhas forças, obrigo-me a dizer calmamente:

– Olá, Luke.

Luke atrai os olhares de todos quando entra na sala. Até Elisabeth Plover parece intrigada com ele.

– Conheço esse rosto – diz ela, inclinando-se para mim. – Conheço ele. Você é ator, não é? Shakespeariano, claro. Acho que o assisti em *Rei Lear,* três anos atrás.

– Creio que não – diz Luke, seco.

– Tem razão! – diz Elisabeth, dando um tapa na mesa. – Foi *Hamlet*. Lembro-me bem. A dor desesperada, a culpa, a tragédia final... – Ela balança a cabeça com ar solene. – Nunca esquecerei sua voz. Cada palavra era como uma punhalada.

– Sinto muito – diz Luke por fim, e olha para mim. – Rebecca...

– Luke, aqui estão os números finais – interrompe Alicia, entrando na sala correndo e entregando-lhe uma folha de papel. – Olá, Rebecca – ela acrescenta, com um olhar sarcástico. – Está preparada?

– Sim, estou, na verdade – digo, amarrotando meu papel A4 numa bola de papel em meu colo. – Muito bem preparada.

– Fico contente em ouvir isso – diz Alicia, levantando as sobrancelhas. – Deverá ser um debate interessante.

– Sim – digo em tom de desafio. – Muito.

Deus, ela é uma sacana.

– Acabei de falar com John, da Flagstaff, ao telefone – acrescenta Alicia para Luke numa voz baixa. – Ele insiste que você deve mencionar a nova série de poupanças da Foresight. Obviamente, eu disse a ele...

– Esta é uma oportunidade para consertar o estrago – diz Luke, seco. – Não uma maldita feira de lançamentos. Ele terá muita sorte se ... – Luke olha para mim e eu desvio o olhar, como se não tivesse o mais remoto interesse no assunto. Casualmente dou uma olhada de relance para meu relógio e sinto um grande medo quando vejo a hora. Dez minutos. Dez minutos mais.

– Tudo bem – diz Zelda entrando na sala. – Elisabeth, estamos prontos para você.

– Maravilhoso – diz Elisabeth, comendo mais um naco do *pain au chocolat*. – *Estou* bem, não estou? – Ao levantar-se, uma chuva de migalhas cai de sua saia.

– Está com um pedaço de *croissant* no cabelo – diz Zelda, retirando-o. – Fora isso, o que posso dizer? – Ela capta meu olhar e tenho um desejo histérico de rir.

– Luke! – diz o rapaz com rosto de bebê, entrando correndo com um telefone celular. – John Bateson na linha para você. E chegaram dois pacotes...

– Obrigada, Tim – diz Alicia, pegando os pacotes e os abrindo. Ela retira uma pilha de papéis e começa a passar os olhos por eles rápido, marcando textos com um lápis de vez em quando. Enquanto isso, Tim senta, abre seu *laptop* e começa a digitar.

– Sim, John, realmente entendo seu ponto de vista – Luke diz numa voz baixa e contida. – Mas se você me ouvir pelo menos por um instante...

– Tim – diz Alicia olhando para ele. – Pode examinar rapidamente o lucro do fundo de pensão da Flagstaff nos últimos três, cinco e dez anos?

– Claro – diz Tim, e começa a digitar no computador.

– Tim – diz Luke, olhando para ele do telefone. – Pode imprimir o rascunho do *release* da Flagstaff Foresight para mim o mais rápido possível? Obrigado.

Não consigo bem acreditar no que estou vendo. Eles praticamente armaram um escritório aqui na sala verde do *Morning Coffee*. Um escritório inteiro da equipe da Brandon Communications cheia de computadores, modems, telefones... brigando contra mim e meu papel A4 todo amassado.

Observando o *laptop* de Tim cuspindo páginas eficientemente, e Alicia entregando folhas de papel a Luke, uma sensação fria começa a subir pela minha espinha. Quero dizer, vamos encarar. Nunca vou vencer este grupo, vou? Não tenho a menor chance. Eu devia simplesmente desistir agora. Dizer que estou doente ou algo assim. Correr para casa e esconder-me debaixo da minha cama.

– Todos prontos? – pergunta Zelda da porta, esticando a cabeça para dentro da sala. – Vai começar daqui a sete minutos.

– Sim – diz Luke.

– Sim – repito numa voz titubeante.

– Ah, Rebecca, chegou um pacote para você – diz Zelda. Ela entra na sala e me entrega uma caixa grande e quadrada. – Voltarei num minuto.

– Obrigada, Zelda – agradeço surpresa e, com uma repentina elevação de ânimo, começo a abrir a caixa. Não tenho ideia do que seja ou de quem o teria enviado, mas tem de ser algo que vai ajudar, não tem? Informação inédita enviada no último minuto por Eric Foreman, talvez. Um gráfico, ou uma série de números que eu possa apresentar num momento crucial. Ou algum documento secreto que Luke desconheça.

Do canto do olho consigo ver que todos os Brandonetes pararam o que estavam fazendo e estão me observando. Bem, isto vai lhes mostrar. Eles não são os únicos a receber pacotes de última hora. Não são os únicos a ter recursos. Finalmente consigo tirar a fita adesiva e abro a aba da caixa.

E com todos me observando, um grande balão vermelho de hélio, todo enfeitado com as palavras BOA SORTE, flutua até o teto. Há um cartão preso ao barbante e, sem olhar ninguém nos olhos, eu o abro.

Imediatamente percebo que era preferível não tê-lo aberto.

"Boa sorte para você, boa sorte para você, seja lá o que vai fazer" – canta uma vozinha eletrônica.

Fecho correndo o cartão e sinto meu rosto queimar. Deus, que vergonha. Do outro lado da sala consigo ouvir umas risadinhas e posso ver Alicia rindo maliciosamente. Ela murmura algo no ouvido de Luke e uma expressão divertida toma conta de seu rosto.

Ele está rindo de mim. Estão todos rindo de Rebecca Bloom e de seu balão que canta. Por alguns instantes não consigo me mexer de humilhação. Meu rosto está quente, minha garganta está apertada, nunca me senti tão longe de ser uma importante especialista em finanças em toda a minha vida.

Depois, do outro lado da sala, ouço Alicia murmurar algum comentário maldoso bufando de rir – e, então, bem dentro de mim, alguma força grita. Arrase-os, penso de repente. Arrase-os todos. De qualquer forma, é provável mesmo que só estejam com ciúmes. Eles queriam ganhar balões também.

Desafiadora, abro o cartão novamente para ler a mensagem.

Não importa se chover ou fizer sol, nós todos sabemos que você estará bem – canta a vozinha do cartão. – Levante a cabeça, mantenha-a elevada, o que importa é você tentar.

Para Becky, com amor e gratidão por toda a sua maravilhosa ajuda. Estamos muito orgulhosos por conhecer você. De seus amigos Janice e Martin.

Olho para o cartão, repetidamente leio as palavras e sinto meus olhos esquentarem. Janice e Martin *têm sido* bons amigos ao longo dos anos – mesmo que seu filho seja um pouco mimado. Sempre foram bons comigo, mesmo quando dei um conselho tão desastroso. Devo isso a eles. E não posso desapontá-los.

Pisco algumas vezes, respiro fundo e vejo os olhos de Luke Brandon sobre mim, escuros e sem expressão.

– Amigos – explico calmamente. – Enviando votos de sucesso.

Cuidadosamente apoio o cartão sobre a mesa de centro, certificando-me de que fique aberto para continuar cantando, depois puxo meu balão para baixo e o amarro no espaldar da minha cadeira.

– Certo – vem a voz de Zelda da porta. – Luke e Rebecca. Estão prontos?

– Não poderia estar mais pronta – digo calmamente e passo por Luke a caminho da porta.

21

Enquanto atravessamos os corredores até o cenário, Luke e eu não trocamos uma palavra. Dou uma rápida olhada para ele quando viramos um corredor e sua expressão está ainda mais dura do que antes, na sala verde.

Ah, está bem. Também posso ficar dura. Posso ficar dura e profissional. Com firmeza, ergo o queixo e começo a dar passadas mais largas, fingindo ser Alexis Carrington, do seriado *Dynasty*.

– Então, vocês dois já se conhecem? – pergunta Zelda, que vai andando entre nós.

– Sim, já nos conhecemos – diz Luke, sendo breve.

– Num contexto profissional – digo, igualmente breve. – Luke está sempre tentando promover um de seus patéticos produtos financeiros. E eu estou sempre evitando seus telefonemas.

Zelda dá uma risada e vejo os olhos de Luke brilharem de raiva. Mas realmente não ligo. Não me importa quanto ele se irrita. De fato, quanto mais irritado ele fica, melhor.

– Então, Luke, você deve ter se aborrecido bastante com o artigo de Rebecca no *Daily World* – diz Zelda.

– Não fiquei satisfeito – diz Luke.

– Ele me telefonou para reclamar, você acredita? – digo alegremente. – Não consegue aceitar a verdade, hein, Luke? Não quer enxergar o que há sob o brilho de sua empresa, não é? Sabe, talvez você devesse mudar de emprego.

Há um silêncio e me viro para ver Luke. Ele parece tão furioso que, por um terrível instante, chego a pensar que vai me bater. Depois seu rosto muda e, numa voz calma e gélida, ele diz:

– Vamos entrar logo no maldito cenário e acabar com essa farsa, está bem?

Zelda levanta as sobrancelhas para mim e eu sorrio de volta. Nunca vi Luke tão perturbado como agora.

– Está bem – diz Zelda quando nos aproximamos de um conjunto de portas duplas giratórias. – Chegamos. Falem baixo quando entrarmos.

Ela abre as portas e nos faz entrar e, por um momento, chego a vacilar na minha encenação. Sinto-me completamente trêmula e aterrorizada, exatamente como Laura Dern em *Parque dos dinossauros*, quando viu os dinossauros pela primeira vez. Porque lá está, na vida real, o cenário do *Morning Coffee*. Com o sofá, todas as plantas e tudo mais, tudo iluminado com as luzes mais brilhantes, mais ofuscantes, como nunca vi na vida.

Isto é simplesmente irreal. Quantos zilhões de vezes sentei em casa, assistindo a isto na televisão? E agora vou fazer parte desta realidade. Não consigo acreditar muito bem.

– Temos uns minutinhos até o intervalo comercial – diz Zelda, nos guiando pelo chão coberto por um monte de cabos de energia. – Rory e Emma ainda estão com Elisabeth no cenário da biblioteca.

Ela nos diz para sentarmos em lados opostos da mesa de centro e eu, cautelosamente, obedeço. O sofá é mais duro do que eu esperava e um pouco... diferente. Tudo é diferente. Deus, isto é esquisito. As luzes no meu rosto são tão fortes que quase não consigo enxergar e também não sei como devo sentar. Uma garota se aproxima, passa um fio de microfone por baixo da minha blusa e prende na minha gola.

Um pouco sem jeito, levanto minha mão para ajeitar o cabelo para trás, e imediatamente Zelda vem correndo na minha direção.

– Procure não se movimentar muito, está bem, Rebecca? – diz ela. – Não queremos ouvir muito ruído pelo microfone.

– Certo – digo. – Desculpe.

De repente, minha voz parece não estar funcionando adequadamente. Sinto como se tivessem enchido minha garganta com um chumaço de algodão. Olho para uma câmera próxima e, para meu horror, vejo-a aproximando-se de mim.

– Tudo bem, Rebecca – diz Zelda, correndo novamente para mim. – Mais uma regra de ouro, não olhe para a câmera, está bem? Simplesmente aja com naturalidade!

– Está bem – respondo secamente.

Agir com naturalidade. Fácil, fácil.

– Trinta segundos até o boletim de notícias – informa ela, olhando para seu relógio. – Tudo bem, Luke?

– Sim – diz Luke, calmo. Ele está sentado no sofá como se estivesse lá a vida inteira. Típico. Para os homens está tudo bem, eles não se importam com a aparência.

Eu me mexo no assento, puxo nervosamente minha saia e aliso meu paletó. Sempre dizem que a televisão engorda a pessoa uns cinco quilos, o que significa que minhas pernas vão parecer gordas. Talvez eu deva cruzá-las para o outro lado. Ou não cruzá-las de jeito nenhum? Mas então talvez elas pareçam mais gordas ainda.

– Olá! – surge uma voz aguda do outro lado do cenário antes que eu consiga me decidir. Viro a cabeça e sinto uma pontada de nervoso no estômago. É Emma March em pessoa! Ela está usando um tailleur cor-de-rosa e correndo em direção ao sofá, seguida de perto por Rory, cujo rosto parece mais quadrado do que o normal. Deus, é estranho ver celebridades de perto. De certa forma, elas não parecem reais.

– Olá! – diz Emma alegremente e senta-se no sofá. – Então são vocês as pessoas das finanças, não são? Nossa, estou louca para fazer xixi. – Ela franze a testa para as luzes. – Quanto tempo dura este quadro, Zelda?

– Oi pessoal! – diz Rory e aperta minha mão. – Roberta.

– É Rebecca! – diz Emma enquanto me dá um olhar de solidariedade. – Sinceramente, ele não tem jeito. – Ela se contorce no sofá. – Nossa, eu realmente preciso ir ao banheiro.

– Agora é tarde demais – diz Rory.

– Mas prender a urina não faz mal à saúde? – Emma franze a sobrancelha, ansiosa. – Nós não tivemos um programa sobre isso uma vez? Telefonou aquela garota maluca que só ia uma vez por dia. E o Dr. James disse… o que ele disse mesmo?

– Não tenho a menor ideia – diz Rory alegremente. – Esses programas interativos sempre fogem à minha compreensão. Agora eu estou lhe avisando, Rebecca – acrescenta ele, virando-se para mim –, nunca consigo acompanhar nada desse assunto de finanças. É intelectual demais para mim. – Ele me abre um sorriso amplo e eu respondo com um sorriso tímido.

– Dez segundos – avisa Zelda de dentro do cenário, e meu estômago dá um nó de pavor. Pelos alto-falantes posso ouvir o tema musical de *Morning Coffee* indicando o fim do intervalo comercial.

– Quem começa? – pergunta Emma, espremendo os olhos para o teleprompter. – Ah, sou eu.

Então é isso aí. Sinto-me quase abobalhada de medo. Não sei para onde devo olhar; não sei quando devo falar. Minhas pernas estão tremendo e minhas mãos estão cerradas no meu colo. As luzes ofuscam meus olhos, uma câmera se aproxima à minha esquerda, mas preciso tentar ignorá-la.

– Estamos de volta! – diz Emma de repente para a câmera. – Agora, o que você preferia ganhar? Um relógio de parede ou 20 mil libras?

"O quê?" penso em estado de choque. Mas estas são *minhas* palavras. É o que eu ia dizer.

– A resposta é óbvia, não é? – continua Emma sem pensar muito. – Todos nós preferimos as 20 mil libras.

– Claro! – exclama Rory com um sorriso alegre.

– Mas quando alguns investidores da Flagstaff Life recentemente receberam uma carta sugerindo que transferissem suas economias – diz Emma, de repente adotando uma expressão sóbria –, eles não sabiam que, se fizessem isso, perderiam uma bonificação de 20 mil libras. Rebecca Bloom é a jornalista que revelou essa história. Rebecca, você acha que esse tipo de fraude acontece muito?

E de repente todos estão olhando para mim, esperando minha resposta. A câmera está no meu rosto; o estúdio está em silêncio.

Dois milhões e meio de pessoas, todos olhando de suas casas.

Ah, Deus. Não consigo respirar.

– Você acha que os investidores precisam ser cautelosos? – provoca Emma.

– Sim – consigo responder, numa voz estranha e pouco clara. – Sim, acho que deveriam.

– Luke Brandon, você representa a Flagstaff Life – diz Emma, virando-se para ele. – Você acha...

"Merda", penso, infeliz. Foi patético. Patético! O que aconteceu com a minha voz, pelo amor de Deus? O que aconteceu com todas as minhas respostas preparadas?

Agora nem estou ouvindo a resposta de Luke. Anda, Rebecca. Preste atenção. Concentre-se.

– O que é preciso lembrar – Luke está dizendo calmamente – é que ninguém tem *direito* a uma bonificação. Este não é um caso de ser logrado! – Ele sorri para Emma. – Isto é simplesmente um caso em que uns poucos investidores foram um pouco ávidos demais por seus próprios interesses. Eles acreditam que saíram perdendo, portanto estão deliberadamente vendendo uma imagem negativa da empresa. Enquanto isso, há milhares de pessoas que se *beneficiaram* da Flagstaff Life.

O quê? O que ele está dizendo?

– Entendo – diz Emma, concordando com a cabeça. – Então, Luke, você concordaria que...

– Espera um minuto! – ouço minha voz interromper. – Só... só um minuto. Sr. Brandon, o senhor acabou de chamar os *investidores* de gananciosos?

– Não todos – diz Luke. – Mas alguns, sim.

Olho para ele incrédula, minha pele pinicando de indignação. A imagem de Janice e Martin vem à minha cabeça – as pessoas mais doces, menos gananciosas do mundo – e por alguns instantes fico tão furiosa que não consigo falar.

– A verdade é que a maioria dos investidores da Flagstaff Life teve lucros fantásticos nos últimos cinco anos – Luke continua explicando a Emma, que está concordando com a cabeça inteligentemente. – E é com isto que eles deveriam estar preocupados. Investimentos de boa qualidade. Não com bonificações imediatas. Afinal, a Flagstaff Life foi inicialmente criada para proporcionar...

– Corrija-me se estiver errada, Luke – interrompo, forçando-me a falar com calma. – Corrija-me se estiver errada, mas acredito que a Flagstaff Life foi originalmente criada como um fundo de investimento? Para o *benefício mútuo* de todos os seus membros. Não para beneficiar alguns em detrimento de outros.

– Claro – retruca Luke sem vacilar. – Mas isso não dá a cada investidor o direito a uma bonificação de 20 mil libras, dá?

– Talvez não – digo, minha voz elevando-se levemente. – Mas certamente lhes dá o direito de acreditar que não serão iludidos por uma empresa na qual eles investiram seu dinheiro por 15 anos. Janice e Martin Webster confiavam na Flagstaff Life. Eles confiaram na orientação que receberam. E olhe para onde aquela confiança os levou!

– Investimento é um jogo de azar – diz Luke gentilmente. – Às vezes você ganha...

– Não foi sorte! – ouço-me gritar furiosamente. – Claro que não foi sorte! Você está me dizendo que foi uma total coincidência eles terem sido orientados a transferir seus recursos financeiros duas semanas antes de ser anunciada a bonificação?

– Meus clientes estavam simplesmente tornando disponível um produto financeiro que eles acreditavam que iria gerar maiores rendimentos aos portfólios de seus clientes – diz Luke, dando um sorriso apertado. – Eles me asseguraram que estavam apenas querendo beneficiar seus clientes. Eles me asseguraram que...

– Então você está dizendo que seus clientes são incompetentes? – retruco. – Está dizendo que eles tinham as melhores intenções, mas erraram?

Os olhos de Luke brilham de raiva e sinto uma pontada de orgulho.

– Não vejo...

– Bem, poderíamos continuar discutindo o dia todo! – diz Emma, deslocando-se um pouco no assento. – Mas vamos falar de algo um pouco mais...

– Francamente, Luke – digo, cortando-a. – *Francamente.* Você não pode ter os dois. – Inclino-me para ele, marcando pontos na minha mão. – Ou a Flagstaff Life foi incompetente, ou estava deliberadamente procurando economizar dinheiro. Qualquer que seja, eles estão errados. Os Webster eram clientes leais e deveriam ter recebido aquele dinheiro. Na minha opinião, a Flagstaff Life os encorajou deliberadamente a trocar de investimento para evitar que eles recebessem a bonificação. Quero dizer, é óbvio, não é?

Olho em volta procurando apoio e vejo Rory olhando para mim estupefato.

– Tudo isso é um pouco técnico demais para mim – diz ele com uma risadinha. – Um pouco complicado.

– Tudo bem, vamos colocar isso de outra maneira. – digo rapidamente. – Vamos... – Fecho os olhos, buscando inspiração. – Vamos... suponha que estou numa loja de roupas! – Abro os olhos novamente. – Estou numa loja de roupas e escolho um lindo casaco de *cashmere* Nicole Farhi. Tudo bem?

– Tudo bem – diz Rory cauteloso.

– Adoro Nicole Farhi! – diz Emma, animando-se. – Uma lã maravilhosa.

– Exatamente – digo. – Tudo bem, então imagine que estou em pé na fila para pagar, cuidando da minha vida, quando uma vendedora se aproxima e diz: "Por que não escolhe este outro casaco? A qualidade é melhor e ainda posso acrescentar um vidro de perfume grátis." Não tenho nenhuma razão para desconfiar da vendedora por isso, penso, que maravilha, e compro o outro casaco.

– Certo – diz Rory, acenando. – Até aqui estou acompanhando.

– Mas quando chego do lado de fora da loja – digo cuidadosamente –, descubro que esse outro casaco não só não é Nicole Farhi como também não é de *cashmere* verdadeiro. Volto para a loja e eles me dizem que não vão me devolver o dinheiro.

– Você foi enganada! – exclama Rory, como se tivesse acabado de descobrir a lei da gravidade.

– Exatamente – digo. – Fui enganada. E o problema é que milhares de clientes da Flagstaff Life também foram. Eles foram persuadidos a abandonar sua escolha original de investimento para optar por um fundo que os deixou com menos 20 mil libras. – Faço uma pausa, ordenando meus pensamentos. – Talvez a Flagstaff Life não tenha desobedecido a lei. Talvez eles não tenham quebrado nenhuma regra. Mas há uma justiça natural neste mundo, e eles não só a quebraram, eles a estilhaçaram. Esses clientes mereciam aquela bonificação. Eles eram clientes leais, antigos, mereciam. E se você é honesto, Luke Brandon, *sabe* que eles mereciam.

Termino minha fala sem ar e olho para Luke. Ele está me fitando com uma expressão indecifrável no rosto e, sem querer, sinto meu estômago dar um nó de nervoso. Engulo em seco, procuro afastar meu olhar do dele, mas de algum modo não consigo mexer minha cabeça. É como se nossos olhos estivessem colados um no outro.

– Luke? – diz Emma. – Você tem uma resposta para o argumento de Rebecca?

Luke não responde. Está olhando para mim, e eu para ele, sentindo meu coração pular como um coelho.

– Luke? – repete Emma levemente impaciente. – Você tem...

– Sim – diz Luke. – Sim, eu tenho. Rebecca... – Ele balança a cabeça, quase sorrindo para si mesmo, depois olha novamente para mim. – Rebecca, você está certa.

De repente, faz-se um silêncio total no estúdio.

Abro minha boca, mas não consigo emitir um som sequer.

Do canto do olho, vejo Rory e Emma se olhando perplexos.

– Desculpe, Luke – diz Emma. – Você quer dizer...

– Ela está certa – diz Luke, e encolhe os ombros. – Rebecca está absolutamente certa. – Ele pega seu copo d'água, inclina-se no sofá e toma um gole. – Se você quer minha opinião sincera, esses clientes mereciam aquela bonificação. Eu gostaria muito que eles a *tivessem* recebido.

Isto não pode estar acontecendo. Luke está concordando comigo. Como ele pode estar concordando comigo?

– Entendo – diz Emma, parecendo um pouco injuriada. – Então você mudou sua posição?

Há uma pausa, enquanto Luke olha pensativo para o copo d'água. Depois ele olha para Emma e diz:

– Minha empresa é contratada pela Flagstaff Life para manter sua boa imagem diante do público. Mas isso não significa que eu, pessoalmente, concorde com tudo o que eles fazem, ou mesmo que eu saiba de tudo o que eles fazem. – Ele faz uma pausa. – Para dizer a verdade, eu não tinha a menor ideia de que isso estava acontecendo até ler o artigo de Rebecca no *Daily World*. Que, por falar nisso, foi um excelente artigo de jornalismo investigativo – ele acrescenta, acenando para mim. – Parabéns.

Olho de volta sem ação, incapaz até mesmo de murmurar "Obrigada". Nunca me senti tão sem graça em toda a minha vida. Quero parar e enterrar minha cabeça nas mãos e pensar em tudo isso devagar e com cuidado – mas não posso, estou num programa de televisão ao vivo. Dois milhões e meio de pessoas, em todo o país, estão me assistindo agora.

Merda, espero que minhas pernas estejam bonitas.

– Se eu fosse cliente da Flagstaff e isso tivesse acontecido comigo, estaria furioso – continua Luke. – *Existe* uma premissa chamada lealdade ao cliente; *existe* algo chamado jogar limpo. E eu esperaria que qualquer cliente que eu represente em público seguisse esses dois princípios.

– Entendo – diz Emma e vira-se para a câmera. – Bem, essa foi uma virada e tanto! Luke Brandon, aqui para representar a Flagstaff Life, agora diz que o que eles fizeram foi errado. Mais algum comentário, Luke?

– Para ser sincero – diz Luke, com um sorriso irônico –, não estou certo se ainda estarei representando a Flagstaff Life depois disso.

– Ah – diz Rory, inclinando-se para a frente com uma expressão inteligente. – E você pode nos dizer por quê?

– Ah, francamente, Rory! – diz Emma impaciente. Ela revira os olhos e Luke dá uma pequena risada.

De repente, todos estão rindo e eu os acompanho, meio histérica. Encontro o olhar de Luke e sinto algo queimar no meu peito. Rapidamente desvio os olhos dele outra vez.

– Certo, bem – diz Emma abruptamente, arrumando-se e sorrindo para a câmera. – Isto é o que os especialistas em finanças tinham a dizer. Logo após o intervalo, retornamos com o mestre-cuca para o palco...

– ... e cremes para celulite: eles realmente funcionam? – acrescenta Rory.

– E nossos convidados especiais, *Heaven Sent 7*, cantando ao vivo no estúdio.

A música tema ressoa do alto-falante e Emma e Rory ficam de pé.

– Debate fantástico – diz Emma apressada. – Desculpe, estou *morrendo* de vontade de fazer xixi.

Matéria excelente – acrescenta sério Rory. – Não entendi uma palavra, mas foi um excelente programa. – Ele dá um tapinha nas costas de Luke, levanta a mão para mim e depois sai correndo do cenário.

E de repente tudo acabou. Tudo terminado. Restamos só eu e Luke, sentados um na frente do outro, nos sofás, com as luzes ainda brilhando sobre nós e os microfones ainda presos em nossas lapelas. Estou um pouco traumatizada. Um pouco tonta.

Aquilo tudo realmente acabou de acontecer?

– Então – digo finalmente, e limpo a garganta.

– Então – repete Luke, com um pequeno sorriso. – Muito bem.

– Obrigada – digo, e mordo o lábio meio sem graça.

Estou pensando se ele está em apuros agora. Atacar um de seus clientes, ao vivo na televisão, é o equivalente a uma vendedora esconder roupas de clientes.

Se ele realmente mudou de opinião por causa do meu artigo. Por causa de mim. Mas não posso perguntar isso. Posso?

O silêncio está ficando cada vez mais alto e finalmente respiro fundo e digo:

– Você...

– Eu estava...

Nós dois falamos ao mesmo tempo.

– Não – digo, ficando vermelha. – Você fala. O meu não era... Fala você.

– Está bem – diz Luke, e encolhe o ombro. – Eu ia perguntar se você gostaria de jantar comigo esta noite.

Olho para ele surpresa.

O que ele quer dizer com jantar? Será que ele quer dizer...

– Para discutir assuntos de trabalho – continua ele. – Gostei muito da sua ideia de fazer uma promoção de cotas de fundo fiduciário no estilo das liquidações de janeiro.

Minha o quê?

Que ideia? Do que ele está...

Ah, Deus, *aquilo*. Ele está falando sério? Aquilo foi só uma mania minha estúpida de falar sem pensar.

– Acho que poderia ser uma boa promoção para determinado cliente nosso – ele está dizendo –, e eu estava imaginando se você gostaria de ser consultora no projeto. Como *freelancer*, claro.

Consultoria. *Freelancer*. Projeto.

Não acredito. Ele está falando sério.

– Ah – digo, e engulo em seco, inexplicavelmente desapontada. – Ah, entendo. Bem, eu... eu acho que estarei livre esta noite.

– Bom – diz Luke. – Pode ser o Ritz?

– Se você preferir – digo indiferente, como se eu fosse lá todo dia.

– Bom – diz Luke outra vez, e seus olhos apertam-se num sorriso. – Vou esperar ansioso por isso.

E depois – Ah, Deus. Para meu total horror, antes que eu possa me conter, ouço minha voz dizendo com ar sacana:

– E Sacha? Ela não tem planos para você esta noite?

Já enquanto as palavras saem, sinto-me enrubescer. Ah, merda. Para que disse isso?

Faz-se um longo silêncio durante o qual quero me esconder em algum lugar e morrer.

– Sacha foi embora, uma semana atrás – diz Luke finalmente, e eu levanto a cabeça.

– Ah – digo delicadamente. – Ah, meu Deus.

– Sem aviso, fez a mala e se foi. – Luke olha para mim. – Ainda assim, poderia ter sido pior. – Faz um gesto de indiferença. – Pelo menos eu não comprei a frasqueira também.

Ah, Deus, agora vou rir. Preciso rir. Mas *não devo*.

– Sinto muito – consigo dizer afinal.

– Eu não – diz Luke olhando para mim sério, e eu perco a vontade de rir. Olho de volta para ele nervosa e sinto meu coração começar a bater acelerado.

 – Rebecca! Luke!

Nossas cabeças se viram para ver Zelda se aproximando do cenário com uma prancheta na mão.

– Fantástico! – exclama ela. – Justo o que nós queríamos. Luke, você esteve ótimo. E Rebecca... – Ela se aproxima, senta ao meu lado no sofá e dá um tapinha no meu ombro. – Você foi tão maravilhosa que nós estávamos pensando se você gostaria de trabalhar como nossa consultora para responder às perguntas do segmento financeiro do "ligue-agora".

– O quê? – Olho para ela. – Mas... mas eu não posso! Não sou especialista em nada.

– Ha-ha-ha, muito bem! – Zelda dá uma risadinha sarcástica. – O bom em você, Rebecca, é que você tem o toque popular. Vemos você como uma guru das finanças que encontra a vizinha. Informativa mas acessível. Esclarecida mas com os pés no chão. A especialista em finanças com quem as pessoas realmente querem falar. O que você acha, Luke?

– Acho que Rebecca vai se sair perfeitamente bem na função – diz Luke. – Não consigo imaginar ninguém mais qualificado. Também acho que é melhor eu ir andando. – Ele se levanta e sorri para mim. – Vejo você mais tarde, Rebecca. Até logo, Zelda.

Observo meio confusa enquanto Luke atravessa o chão repleto de fios em direção à saída, quase querendo que olhe para trás.

– Certo – diz Zelda, e aperta minha mão. – Vamos lá que eu vou orientar você.

22

Eu nasci para aparecer na televisão. Essa é a verdade. Definitivamente *nasci* para aparecer na televisão.

Rory, Emma e eu estamos sentados novamente nos sofás, enquanto Anne, de Leeds, gagueja ao telefone admitindo que nunca na vida pediu restituição do imposto de renda.

Olho para Emma e sorrio, e ela pisca de volta. Faço parte da equipe. Sou uma do grupo. Nunca me senti tão entusiasmada e feliz em toda a minha vida.

É realmente estranho que, quando era eu a entrevistada, estava toda tímida e nervosa, mas agora que estou do outro lado do sofá, estou muito tranquila. Deus, eu poderia fazer isso o dia todo. Nem me importo mais com o brilho das luzes. Parece normal. E já ensaiei na frente do espelho o jeito mais bonito de sentar (joelhos juntos e pés cruzados no calcanhar).

– Comecei a fazer umas faxinas – diz Anne – e nunca analisei a situação. Mas agora meu patrão me perguntou se eu paguei algum imposto. Quero dizer, isso nunca me ocorreu.

– Ah, meu Deus – diz Emma, e olha para mim. – Anne obviamente está numa enrascada.

– De modo algum – digo solidária. – Bem, a primeira atitude, Anne, é verificar se você precisa pagar algum imposto, pois se estiver abaixo do teto, estará isenta. E felizmente você ainda tem muito tempo para se organizar e dar entrada no pedido de restituição.

Isso também é realmente estranho. Deus sabe como – mas *eu sei as respostas para todas as perguntas.* Entendo de hipotecas, de seguros de vida e de aposentadorias e pensões. Entendo desse negócio! Alguns minutos atrás, Kenneth de St. Austell perguntou qual é o limite de contribuição anual para o imposto ISA – e eu respondi 5 mil libras sem nem pensar. É quase como se alguma parte da minha mente estivesse guardando cuidadosamente cada pequena informação que eu nunca usei na *Successful Saving*, e, agora que preciso, está tudo aqui. Pergunte-me o que quiser! Pergunte-me... as regras sobre taxa de ganhos de capital para donos de imóveis. Ande, pergunte-me.

– Se eu fosse você, Anne – finalizo –, entraria em contato com o escritório da Receita Federal mais próximo e pediria uma orientação. E não tenha medo!

– Obrigada – diz a voz estridente de Anne. – Muito obrigada, Rebecca.

– Bem, espero que isso ajude, Anne – diz Emma, e sorri para a câmera. – Agora vamos ouvir as notícias e a previsão do tempo com Danina, mas depois, como muitas pessoas estão telefonando, voltaremos para o "ligue-agora" sobre o tema "Administrando seu Dinheiro".

– Muitas pessoas com problemas de dinheiro – fala Rory.

– Demais – diz Emma. – E queremos ajudar. Portanto, qualquer que seja sua dúvida, não importa se é grande ou pequena, por favor telefone para ouvir os conselhos de Rebecca Bloom, no número 0333 4567. – Ela para um instante, sorrindo para a câmera, depois relaxa de volta na cadeira quando a luz apaga. – Bem, isto está indo muito bem! – diz ela feliz, quando uma garota da maquiagem corre e retoca seu rosto com pó. – Não está, Zelda?

– Fantástico! – diz Zelda, aparecendo da escuridão. – As linhas não estiveram tão ocupadas desde quando fizemos "Eu gostaria de conhecer uma Spice Girl". – Ela olha para mim com uma expressão de curiosidade. – Você já fez algum curso para saber como se apresentar na televisão, Rebecca?

– Não – digo honestamente. – Não fiz. Mas... já vi muita televisão.

Zelda cai na gargalhada.

– Boa resposta! Tudo bem, pessoal, voltamos em trinta segundos.

Emma sorri para mim e consulta a folha de papel em sua frente, e Rory inclina-se para trás e examina suas unhas. Eles estão me tratando como uma colega de trabalho, penso feliz. Estão me tratando como um deles.

Nunca me senti tão completa e absolutamente feliz. Nunca. Nem quando achei um bustiê Vivienne Westwood por 60 libras na liquidação da Harvey Nichols. (Por falar nisso, estou tentando lembrar onde ele está. Preciso usá-lo qualquer dia desses.) Isto ganha de tudo mais. A vida é perfeita.

Recosto-me no sofá, cheia de contentamento, e estou olhando preguiçosamente em volta no estúdio quando uma figura estranhamente familiar chama minha atenção. Olho bem e minha pele começa a pinicar de pavor. Há um homem em pé na escuridão do estúdio e, sinceramente, devo estar tendo uma alucinação ou algo assim, porque ele se parece exatamente com...

– E... estamos de volta – diz Rory, e minha atenção volta para o cenário. – O "ligue-agora" desta manhã é sobre problemas financeiros, grandes e pequenos. Nossa especialista convidada é Rebecca Bloom e nosso próximo telespectador ao telefone é Fran, de Shrewsbury. Fran?

– Sim – diz Fran. – Olá. Olá, Rebecca.

– Olá, Fran. – Sorrio simpática. – E qual é o problema?

– Estou numa confusão – diz Fran. – Eu... eu não sei o que fazer.

– Você está devendo, Fran? – pergunta Emma gentilmente.

– Sim – responde Fran, e dá um suspiro trêmulo. – Estourei o limite do meu cheque especial, devo dinheiro em todos os meus cartões de crédito, peguei dinheiro emprestado da minha irmã... e simplesmente não consigo parar de gastar. Eu simplesmente... adoro comprar.

– Que tipo de compras adora fazer? – pergunta Rory interessado.

– Não sei exatamente – diz Fran após uma pausa. – Roupas para mim, roupas para as crianças, artigos para a casa, só bobagem, na verdade. Depois as contas chegam... e eu as jogo fora.

Emma me dirige um olhar significativo, e eu levanto minha sobrancelha em resposta.

– Rebecca? – diz ela. – Fran está obviamente com um problema. O que deveria fazer?

– Bem, Fran – digo, amável. – A primeira coisa que precisa é ter coragem para enfrentar seu problema. Entre em contato com o banco e diga-lhes que está tendo problemas para administrar seu dinheiro. Eles não são monstros! Eles querem ajudar. – Viro-me diretamente para a câmera e olho séria dentro das lentes. – Fugir não vai resolver nada, Fran. Quanto mais tempo demorar, pior será.

– Eu sei – vem a voz titubeante de Fran. – Sei que está certa. Mas não é fácil.

– Eu sei – digo solidária. – Sei que não é. Mas você vai saber resolver essa situação, Fran.

– Rebecca – diz Emma. – Você diria que esse é um problema comum?

– Temo que sim – respondo, virando-me de volta para ela. – Infelizmente, muitas pessoas lá fora simplesmente não colocam a segurança financeira em primeiro lugar.

– Ah, meu Deus – diz Emma, balançando a cabeça pesarosa. – Isso não é bom.

– Mas nunca é tarde demais – continuo. – Logo que eles enfrentam o problema e acordam para suas responsabilidades, suas vidas se transformam.

Faço um gesto confiante com o braço e, nessa hora, meu olhar abrange todo o estúdio. E... Ah, meu Deus, é ele.

Não é alucinação.

É ele mesmo. Em pé no canto do estúdio, usando um crachá de segurança e bebendo algo num copo de plástico como se pertencesse a este lugar. Derek Smeath está em pé aqui nos estúdios do *Morning Coffee*, a dez metros de mim.

Derek Smeath do Endwich Bank.

Mas não... não pode ser.

Mas é. É Derek Smeath. Não compreendo. O que está fazendo aqui?

Ah, Deus, e agora ele está olhando diretamente para mim.

Meu coração começa a bater acelerado, e eu engulo em seco, procurando manter o controle.

– Rebecca? – diz Emma, e me forço a voltar minha atenção para o programa. Nem me lembro do que estão falando. – E então você acha que Fran deveria procurar o gerente de seu banco?

– Eu... hã... sim – digo, meu rosto repentinamente queimando de vermelho.

O que vou fazer? Ele está olhando diretamente para mim. Não posso escapar.

– Então – diz Emma. – Você acha que, quando Fran encarar a realidade, será capaz de organizar sua vida?

– Exatamente – concordo mecanicamente, e forço um sorriso radiante para Emma. Mas, por dentro, minha felicidade confiante está evaporando. Derek Smeath está aqui. Não posso expulsá-lo da minha vista, não consigo me esquecer dele.

E agora todas as partes da minha vida, que eu tinha cuidadosamente enterrado no fundo da minha mente, estão começando a reaparecer. Não quero lembrar-me de nenhuma delas, mas não tenho escolha. Aqui vêm elas, insinuando-se para dentro da minha mente, um pedaço de horrível realidade após o outro.

– Bem – diz Rory. – Vamos todos esperar que Fran siga o ótimo conselho de Rebecca.

Meu desentendimento com Suze. Meu encontro desastroso com Tarquin. Uma sensação fria horrível começa a correr pela minha coluna.

– Agora nosso próximo telespectador – diz Emma. – É John, de Luton. John?

– Olá, Rebecca – diz John. – O negócio é que recebi uma apólice de seguro quando era criança, mas perdi todos os papéis. E agora gostaria de receber a grana, entende o que quero dizer?

Meu cartão VISA, cancelado. Meu cartão Octagon, confiscado na frente daquela multidão toda. Deus, aquilo foi humilhante.

Tudo bem, pare com isso. Concentre-se. Concentre-se.

– Este é na verdade um problema bastante comum – ouço-me dizer. – Você se lembra com que empresa sua apólice estava?

– Não – diz John. – Não tenho a menor ideia.

Minha conta no banco. Milhares de libras em dívidas. Derek Smeath.

Ah, Deus. Estou me sentindo mal. Quero correr e me esconder em algum lugar.

– Bem, você talvez ainda possa localizá-la – continuo, forçando-me a continuar sorrindo. – Poderia começar por uma agência especializada nesse tipo de assunto. Posso verificar isso para você, mas acho que seu nome é...

Minha vida inteira é caótica, desorganizada. Está tudo lá, não é? Esperando por mim, como uma aranha enorme. Só esperando para atacar, tão logo este "ligue-agora" termine.

– Creio que não temos mais tempo – diz Emma, quando termino. – Muito obrigada à nossa especialista financeira, Rebecca Bloom, e tenho certeza de que todos nós estaremos seguindo suas sábias palavras. Após o intervalo, os resultados da nossa transformação em Newcastle e *Heaven Sent 7*, ao vivo, no estúdio.

Faz-se uma pausa gelada – depois todos relaxam.

– Certo – diz Emma, consultando sua folha de papel. – Onde estamos agora?

– Bom trabalho, Rebecca – diz Rory alegre. – Excelente matéria.

– Ah, Zelda! – diz Emma, levantando de um pulo. – Posso dar uma palavrinha com você? Foi fabuloso, Rebecca – acrescenta. – Realmente fabuloso.

De repente, os dois se foram. E sou deixada sozinha no cenário, exposta e vulnerável, evitando desesperadamente os olhos de Derek Smeath e pensando o mais rápido que posso.

Talvez eu possa escapar por trás sem ser vista.

Ou talvez eu possa ficar aqui no sofá. Só até que ele se canse e vá embora. Quero dizer, ele não vai ousar entrar no cenário, vai?

Talvez eu possa *fingir ser outra pessoa.* Deus, sim. Quero dizer, com toda esta maquiagem, eu praticamente pareço mesmo outra pessoa.

De qualquer modo – logo me ocorre –, quem disse que ele me viu? Ele deve estar aqui por alguma razão completamente diferente. Talvez vá aparecer no programa ou algo assim. Exatamente. Nada a ver comigo. Portanto, vou simplesmente levantar e passar por ele rápido e tudo ficará bem.

– Dá licença, meu bem – diz um homem de jeans, entrando no cenário. – Preciso levar este sofá.

– Ah, está bem – concordo me levantando. Quando faço isso, sem querer capto novamente o olhar de Derek Smeath. Ele ainda está olhando diretamente para mim. Está me esperando.

Ah, Deus.

Tudo bem, tudo ficará bem – apenas continue andando. Continue andando e finja que não o reconhece.

Deliberadamente evitando seu olhar, levanto-me, respiro fundo e atravesso o cenário com passadas rápidas. Meus passos não vacilam; minha expressão não hesita. Meus olhos estão fixos nas portas duplas, e estou indo bem. Agora só mais uns poucos passos. Só uns poucos mais...

– Srta. Bloom. – Sua voz acerta minha cabeça como uma bala e por um instante penso em ignorá-la. Penso até na possibilidade de pular para as portas. Mas Zelda e Emma estão ali perto. Elas o ouviram chamar meu nome. Não posso escapar.

Portanto, me viro e olho para ele como que o reconhecendo pela primeira vez.

– Ah, olá, é *você*! – digo radiante. – Que surpresa! Como vai?

Um técnico gesticula pedindo que falemos baixo e Derek Smeath me conduz com firmeza para um *foyer* fora do estúdio. Ele se vira para mim e eu sorrio confiante. Talvez possamos manter tudo num nível social.

– Srta. Bloom...

– Lindo dia hoje – digo. – Não acha?

– Srta. Bloom, nossa reunião – diz Derek Smeath, tenso.

Ah, Deus. Eu estava esperando que ele pudesse ter esquecido isso.

– Nossa reunião – repito pensativa. – Hum... – E então tenho uma ideia repentina. – Isso mesmo. É amanhã, não é? Estou esperando ansiosa.

Derek Smeath parece que vai explodir.

– Não é amanhã! Era na segunda-feira de manhã. E a senhorita não apareceu!

– Ah – digo. – Ah, *aquela* reunião. Sim, sinto muito. Pretendia ir, sinceramente. Só que... Só que...

Mas não consigo pensar numa única desculpa sequer. Já usei todas elas. Assim, eu vou murchando, mordo o lábio, sentindo-me como uma criança levada.

– Srta. Bloom – diz Derek Smeath aborrecido. – Srta. Bloom... – ele esfrega o rosto com a mão e depois olha para mim. – Você sabe há quanto tempo estou escrevendo cartas para você? Sabe há quanto tempo estou tentando levá-la ao banco para uma reunião?

– Hã... Não estou bem cer...

– Seis meses – diz Derek Smeath e pausa. – Seis longos meses de desculpas e mentiras. Agora, gostaria apenas que a senhorita pensasse no que isso significa para mim. Significa cartas intermináveis. Inúmeros telefonemas. Horas de tempo e esforço de minha parte e de minha assistente Erica. Recursos que, francamente, poderiam ter sido despendidos em algo melhor. – Ele gesticula energicamente com o copo de plástico e deixa cair um pouco de café no chão. – Finalmente eu consigo fazer com que ela se comprometa a comparecer a um encontro inadiável. Depois de tudo isso, penso que está começando a levar sua situação a sério... E a senhorita não aparece. Desaparece completamente. Telefono para sua casa e descubro onde está, só para ser acusado de modo muito desagradável de ser algum tipo de perseguidor!

– Ah, sim – digo e faço uma expressão de pesar. – Desculpe-me quanto a isso. É só meu pai, sabe. Ele é um pouco estranho.

– Eu nunca teria desistido – diz Derek Smeath, sua voz se elevando cada vez mais. – Eu nunca teria desistido. E então estou passando por uma loja de televisores, esta manhã, e o que vejo, em seis telas diferentes, se não a ausente, a desaparecida Rebecca Bloom aconselhando a nação. E sobre o que está aconselhando? – ele começa a se sacudir de rir. (Pelo menos eu acho que está rindo.) – Finanças! A senhorita está aconselhando o público inglês... sobre finanças!

Olho para ele enfurecida. Não é *tão* engraçado assim.

– Olha, sinto muito por não ter podido comparecer à última reunião – digo procurando soar profissional. – A situação estava um pouco difícil para mim naquele momento. Mas se pudermos remarcar...

– Remarcar! – grita Derek Smeath como se eu tivesse acabado de contar uma piada histérica. – Remarcar!

Olho para ele indignada. Ele não está me levando nada a sério, está? Ele nem sequer está ouvindo o que estou dizendo. Estou dizendo a ele que quero comparecer a uma reunião – eu na verdade *quero* ir – e ele está me tratando como uma piada. Está me tratando como alguma espécie de ato de comédia.

E não é para menos, interrompe uma vozinha dentro de mim. *Olha o modo como você se comportou até agora. Olha a maneira que o tem tratado. Francamente, é surpreendente que ele ainda esteja sendo civilizado com você.*

Olho para o seu rosto, ainda enrugado de rir... e me sinto vencida.

Porque, na verdade, ele poderia ter sido muito mais desagradável do que tem sido. Poderia ter cancelado meu cartão há muito mais tempo. Ou colocado a polícia atrás de mim. Ou me incluído na lista negra. Ele na verdade foi muito gentil comigo, de um jeito ou de outro.

– Ouça – digo rapidamente. – Por favor. Me dê outra chance. Realmente quero resolver minhas finanças. Quero pagar minha dívida com o banco. Mas preciso de você para me ajudar. Estou... – Engulo em seco. – Estou lhe pedindo para me ajudar, Sr. Smeath.

Há uma longa pausa. Derek Smeath procura em volta um lugar para depositar o copo vazio, tira um lenço branco do bolso e o esfrega nas sobrancelhas. Depois guarda-o e me dirige um olhar demorado.

– Está falando sério? – pergunta ele finalmente.

– Sim.

– Vai realmente fazer um esforço?

– Sim. E... – Mordo o lábio. – E sou muito grata por todas as chances que me deu. Sou mesmo.

Então sinto que estou quase a ponto de chorar. Quero ser boa. Quero arrumar minha vida. Quero que ele me diga o que fazer.

– Está bem – diz Derek Smeath finalmente. – Vamos ver o que podemos resolver. Você vem ao escritório amanhã, às 9h30 em ponto, e vamos ter uma conversinha.

– Obrigada – digo, meu corpo todo relaxando aliviado. – Muito obrigada. Estarei lá. Prometo.

– É bom estar – diz ele. – Não há mais desculpas. – Depois um sorriso pálido se abre em seu rosto. – Por falar nisso – acrescenta ele, apontando para o *cenário*. – Achei que se saiu muito bem lá. Perfeitas todas as suas orientações.

– Ah – digo surpresa. – Bem... obrigada. É realmente... – Limpo a garganta. – Como o senhor entrou no estúdio afinal? Pensei que tinham uma segurança bem eficiente.

– Eles têm – replica Derek Smeath. – Mas minha filha trabalha em televisão. – Ele sorri amoroso. – Ela costumava trabalhar neste programa.

– Verdade? – digo sem acreditar.

Deus, que incrível. Derek Smeath tem uma filha. Ele provavelmente tem uma família inteira. Uma mulher e tudo mais. Quem teria pensado nisso?

– É melhor eu ir andando – diz ele e toma o último gole de seu copo de café. – Preciso voltar ao escritório. – E me dirige um olhar severo. – Eu a vejo amanhã.

– Estarei lá – digo rapidamente enquanto ele se afasta em direção à saída. – E... e obrigada. Muito obrigada.

Quando ele desaparece, afundo numa cadeira próxima. Não posso acreditar muito bem que acabei de ter uma conversa agradável e civilizada com Derek Smeath. Com Derek Smeath! E ele parece ter um bom coração. Tem sido tão paciente comigo, e sua filha trabalha em televisão... quem sabe eu ainda venha a conhecê-la também. Talvez fique amiga da família inteira. Não seria fantástico? Vou começar a jantar na casa deles, e sua esposa vai me dar um abraço caloroso quando eu chegar, e eu a ajudarei com a salada e tudo mais...

– Rebecca! – ouço uma voz por trás de mim e me viro para ver Zelda aproximar-se com sua prancheta na mão.

– Olá – digo feliz. – Como vai tudo?

– Ótimo – diz ela, e puxa uma cadeira. – Bem, quero ter uma conversinha com você.

– Ah – digo. – Tudo bem. Sobre o quê?

– Nós achamos que você se saiu tremendamente bem hoje – diz Zelda, cruzando as pernas. *Tremendamente* bem. Já falei com Emma e Rory e com nosso produtor sênior – faz uma pausa para efeito – e eles todos gostariam de vê-la novamente no programa.

Olho para ela sem acreditar.

– Você quer dizer…

– Não toda semana – diz Zelda. – Mas regularmente. Pensamos em talvez três vezes por mês. Você acha que seu trabalho permitiria isso?

– Eu… eu não sei – digo, estupefata. – Espero que sim.

– Excelente! – diz Zelda. – Provavelmente nós poderíamos promover sua revista também e deixá-los felizes. – Ela rabisca algo numa folha de papel e olha para mim. – Agora, você não tem um agente, não é? Portanto, precisarei falar de dinheiro diretamente com você. – Ela pausa e olha para sua prancheta. – O que estamos oferecendo, por quadro, é…

23

Coloco a chave na fechadura e, lentamente, abro a porta do apartamento. Parece que se passaram um milhão de anos desde que estive lá da última vez e me sinto uma pessoa completamente diferente. Cresci. Ou mudei. Ou algo assim.

– Olá – digo cautelosamente no silêncio e largo minha bolsa no chão. – Tem alguém…

– Bex! – suspira Suze, surgindo pela porta da sala de estar. Está usando uma *legging* preta e segura uma moldura de brim quase pronta numa das mãos. – Ah, meu Deus! Onde você *esteve*? O que tem feito? Eu a vi no *Morning Coffee* e não pude acreditar! Tentei telefonar para lá e falar com você, mas disseram que eu precisava ter um problema financeiro. E eu disse, tudo bem, como devo investir meio milhão? Mas eles disseram que não era isso – ela interrompe. – Bex, onde você esteve? O que aconteceu?

Não respondo de imediato. Estou olhando para a pilha de cartas na mesa endereçadas a mim: envelopes brancos e marrons, com janelinhas transparentes e expressões ameaçadoras como "Último Aviso". É a pilha de cartas mais assustadora que já se viu.

Exceto que, de algum modo, elas não parecem mais tão assustadoras.

– Estava na casa de meus pais – respondo, olhando para ela. – E depois estava na televisão.

– Mas eu telefonei para seus pais! Eles disseram que não sabiam onde você estava!

– Eu sei – digo, corando levemente. – Eles estavam... me protegendo de um perseguidor. – Quando olho para ela vejo que não está entendendo nada. O que acredito ser mais do que justo. – Bem – acrescento, defensiva –, deixei um recado na secretária eletrônica dizendo para você não se preocupar porque eu estava bem.

– Eu sei – reclama Suze –, mas é isso que sempre fazem nos filmes. E significa que os "do mal" a pegaram e você está com um revólver apontado para a sua cabeça. Honestamente, achei que estava morta! Achei que estava, em algum lugar, cortada em um milhão de pedaços.

Olho para Suze novamente. Ela não está brincando. Estava realmente preocupada. De repente, sinto-me péssima. Nunca deveria ter desaparecido assim. Foi algo completamente impensável, irresponsável e egoísta.

– Ah, Suze. – Num impulso, corro para ela e a abraço com força. – Sinto muito mesmo. Nunca quis fazer você sofrer.

– Está tudo bem – diz Suze, me abraçando também. – Fiquei preocupada por um tempo, mas depois soube que você devia estar bem quando a vi na televisão. Esteve fantástica, por falar nisso.

– Verdade? – digo, com um pequeno sorriso tremulando no canto da boca. – Você gostou mesmo?

– Ah, sim! – diz Suze. – Muito melhor do que aquele cara, Luke Brandon. Deus, ele é arrogante.

– Sim – concordo após uma pequena pausa. – Sim, suponho que sim. Mas ele foi muito bom comigo afinal.

– Verdade? – diz Suze indiferente. – Bem, de qualquer modo, você estava brilhante. Quer um café?

 – Adoraria – respondo, e ela desaparece na cozinha.

Pego minhas cartas e contas e começo a folheá-las devagar. Numa outra época, esta pilha teria me deixado num estado de pânico total. Na verdade, elas teriam ido direto para o lixo, sem serem lidas. Mas sabe do que mais? Hoje não sinto uma centelha de medo. Honestamente, como eu pude ser tão boba quanto às minhas finanças? Como pude ser tão covarde? Desta vez vou encará-las adequadamente. Vou sentar com meu talão de cheques e meu último extrato bancário e organizar metodicamente essa confusão toda.

Olhando para o punhado de envelopes na minha mão, sinto-me, de repente, muito adulta e responsável. Perspicaz e sensível. De agora em diante, vou organizar minha vida e manter minhas finanças em ordem. Mudei total e absolutamente minha atitude em relação a dinheiro.

Além disso...

Tudo bem, eu não ia contar isso a você. Mas o *Morning Coffee* está me pagando fortunas. *Fortunas.* Você não vai acreditar, mas por cada "ligue-agora" que fizer, vou receber...

Ah, agora já estou envergonhada. Digamos que seja... é muito. Hi-hi!

Eu simplesmente não consigo parar de rir. Estou nas nuvens desde que me disseram quanto vão me pagar. Portanto, agora vou poder pagar todas essas contas facilmente. A fatura do VISA, meu cartão da Octagon, o dinheiro que devo a Suze – tudo! Finalmente, *finalmente* minha vida vai ficar em ordem.

– E então, por que você desapareceu sem mais nem menos? – pergunta Suze, voltando da cozinha e me fazendo pular. – Qual foi o problema?

– Não sei exatamente – digo com um suspiro, colocando as cartas de volta na mesa do hall. – Só precisei me afastar e pensar. Estava muito confusa.

– Por causa de Tarquin? – pergunta Suze, e sinto-me enrijecer apreensiva.

– Um pouco – digo após uma pausa e engulo. – Por quê? Ele por acaso...

– Sei que você não é tão interessada em Tarkie – diz Suze pensativa –, mas acho que ele ainda gosta muito de você. Veio até aqui umas duas noites atrás e deixou esta carta.

Ela aponta para um envelope creme grudado no espelho. Com as mãos levemente trêmulas pego a carta. Ah, Deus, o que será que ele me escreveu? Hesito, depois rasgo o envelope e uma entrada de teatro cai no chão.

– A ópera! – exclama Suze, pegando o bilhete. – É hoje! – Ela olha para mim. – Deus, que sorte que você voltou hoje, Bex.

> Minha querida Rebecca:
>
> Desculpe minha reserva não a procurando antes. Mas quanto mais o tempo passa, mais percebo quanto gostei de nossa saída e quanto gostaria de repeti-la.
>
> Envio anexa uma entrada para a ópera Die Meistersinger, na Opera House. Irei assisti-la de qualquer modo, mas, se você puder me acompanhar, ficarei muito feliz.
>
> Um beijo,
>
> Tarquin Cleath-Stuart

Olho para a carta, completamente confusa. O que isso significa? Que Tarquin não me viu folheando seu talão de cheques, afinal? Que viu – mas decidiu me perdoar? Que ele é um completo esquizoide?

– Ah, Bex, você precisa ir! – diz Suze, lendo por cima do meu ombro. – Você precisa ir. Ele ficará arrasado se não for. Eu realmente acho que ele gosta de você.

– Não posso ir – respondo deixando a carta na mesa. – Tenho um encontro de negócios hoje à noite.

– Então tudo bem! – diz Suze. – Poderá cancelá-lo.

– Eu... eu não posso. É muito importante.

– Ah – diz Suze desapontada. – Mas e o pobre Tarkie? Vai ficar sentado lá, esperando você, todo ansioso...

– Vá você no meu lugar – sugiro. – Vá você.

– Verdade? – Suze faz uma careta e olha para a entrada. – Mas sinceramente... – E me olha. – Com quem é seu encontro de negócios, afinal?

– É... é com Luke Brandon – digo, tentando parecer despreocupada. Mas não adianta, posso sentir meu rosto corar.

– Luke Brandon? – diz Suze, pasma. – Mas o que... – Ela me olha e sua expressão lentamente se transforma. – Ah, não, Bex! Não me diga...

– É apenas um encontro de negócios – explico, evitando seu olhar. – Só isso. Dois profissionais se encontrando e falando sobre negócios. Numa... numa situação de negócios. É tudo.

E entro correndo para meu quarto.

Encontro de negócios. Roupas para um encontro de negócios. Tudo bem, vamos dar uma olhada.

Tiro todas as roupas do armário e espalho na cama. Tailleur azul, tailleur preto, tailleur rosa. Horríveis. Tailleur de riscas? Hum. Talvez seja exagerado. Tailleur creme... tem cara de casamento. Tailleur verde... não significa má sorte ou algo assim?

– E então, o que vai vestir? – pergunta Suze olhando pela porta aberta do quarto. – Vai comprar algo novo? – Seu rosto se ilumina. – Ei, vamos fazer compras?

– Compras? – digo distraída. – Hã... talvez.

Normalmente, claro, jamais recusaria um convite para ir às compras. Agarraria esta chance. Mas de algum modo hoje... Ah, não sei. Sinto-me ansiosa demais para fazer compras. Muito tensa. Acho que não serei capaz de dedicar toda a minha atenção às compras.

– Bex, você me ouviu? – diz Suze surpresa. – Eu disse: "Vamos fazer compras?"

– Sim, eu sei. – Olho para Suze e depois pego um *top* preto e olho para ele criteriosamente. – Na verdade, acho que vou deixar para outro dia.

– Você quer dizer... – Suze faz uma pausa. – Quer dizer que *não quer* sair para fazer compras?

– Exatamente.

Há um silêncio. Olho para Suze e a vejo me observando.

– Não entendo – diz ela, parecendo bastante aborrecida. – Por que você está agindo de modo tão estranho?

– Não estou agindo de modo estranho! – Encolho os ombros. – Só não estou com vontade de fazer compras.

– Ah, Deus, há algo de errado, não há? – reclama Suze gemendo. – Eu sabia. Talvez você esteja realmente doente. – Ela entra no quarto e coloca a palma da mão na minha testa. – Você está com febre? Alguma dor?

– Não – digo rindo. – Claro que não!

– Você bateu a cabeça em algum lugar? – Suze abana a mão na frente do meu rosto. – Quantos dedos você vê aqui?

– Suze, estou bem – digo, afastando sua mão. – Honestamente. Eu só... não estou num clima de compras. – Seguro um tailleur cinza contra o corpo. – O que acha deste?

– Sinceramente, Bex, estou preocupada com você – diz Suze balançando a cabeça. – Acho que deveria ser examinada. Você está tão... diferente. Estou assustada.

– Sim, bem... – Pego uma camisa branca e sorrio para ela. – Talvez eu tenha mudado.

LEVO A TARDE inteira para decidir a roupa. Experimento muitas, misturo e combino, e de repente me lembro de algumas no fundo do guarda-roupa (*preciso* usar esses jeans lilás algum dia). Acabo me decidindo por uma roupa simples e básica. Meu melhor tailleur preto (liquidação da Jigsaw, de dois anos atrás), uma camiseta branca (M&SO) e botas de camurça pretas até o joelho (Dolce & Gabbana, mas eu disse a minha mãe que eram da BHS. O que foi um erro, porque depois ela quis comprar um par e tive de mentir dizendo que tinham sido todas vendidas). Visto tudo, enrosco os cabelos para cima num nó e olho para minha imagem no espelho.

– Muito bonita – diz Suze, admirando da porta. – Muito *sexy*.

– *Sexy?* – Sinto uma ponta de desapontamento. – Não estou querendo ficar *sexy*! Quero ficar com uma aparência profissional.

– Não pode ser os dois ao mesmo tempo? – sugere Suze. – Profissional *e sexy*?

– Eu... não – digo após uma pausa e desvio o olhar. – Não, eu não quero.

Não quero que Luke Brandon pense que me arrumei toda só para ele, é o que realmente quero dizer. Não quero dar a ele a menor chance de pensar que entendi errado o motivo deste encontro. Não como da última vez.

Sem nenhum aviso, sinto uma onda de humilhação atravessar meu corpo quando me lembro daquele momento horrível na Harvey Nichols. Balanço minha cabeça com força, procurando afastar aquilo da mente, procurando acalmar as batidas do meu coração. Por que diabos concordei com essa droga de jantar afinal?

– Eu só quero parecer o mais séria e profissional possível – digo e franzo a testa séria diante dessa minha reflexão.

– Eu sei. Então – diz Suze – você precisa de uns acessórios. Alguns acessórios do tipo mulher de negócios.

– Como o quê? Uma agenda?

– Como... – Suze faz uma pausa pensativa. – Está bem tive uma ideia. Espere aí.

CHEGO AO RITZ cinco minutos depois das 19h30, o horário marcado. Na entrada do restaurante, vejo que Luke já chegou. Está sentado, recostado, com um ar relaxado, e bebe algo que se assemelha a um gim-tônica. Não posso deixar de perceber que está usando um terno diferente do que vestiu de manhã, com uma camisa leve, verde-escura. Ele na verdade está... Bem. Muito bem. Bastante bonito.

Na verdade não está com uma aparência muito profissional.

E, pensando bem, este restaurante também não parece muito de negócios. É cheio de candelabros, guirlandas douradas e cadeiras de um rosa suave, com o teto lindamente pintado de nuvens e flores. O lugar todo brilha com a luz e é...

Bem, na verdade, a palavra que me vem à cabeça é "romântico".

Ah, Deus. Meu coração começa a bater acelerado de nervoso e olho rapidamente para minha imagem num espelho dourado. Estou usando o tailleur preto da Jigsaw, a camiseta branca e as botas de camurça preta como originalmente planejado. Mas, agora, também tenho um exemplar dobrado do *Financial Times* debaixo do braço, um par de óculos de tartaruga (com vidros claros) presos na cabeça, minha velha pasta executiva numa das mãos e – a *pièce de résistance* de Suze – um *laptop* AppleMac na outra.

Talvez tenha exagerado.

Estou quase voltando para ver se posso rapidamente guardar a pasta no armário de casacos (ou, para ser sincera, só deixar numa cadeira e me afastar), quando Luke se vira para meu lado, me vê e sorri. Droga. Sou forçada a ir em frente pelo carpete felpudo, procurando parecer o mais calma possível, apesar de ter um braço grudado no corpo para evitar que o *FT* caia no chão.

– Olá – diz Luke quando chego na mesa. Levanta para me cumprimentar e eu percebo que não posso apertar sua mão por causa do *laptop*. Sem graça, largo a pasta no chão, transfiro o *laptop* para o outro lado – quase deixando cair o *FT* – e, com o rosto levemente avermelhado, estendo a mão.

Luke sorri e, solene, aperta minha mão. Aponta uma cadeira e observa educadamente enquanto coloco o *laptop* sobre a toalha da mesa, pronto para uso.

– É uma máquina impressionante – diz ele. – Muito... *high-tech*.

– Sim – replico e dou um sorriso breve e calmo. – Eu uso o *laptop* com frequência para fazer anotações em reuniões de trabalho.

– Ah – diz Luke acenando com a cabeça. – Muito organizado de sua parte.

Obviamente ele está esperando que eu o ligue, portanto, experimento apertar a tecla *return* para ligá-lo. Isso, segundo Suze, deve fazer a tela aparecer. Mas nada acontece.

Aperto a tecla novamente – e ainda nada. Cutuco, fingindo que meu dedo escorregou por acidente – e, *ainda* nada. Merda, que situação embaraçosa. Por que tenho sempre que acreditar na Suze?

– Algum problema? – pergunta Luke.

– Não! – respondo imediatamente e fecho o *laptop*. – Não, eu só... Pensando bem, não vou usá-lo hoje. – Procuro na bolsa um caderno de anotações. – Vou anotar tudo aqui.

– Boa ideia – diz Luke suavemente. – Gostaria de um champanhe?

– Ah – digo um pouco amedrontada. – Bem... está bem.

– Excelente – diz Luke. – Esperava que quisesse.

Ele olha para um lado e um garçom sorridente corre na nossa direção com uma garrafa. Nossa, champanhe Krug.

Mas não vou sorrir ou parecer contente ou algo assim. Vou ficar bastante fria e profissional. Na verdade, só vou tomar uma taça, antes de mudar para água mineral. Afinal, preciso manter a cabeça lúcida.

Enquanto o garçom enche minha taça de champanhe, escrevo no caderno: "Reunião entre Rebecca Bloom e Luke Brandon." Olho para o que escrevi, analiso e depois sublinho duas vezes. Pronto. Parece muito eficiente.

– Então – digo fitando-o, e levanto os óculos. – Ao trabalho.

– Ao trabalho – repete Luke e dá um sorriso irônico. – O pouco que ainda me resta.

– Verdade? – olho para ele confusa. – Quero dizer, depois do que você disse no *Morning Coffee*? Aquilo o deixou em apuros?

Ele acena que sim e sinto uma pontada de aflição por ele.

Quero dizer, Suze está certa – Luke é bastante arrogante. Mas devo dizer que achei muito corajoso da parte dele levantar a cabeça daquele jeito e dizer publicamente o que realmente pensava da Flagstaff Life. E, agora, se ele ficar arruinado em decorrência disso, bem, parece muito injusto.

– Você perdeu tudo? – pergunto calmamente, e Luke ri.

– Eu não iria tão longe. Mas, esta tarde, tivemos de dar muitas explicações para nossos outros clientes. – Ele faz uma careta. – Devo dizer que insultar um de seus maiores clientes ao vivo na televisão não é exatamente uma prática normal no ramo de RP.

– Bem, acho que eles deveriam respeitar você! – retruco. – Por ter dito realmente o que pensa! Quero dizer, tão poucas pessoas fazem isso hoje em dia. Podia ser como... o *slogan* da sua empresa: "Nós dizemos a verdade."

Tomo um gole grande de champanhe e olho para ele em silêncio. Luke está me olhando com uma expressão estranha no rosto.

– Rebecca, você tem uma habilidade fantástica para acertar em cheio – diz ele finalmente. – Foi exatamente o que alguns de nossos clientes disseram. É como se tivéssemos nos dado um selo de integridade.

– Ah – digo satisfeita. – Então não está arruinado.

– Não estou arruinado – concorda Luke e abre um pequeno sorriso. – Apenas levemente enfraquecido.

Um garçom aparece do nada, enche minha taça e eu tomo um gole. Quando olho para Luke, ele está me fitando novamente.

– Sabe, Rebecca, você é uma pessoa extremamente perspicaz – diz ele. – Enxerga o que os outros não veem.

– Ah, bem. – Balanço minha taça de champanhe no ar. – Não ouviu Zelda? Sou a guru de finanças da vizinhança. – Nossos olhos se encontram e começamos a rir.

– Você é instrutiva e acessível.

– Informada com os pés no chão.

– Você é inteligente, charmosa, viva... – Luke murcha, olhando para sua bebida, depois me encara.

– Rebecca, quero me desculpar – diz ele. – Estou querendo fazer isso há algum tempo. Aquele almoço no Harvey Nichols... você estava certa. Não a tratei com o respeito que merecia. O respeito que merece.

Quando Luke termina a frase, faz-se um silêncio e eu abaixo o olhar para a toalha da mesa sentindo meu rosto em chamas. Está tudo muito bem para ele, dizer isso *agora*, penso furiosa. Está tudo muito bem para ele reservar uma mesa no Ritz e pedir champanhe e esperar que eu sorria e diga

"Ah, está bem". Mas por trás de toda a brincadeira ainda me sinto ferida com aquele episódio. E, depois de meu sucesso esta manhã, estou num humor belicoso.

– Meu artigo no *Daily World* não teve nada a ver com aquele almoço – digo sem encará-lo. – Nada. E você ter insinuado que tinha...

– Eu sei – diz Luke e suspira. – Nunca deveria ter dito aquilo. Foi um comentário... defensivo e irritado num dia em que, francamente, você tinha nos deixado em maus lençóis.

– Verdade? – Não consigo evitar um sorriso de prazer nos lábios. – Eu deixei todos em apuros?

– Está brincando? – diz Luke. – Uma página inteira no *Daily World* sobre um de nossos clientes, assim, sem mais nem menos?

Ah. Até que eu gosto desta ideia. A Brandon Communications inteira em polvorosa por causa de Janice e Martin Webster.

– Alicia também ficou baratinada? – Não consigo resistir à pergunta.

– Claro – diz Luke secamente. – Mais ainda quando eu descobri que ela havia realmente falado com você no dia anterior.

Ah!

– Bom – ouço-me dizer infantilmente, e depois me arrependo. As grandes mulheres de negócios não exultam de satisfação quando seus inimigos estão em apuros. Eu devia ter feito apenas um gesto desinteressado com a cabeça ou ter exclamado "Ah".

– Então, eu deixei você baratinado também? – pergunto, fazendo um ar de indiferença.

O silêncio toma conta do ambiente e, depois de algum tempo, olho para ele. Luke está me olhando, com uma expressão séria que faz meu coração começar a bater forte.

– Você tem me deixado assim já há algum tempo, Rebecca – diz ele calmamente. Mantém o olhar por uns segundos enquanto eu também olho fixamente para ele, incapaz de respirar – depois desvia os olhos para o menu.

– Vamos pedir?

O JANTAR PARECE DURAR a noite toda. Conversamos, comemos, conversamos mais e comemos mais um pouco. A comida é tão maravilhosa que não consigo dizer não para nada, e o vinho está tão delicioso que abandono meu plano de beber uma única taça e depois mudar para água mineral, no estilo profissional. No momento em que estou brincando despreocupada com um chocolate *feuillantine* com sorvete de mel e peras carameladas, já é quase meia-noite e minha cabeça está ficando pesada.

– Que tal essa sobremesa de chocolate? – pergunta Luke terminando de comer uma colherada de *cheesecake*.

– Boa – respondo e empurro o sorvete na direção dele. – Mas não tão boa quanto a musse de limão.

Tem isso também. Estou absolutamente empanturrada até a alma. Não consegui decidir entre todas as sobremesas no menu, então Luke sugeriu que pedíssemos todas cujos nomes parecessem interessantes. Que foram a maioria. Portanto, agora meu estômago está do tamanho de um pudim de Natal, e tão pesado quanto.

Honestamente, sinto-me como se não tivesse mais condições de levantar desta cadeira. É tão confortável e estou tão aquecida e à vontade, e é tudo tão bonito, e minha cabeça está girando o suficiente para me fazer não querer levantar. Além disso... eu não quero que isto acabe. Não quero que a noite termine. Estou me divertindo *tanto*. O curioso é que Luke me faz rir muito. Você pensaria que ele é todo sério, maçante e intelectual, mas realmente não é. Na verdade, imagine, não falamos sobre aquele papo de cota de fundo fiduciário nem uma vez.

Um garçom se aproxima, retira todos os pratos da mesa e traz uma xícara de café para cada um. Recosto na minha cadeira, fecho os olhos e tomo uns goles deliciosos. Ah, Deus, eu poderia ficar aqui para sempre. Na verdade, estou me sentindo realmente sonolenta agora – em parte porque estava tão nervosa na noite passada com o *Morning Coffee* que quase não dormi.

– Está na hora de eu ir – digo por fim, e me forço a abrir os olhos. – Preciso voltar para... – onde moro mesmo? – Fulham. Para Fulham.

– Certo – diz Luke, depois de uma pausa, e toma um gole de café. Coloca sua xícara na mesa e pega o leite. Quando faz isso, sua mão encosta na minha – e para. Logo sinto meu corpo todo enrijecer. Meu rosto começa a queimar e meu coração começa a bater apreensivo.

Tudo bem, vou admitir, eu mais ou menos pus minha mão no caminho. Só para ver o que aconteceria. Quero dizer, ele poderia facilmente mover sua mão para trás se quisesse, não poderia? Despejar o leite, fazer uma piada, desejar boa-noite.

Mas ele não faz isso. Muito lentamente, fecha sua mão envolvendo a minha.

E agora eu realmente não posso mexer. Seu polegar começa a traçar desenhos no meu pulso, e eu posso sentir quanto sua pele está quente e seca. Olho na sua direção e encontro seu olhar, e sinto uma sacudidela dentro de mim. Não posso afastar meus olhos dos dele. Não posso mover minha mão. Estou completamente fascinada.

– Aquele cara que vi com você no Terrazza – diz ele depois de um tempo, o polegar relaxado ainda desenhando figuras na minha pele. – Ele era algum...

– Só... você sabe. – Procuro dar um riso descuidado mas estou tão nervosa que soa como um chiado. – Um multimilionário qualquer.

Luke me olha atentamente por um segundo – e desvia o olhar.

– Certo – diz ele, como que fechando o assunto. – Bem. Talvez devêssemos chamar um táxi para você. – Sinto um baque de decepção e procuro não demonstrar. – Ou talvez... – ele para.

Há uma pausa interminável. Quase não consigo respirar. Talvez o quê? O quê?

– Conheço bem o pessoal aqui – diz Luke finalmente. – Se quiséssemos... – ele encontra meu olhar. – Acho que poderíamos ficar.

Sinto um choque elétrico passar pelo meu corpo.

– Você gostaria?

Incapaz de falar, aceno afirmativamente. Ah, Deus. Ah, Deus, nunca fiz algo tão excitante.

– Está bem, espere aqui – diz Luke. – Vou ver se consigo quartos. – Ele se levanta e eu olho para ele abismada, minha mão fria e abandonada.

Quartos. Quartos no plural. Então ele não quis dizer... Ele não quer...

Ah, Deus. O que há de *errado* comigo?

Subimos no elevador em silêncio com um funcionário elegante. Olho umas duas vezes para Luke, mas ele está olhando para a frente, impassível. Na verdade, ele quase não disse uma palavra desde que saiu para perguntar sobre quartos. Sinto-me um pouco fria por dentro – para ser sincera, estou quase querendo que eles não tivessem quarto sobrando para nós afinal. Mas houve um grande cancelamento esta noite – e, também, Luke é um tipo de cliente VIP no Ritz. Quando comentei sobre como estavam sendo gentis conosco, ele deu de ombros e disse que faz muitas reuniões de negócios aqui.

Reuniões de negócios. Então é isso que sou? Ah, não faz nenhum sentido. Eu preferia ter ido para casa afinal.

Caminhamos por um corredor opulento, em completo silêncio, depois o funcionário abre uma porta e nos faz entrar numa sala espetacularmente linda, decorada com uma cama de casal e cadeiras fofas. Ele coloca minha pasta e meu AppleMac no suporte de malas, depois Luke dá uma gorjeta e ele desaparece.

Há uma pausa, nunca me senti mais estranha em toda minha vida.

– Bem – diz Luke. – É isso.

– Sim – digo numa voz que não parece minha. – Obrigada... obrigada. E pelo jantar. – Limpo a garganta. – Estava delicioso.

Parece que nos transformamos em completos estranhos.

– Bem – diz Luke novamente e olha para o relógio. – É tarde. Você provavelmente vai querer... – ele interrompe a frase e faz-se um silêncio de expectativa.

Meu coração está batendo forte no meu peito, minhas mãos estão torcidas num nó nervoso. Não ouso olhar para ele.

– Já vou então – diz Luke finalmente. – Espero que você tenha uma...

– Não vá – ouço-me dizer e meu rosto começa a queimar. – Não vá ainda. Nós podíamos só... – engulo em seco. – Conversar, ou algo assim.

Olho para ele, encontro seu olhar e algo amedrontador começa a bater dentro de mim. Lentamente ele anda na minha direção, até ficar bem na minha frente. Consigo sentir o perfume de sua loção pós barba e ouvir o ruído de sua camisa de algodão quando ele se movimenta. Meu corpo inteiro está pinicando de ansiedade. Ah, Deus, quero tocá-lo. Mas não ouso. Não ouso mexer em nada.

– Nós podíamos só conversar, ou algo assim – ele repete e lentamente levanta as mãos até envolverem meu rosto. – Nós podíamos só conversar. Ou algo assim.

E depois ele me beija.

Sua boca está na minha, gentilmente separando meus lábios, e sinto uma flechada incandescente de excitação. Suas mãos estão descendo pelas minhas costas e envolvendo minhas nádegas, seus dedos estão sob a bainha da minha saia. Depois ele me puxa apertado para ele e, de repente, quase não posso respirar.

E fica óbvio que não vamos conversar.

24

Hum.

Êxtase.

Deitada na cama mais confortável do mundo, estou toda sonhadora, risonha e feliz, deixando o sol da manhã brincar nas minhas pálpebras cerradas. Esticando meus braços acima da cabeça, depois caindo relaxada num monte enorme de travesseiros. Ah, me sinto bem. Me sinto... satisfeita. A noite passada foi absolutamente...

Bem, digamos que foi...

Ah, convenhamos. Você não precisa saber *disso*. De qualquer modo, não pode usar sua imaginação? Claro que pode.

Abro os olhos, sento e pego a xícara trazida pelo serviço de quarto. Luke está no chuveiro, portanto estou sozinha com meus pensamentos. E não quero parecer pretensiosa, mas realmente sinto que este é um dia bastante significativo na minha vida.

Não é só Luke – embora tudo tenha ido... bem, maravilhoso, realmente. Deus, ele sabe mesmo como...

Em todo caso. Não é isso. É que não é só Luke – e não é só meu novo emprego com o *Morning Coffee* (apesar de que, toda vez que me lembro, sinto um misto de alegria e apreensão).

Não, é mais do que isso. É que me sinto uma pessoa completamente nova. Sinto-me como se tivesse... crescido. Amadurecido. Estou vivendo um novo estágio da minha vida – com perspectivas diferentes e prioridades diferentes. Quando olho para trás, para a maneira frívola como costumava pensar – bem, me dá vontade de rir, juro. A nova Rebecca é tão mais séria e equilibrada. Tão mais responsável. É como se os óculos escuros tivessem caído e de repente eu pudesse ver o que realmente é importante no mundo e o que não é.

Estive pensando esta manhã que eu poderia entrar para a política ou algo assim. Luke e eu conversamos um pouco sobre política na noite passada, e devo dizer, apresentei muitos pontos de vista interessantes. Eu poderia ser uma política jovem, moderna, intelectual e ser entrevistada sobre várias questões importantes na televisão. Eu provavelmente me especializaria em saúde, educação ou algo assim. Talvez em relações exteriores.

Casualmente, pego o controle remoto e ligo a televisão, pensando que poderia assistir ao noticiário. Clico algumas vezes procurando a BBC1, mas a televisão parece ter somente canais a cabo. Finalmente desisto, deixo sintonizada num canal chamado QVT e recosto nos meus travesseiros.

A verdade, penso, tomando um gole de café, é que sou uma pessoa bastante séria. Provavelmente, é por isso que Luke e eu nos damos tão bem.

Hummm, Luke. Hummm, é um pensamento bom. Onde será que ele está?

Sento na cama e quando estou justamente pensando em entrar no banheiro para surpreendê-lo, a voz de uma mulher na televisão atrai minha atenção.

"...óculos escuros NK Malone legítimos. Em tartaruga preta e branca, com a logomarca inconfundível NKM em cromo escovado."

É interessante, penso preguiçosa. Óculos escuros NK Malone. Sempre quis ter um par.

"Comprando três pares... – a mulher pausa – ...você não gastará 400 libras. Nem 300. Mas 200 libras! Uma economia de pelo menos 40 por cento do preço recomendado para venda."

Olho para a tela fascinada.

Mas isso é inacreditável. *Inacreditável.* Sabe quanto custam os óculos NK Malone normalmente? Pelo menos 140 libras. Cada um! O que significa uma economia de...

"Não mande dinheiro agora" – a mulher está dizendo. "Simplesmente ligue para este número..."

Meu coração está batendo rápido, procuro meu caderno de anotações na mesa de cabeceira e escrevo correndo o número. É um sonho transformado em realidade. Óculos escuros NK Malone. Mal consigo acreditar. E três pares! Nunca mais vou precisar comprar óculos escuros. As pessoas vão me chamar de "A Garota dos Óculos Escuros NK Malone". (E aqueles óculos Armani que comprei no ano passado já estão ultrapassados agora. Totalmente fora de moda.) Ah, trata-se de um *ótimo* investimento

Com as mãos tremendo, disco o número e a ligação é imediata! Eu imaginava que todo mundo estaria tentando ligar para lá, de tão bom negócio. Dou meu nome e endereço, agradeço muito à mulher, depois desligo com um sorriso de felicidade grudado no rosto. Este dia está perfeito. Absolutamente perfeito. E ainda são 9 horas!

Feliz, volto a me aconchegar debaixo das cobertas e fecho os olhos. Talvez Luke e eu passemos o dia todo aqui, neste quarto lindo. Talvez peçamos para nos mandarem ostras e champanhe para o quarto. (Na verdade, espero que não, pois odeio ostras.) Talvez nós...

Nove horas, interrompe uma vozinha na minha mente. Franzo a testa por um segundo, balanço a cabeça, depois mudo de lado para livrar-me dela. Mas ela ainda está ali, me cutucando, me aborrecendo, atrapalhando meus pensamentos.

Nove horas. Nove...

E, como um raio, sento-me bem ereta na cama, o coração batendo de pavor. Ah, meu Deus.

Nove e meia.

Derek Smeath.

Prometi que estaria lá. Eu *prometi*. E estou aqui bem longe no Ritz, faltando apenas meia hora. Ah, Deus. O que vou fazer?

Desligo a televisão, enterro a cabeça nas mãos e procuro pensar calma e racionalmente. Tudo bem, se eu fosse agora mesmo, poderia chegar a tempo. Se eu me vestisse o mais rápido possível, corresse lá para baixo e pulasse dentro de um táxi – poderia chegar a tempo. Fulham não é tão longe assim. E eu poderia chegar 15 minutos atrasada, não poderia? Nós ainda poderíamos ter a reunião. Ela ainda poderia acontecer.

Em teoria, ela ainda poderia acontecer.

– Oi – diz Luke, esticando a cabeça para fora do banheiro. Ele está com uma toalha branca enrolada no corpo, e umas gotas de água brilham nos seus ombros. Nem percebi seus ombros na noite passada, penso, olhando para eles. Deus, eles são danados de *sexy*. Na verdade, no todo, ele é pra lá de...

– Rebecca? Está tudo bem?

– Ah – digo, numa voz serena. – Sim, está tudo ótimo. Maravilhoso! Ah, e sabe o que mais? Acabo de comprar os mais maravilhosos...

Por alguma razão, paro no meio da frase.

Não sei bem por quê.

– Só... tomando café – resolvo dizer e aponto para a bandeja do serviço de quarto. – Delicioso.

Um olhar levemente confuso passa pelo rosto de Luke e ele desaparece de volta para o banheiro. Tudo bem, rápido, digo a mim mesma. O que vou fazer? Me vestir e ir embora? Chegar a tempo na reunião?

Mas minha mão já está pegando a bolsa como se tivesse vontade própria; estou pegando um cartão e digitando um número no aparelho telefônico.

Porque, quero dizer, na verdade nós não *precisamos* ter uma reunião, precisamos?

E eu provavelmente nunca chegaria a tempo mesmo.

E ele provavelmente nem se importaria. Deve ter milhares de outras coisas que preferiria estar fazendo em vez disso. De fato, ele nem vai *perceber*.

– Alô? – digo ao telefone e sinto um zunido de prazer quando Luke se aproxima por trás de mim e começa a acariciar minha orelha. – Alô, sim. Eu gostaria… eu gostaria de deixar um recado para o Sr. Smeath.

Bank Of Helsinkı
Helsinki House
124 Lombard St
Londres EC2D 9YF

Rebecca Bloom
a/c William Green Recrutamento
39 Farringdon Square
Londres EC4 7TD

5 de abril de 2000

Hyvä Rebecca Bloom:

Saanen jälleen kerran onnitella teitä hienosta suorituksestanne – tällä kertaa "Morning Coffee" – Ahjelmassa. Arvostelukykynne ja näkemyksenne tekivät minuun syvän vaikutuksen ja uskon, että teistä olisi suurta hyötyä täällä Helsingin Pankissa.

Olette todennäköisesti saanut lukemattomia työtarjouksia – teidän lahjoillanne voisi hyvin saada minkä tahansa toimen "Financial Timesista." Pyydän teitä kuitenkin vielä keran harkitsemaan vaatimatonta yjtiótämme.

Parhaiten teille ehkä sopisi viestintävirkailijan paikka, joka meillä on tällä hetkellä avoinna. Toimen edellinen haltija erotettiin hiljattain hänen luettuaan töissä "Playboyta."

Parhain terveisin
Ystävällisesti
Jan Virtanen

MOLDURAS FINAS LTDA.
A família feliz que trabalha em casa
Burnside Road 230a
Leeds L6 4ST

Srta. Rebecca Bloom
Apto. 2
4 Burney Road
Londres SW6 8FD

7 de abril de 2000

Prezada Rebecca

Escrevo-lhe para confirmar o recebimento de 136 Molduras Finas terminadas (estilo 'Sherborne' – azul). Muito obrigado por seu excelente trabalho. Um cheque de 272 libras segue anexo, juntamente com um formulário de inscrição para nosso próximo pacote de confecção de molduras.

Nossa gerente de controle de qualidade, a Sra. Sandra Rowbotham, pediu para lhe informar que ficou extremamente impressionada com a qualidade de seu primeiro lote. Novatos raramente chegam aos padrões de exatidão da Promessa de Qualidade Molduras Finas – é evidente que você tem um dom natural para a confecção de molduras.

Portanto, gostaria de convidá-la para demonstrar sua técnica em nossa próxima Convenção de Confeccionadores de Molduras, a realizar-se em Wilmslow, no dia 21 de junho. É uma ocasião em que todos os membros da família Molduras Finas se reúnem e têm a oportunidade de trocar dicas sobre a confecção de molduras e anedotas. É muito divertido, acredite!

Aguardamos ansiosos sua resposta.

Feliz confecção de molduras!

Malcolm Headley
Diretor-Administrativo

P.S: Você é a mesma Rebecca Bloom que dá conselhos no *Morning Coffee*?

ENDWICH BANK
Agência Fulham
3 Fulham Road
Londres SW6 9JH

Srta. Rebecca Bloom
Apto. 2
4 Burney Road
Londres SW6 8FD

10 de abril de 2000

Prezada Srta. Bloom:

Obrigado por sua mensagem na secretária eletrônica no domingo, 9 de abril.

Sinto muito ouvir que ainda está sofrendo de agorafobia aguda.

Considerando o estado relativamente saudável de sua conta corrente no presente momento, sugiro que adiemos nossa reunião por enquanto.

Contudo, esteja certa de que estarei bem atento e entrarei em contato, caso a situação se modifique de alguma forma.

Com os melhores votos,

Atenciosamente,
Derek Smeath
Gerente

P.S.: Gostei muito de seu desempenho no *Morning Coffee* de ontem.

ENDWICH – PORQUE NOS IMPORTAMOS

EDIÇÕES
BestBolso

Este livro foi composto na tipologia Minion, em
corpo 10,5/13, e impresso em papel off-set 56g/m² no Sistema
Cameron da Divisão Gráfica da Distribuidora Record.